隨風而去

微知 著

謹以此書

追悼

一九五〇年代在台灣白色恐怖期間受到政治迫害而遭槍殺的

方碩德 老師

潘承德 校長

二〇〇六・八・十五 深夜三點十一分

於台北市辛亥路蝸居

林學禮

第壹輯 小說

目次

第貳輯 評論

第參輯　散文

第壹輯　小說

外公

那年秋天，我正在城裏中學念書。一天，接到母親來信，說外公病故了。還說：擺在外公房前小天井的那缸金魚，外公要留著給我。這就使我很難過地想起外公生前的一切來。

外公是個寂寞的孤獨的老人，舅父、舅母、小表姐，統統站在外婆那一邊，對他採取「敬鬼神而遠之」的態度。外公是個暴躁的常常發脾氣的老人，他對外婆所主持的家政大計大為不滿，但他無法反對外婆來實現自己的意見。

因為，外公是一個啞子。

那是一個極為嚴重的決定，外婆特地把母親接過去，叫她擔任一個無法推辭的角色。經過了再三的考慮與磋商，除了母親一個人外，在一家人（當然外公除外）的全力支持下，外婆僱來了泥水匠，把那溝通兩座大房子的單扇大門拆掉，用厚紅磚砌起來。

這天早晨，外公照常一樣，在初升的朝陽下，脫下他的外衣，把那寬闊結實而又毛茸茸的胸膛呈露在寒意頗濃的空氣裏。他練過了拳，擎過了石墩，然後走到自己的房裏，一個人開始嘖嘖有聲地吃起由母親送去的一大盤肥豬肉炒米粉。

外公的感覺很靈敏，他似乎發現空氣裏有點不大對勁，他用烏黑發亮的眼珠掃視每一個人。母親在他前面低頭走過，他就一把把我抱起，用那硬板刷般的鬍子刷過來。我早就提防這一著，連忙用雙手把他的下巴頂住，兩腳打小鼓似的踢他的下身。糾纏了一會，他就把我放下，跨著大腳步，到處亂轉。當他第一眼看到泥水匠的工作，愣住了。所有的人，包括蹲在泥水匠腳邊的小表姐，在他的瞪目注視下，都悄悄地溜開了，只剩下泥水匠繼續做他的工作。現在外公明白了這是怎麼回事，就發出獅子般的吼聲，在泥水匠身邊跳來跳去，兩手像風車輪似的舞動起來。這個泥水匠，不知道是不是聾子，他竟毫無反應地繼續做他的工作，把一塊塊厚紅磚砌起來，把兩塊磚之間的縫隙塗上水泥。

這一天，誰都不敢瞧外公一下。平時不大好動的舅父，竟也難得的到田間看長工們做活去了。舅母帶著小表姐在房裏做針線。外婆戴起銅邊眼鏡，在核對舅父每天記載的帳目。這麼大一座房子，靜悄悄，空蕩蕩，只有外公一個人的吼聲，從這一間轟到那一間，四壁發出巨大而混濁的回聲。

家裏的工作，統由母親一個人拐著小腳在張羅，我就始終拉著母親的衣角，像端午節的香袋，弔在母親身上。這情形，又使我想起上次「鴿子放逐」的事件來。

外公在後閣樓養著一大群鴿子，多到叫我數不清。這個閣樓是外公的禁地，連小表姐也不准上去。

一大早，天剛泛毛白，外公就在「咕……」的鴿子鳴聲中起牀，他的「唔噢唔噢」的自語聲，沈重的腳步聲，推窗開門的乒乓聲，以及他那虎虎有生氣的渾身勁兒，把一家人從睡夢中驚醒。

外公家人丁不旺，而外婆對什麼都忌諱。對這種情形，她再也忍受不下去了。外婆的決心就像鐵，她對母親說：「鴿子是不吉祥的東西，你聽牠一天到晚哭哭的叫，我已經忍了好多年，我一定要把牠統統趕掉。」

母親望著外婆堅決的乾癟的臉，老半天才說：

「這樣爸爸會生氣的。他……會難過的。」

「不管，一家人比他一個人重要。我只不願讓二房的人笑話，所以要你來解說給他聽。」

這個我也知道得很清楚，外公就是跟母親合得來。新年裏我跟母親到外公家拜年，第一個站在埠頭等的就是外公。大概他等得很久了，遠遠看到船的影子，又跳又拍手，高興的不得了。但是現在母親為什麼皺著眉頭不吭氣？為什麼不答應外婆去跟外公說呢？

母親不說話，外婆又開口了：

「我知道你也很為難，但有什麼辦法呢？你想，文通也四十出頭了，還沒個男孩子。這一年，身子又一直不大好。」

「媽，既然這樣，給大哥討個小的還不晚嘛。」

「哼，妳大嫂什麼都聽話，就是死心眼不拐彎。她寧可死，也不讓。我也想過了，我們家也夠受的了，再討個小的，那可更沒有太平日子過了，那就更叫二房的人笑話啦！」

母親的畏難的心理，在外婆堅決的態度下也只好收起來，硬著頭皮對付暴跳如雷的外公。

結果，鴿子被放逐了，外公足足鬧了三天，天都給鬧坍了。母親坐在牀沿上，流著眼淚跟外公比手勢談判，又叫我給外公搥腿。最後，母親叫人到城裏買了一大缸金魚，擺在外公房外的天井裏，這才慢慢平息了外公的怒氣。

外公家有一份遠近聞名的財產。外婆是秀才的千金，能寫能算。自從她嫁給外公後，立即對二房（外叔公家）展開了經濟戰，慢慢收回了本屬外公名下的地皮、房產、水車、牛欄、以及一張梯子、一把鋤頭；把一個家治得井井有條，興興旺旺。於是，外婆就成了二房全家的眼中釘。

外婆對什麼都有辦法，她要幹的事，沒有一件幹不起來的；只有一件，她毫無辦法叫聽話的舅母肚子裏生出一個男娃娃來。

於是，二房的人就放出空氣：

「嘿！要強，要強有什麼用？老天不護狠心人，到頭來還不都是我們的。」

這可氣壞了外婆；而外公偏又喜歡二房那個小孫子，他那不知疲倦的步伐，一天到晚以最多的次數，跨過那溝通兩座大房子的單扇大門。這就激發了外婆的狠，決定採取行動，把這扇門砌起來，宣布跟二房斷絕來往。

外婆的這個辦法，馬上叫外公失去胃口。雖然母親把外公的午餐特地加燒一大碗紅燜肉，但外公看都不看一眼。當母親剛把碗筷放下轉身出去，外公就一蹦，跳到院子裏，擎起那個每早要練的大石墩，衝到那扇還未完工的門前，脖子繃出青筋。「空龍！空龍！」地砸起來。

正在吃飯的泥水匠，用眼睛看看舅父，舅父連忙把那長在細長脖子上的多角的頭低下來。小表姐跑出來，對泥水匠說：

「我奶奶說，你只管吃飯，不要理他。」

外公把上衣脫了，汗水像河流在背上直流。最後他累了，跑到房裏，把龐大的身體放倒在牀上喘氣，沒多久，打起鼾聲來。吃過飯，一家人又疏散了，泥水匠在外婆的命令下趕緊搶修。

這一晚，大家都睡得早。外公沈重的腳步像擂鼓。他下午睡得久，現在精神抖擻。

「媽，這不是辦法，爸爸是不肯罷休的。」母親坐在牀沿上，憂愁的說。外婆緊繃著打皺的乾癟的小臉，坐在被窩裏。

「這是最後一次了，我絕不再把門打通。就算我死了，就算我們家沒有一個人了，他們也別想我們家的財產。」

母親低著頭，沒有說話。外公的腳步遠遠的敲了過來，停在門前。突然一聲大吼，把門擂得震天響，板壁都抖起來，他越擂越響，門快要坍下來了。

母親看看外婆，無奈地走去把門打開。

我從來沒有看過外公這樣可怕，臉孔青紫色，扭曲著，雙眼通紅，毛茸茸的胸膛在燈下顯得一團黑。他神經質地伸著兩隻粗壯的大手，咬著牙一步步逼近牀前。母親像嬰兒般「哇！」的一聲哭出來，撲到外公身上，抱著外公。我給一嚇，跳下牀來，拉著母親的衣角，大聲號叫起來。

外公直瞪著母親流淚的臉，眼睛漸漸收縮，變成一片模糊，全身開始顫抖起來，像一個走了氣的熱水袋，軟了，扁了，一屁股坐在椅子上。母親把我一送，送到外公面前。外公的臉變了形狀，慢慢舒展開來。半晌，他用一個指頭抹去我的眼淚，把我一把抱起。我馬上警覺起來，兩手準備著，但這一次外公沒有用鬍子刷我。

這一夜，我就睡在外公牀上。不知什麼時候，我也在外公的鼾聲中睡去了。

從此，我就住在外公家中。我成了煙袋，外公是旱煙筒，兩人個總是弔在一起。漸漸地我覺得外公實在是一個可愛的老人，把父親逼我念書的那副討厭面孔也就忘了。

大概過年不久，母親來接我回去，說是祖母病了，外公流著淚送我們到埠頭，看我們上船，船開了，他還筆直站在那裏不動。到家了，祖母卻笑嘻嘻在門口等著我們。第二天，我被父親送到城裏跟大哥在一起念書。

多少年了，我自己也已有了兩個孩子了，而那孤獨的流著眼淚的外公，還不時地在我的夢境中出現。

原載民國五十年《中央日報》副刊

拔藤瓜

老年人有一種反常現象，昨天的事兒忘得一乾二淨，幾十年前雞毛蒜皮的舊賬卻記得清清楚楚。我的年紀不能算大，可是健忘得比老年人還厲害。有時妻要我上街買東西，竟會在街上溜一趟，記不得要買什麼名堂，只好空手回家，硬著頭皮挨官腔。可是，對於兒童時代的惡作劇，竟又像剛剛發生的事兒那麼新鮮、明朗，毫不迷糊。有時，甚至在夢境中亦會重溫起那些兒時的把戲來。

今夜，妻又把我推醒，問我做什麼夢。我說：沒有呀！

「沒有？還說夢話咧！」

「沒有，沒有。」

「拔藤瓜，不開花。矮子矮，一肚鬼。

「有沒有？你說。」

……………

父親有一個如意算盤，大哥聰明聽話，掏老本給他進城唸中學。行的話，還要送他到省城唸大學，榮宗耀祖。我呢？像他說的是「朽木不可雕也」的小潑皮，只好留在家裡讓他慢慢整。我家從曾祖父起，就在鎮上行醫開中藥舖。父親拿他自己做模型，想把我整成像他一個樣子，好繼承他的事業。

我最恨冬天的早晨，可愛的太陽還沒上山，瓦片上塗著一層厚厚的白霜，父親一把把我從床上提起，大吼一聲，把我攆到店裡，幫伙計開店門掃地。

上半天的功課是：論語、本草、內經。

下半天幫伙計剪蟬蛻腳，或者把整顆杏仁劈成兩半。幹得快，才可以溜出去找拔藤瓜混一混。

我長得慢，十二歲了，半個腦袋剛好露出櫃枱。可是嗓門倒挺高，放開喉嚨：「為政以德，譬如北辰，居其所……父母在，不遠遊，遊必有方……」聲震四鄰，連隔壁聾子阿婆都聽得見。

有一次，被父親發現我是閉著眼睛窮叫的，當即賞了我一記清脆的耳光，先把我眼睛打開，接著嚴重宣布，罰我不准吃午飯。最後拿來銀硃筆，說：「小和尚唸大乘經，有口無心，不行！以後要唸一句圈一個圈。」他的結論是：「讀書要眼到、口到、手到，缺一不到，當心你的腦袋！」

這個打擊可真不小。餓一頓是常事，嘸啥，實在受不了，還可以求母親走私去。就是這個圈紅圈。比唐僧上西天取經還難。圈得圓，圈成一樣大小，這絕不是我這隻不聽話的雞爪手所能勝任的，一不當心，還會越軌掉隊。那時我還不知有橡皮擦，就有恐怕也不管用。所以常常引起非常嚴重的後果——被罰劈加倍的杏仁。

在這一段不得意的童年歲月裡，拔藤瓜對我的援助，是頗能令我感激的。他並沒讀書，對我圈紅圈的艱巨任務，當然是無能為力，不過一蹤上劈加倍的杏仁，那就顯出他的本領來。因之，我就可以提早完成工作，小心地脫出父親的視線威力範圍，溜開去跟他鬼混一陣。

拔藤瓜的名堂多。春天放風箏，夏天捉知了，秋天養紡織娘，冬天呢，用紅腫的小手塑大雪人。幹這些我是他的助手，但他還得聽我的話，我的口袋裡經常裝著自家製的薑糖和炒花生。

拔藤瓜是獨養子，他沒出世前，原本有兩個十多歲的兄弟，那一年鬧瘟疫，統統死掉了。他爹他娘哭得死去活來。鄰居的女人們就大發其議論來：「哭，哭有什麼用？活著天天罵，短命鬼呀！童子癆，你死在那兒啦，還不回來。好，現在真的死了，永遠不會回來啦！」拔藤瓜來的真是時候，他爹他娘四十出頭了，旁人說，再也開不出花啦，嘿，他就是這樣跟人鬧彆扭，趁他娘烤大麥餅，冷不防從他娘肚子裡鑽出來啦，這回他爹他娘可樂開了，就給他起名叫餅兒。不用說打，連罵也挨不到他了。有時他嫌菜不好摔了碗，他娘氣不過，罵了半句卻又連忙打住，還沒罵出來的，跟眼淚一起嚥到肚裡去。

我跟拔藤瓜同年，他比我還矮半個頭。雖然他的身體沒向高空發展，卻也長得挺結實，活像一個圓鼓嚨咚的扁南瓜。在附近一帶，他是有名的小潑皮，打架、相罵、惡作劇，件件精通；尤其是罵人的本領，那真出色，像連珠砲，又像高山流水，從人家祖宗三代罵起，一直罵到你的娘老子。於是，一些吃了他虧的孩子們，就躲在自家門檻內，指著他罵：「矮子矮，一肚鬼。拔藤瓜，不開花！」更有些怕惹是非的女人們，看到他過來，就放開嗓門對她的孩子喊：「回來，回來！不要跟沒人管的鬼混。」

老虎也有一家鄰居，拔藤瓜就是跟我好。我喜歡他的花樣多，他呢，對我口袋的門戶開放政策非常贊成。不過，也有鬧翻的時候。

有一次，我正在樓上讀論語，有人用石子丟在窗檔上「托！」的一聲，我想大概是拔藤瓜，伸頭一看果然不錯。我用指頭在鼻下畫了個八字，再把大姆指一豎，用無線電問我的父親在不在樓下，他搖搖手，我就連忙溜下來，兩個人就在他家屋後鬥起蟋蟀來。他養的跟他命根子一樣的五虎將，統給我的那隻大塊頭打敗了。他就說，前街小癩痢有一隻很厲害，叫無敵大將，要我拿去跟他鬥，一定會贏。他跑到家裡，半晌拿來兩粒飯，上面塗著從銅板上銼下來的銅粉末，來餵我的大塊頭。他說，這樣蟋蟀的牙會更利，脾氣會更暴，鬥起來一定會贏。結果，我的大塊頭脹死啦！起初，我很悲傷，後來不知怎的靈機一動，我發現這是拔藤瓜搗的鬼，一把火從心裡燒起，就跑到他家門口，蹬著腳罵：「矮子矮，一肚鬼。拔藤瓜，不開花！」他娘給我叫得頭大起來，就跑去告訴我母親，母親又告訴父親，父親就採取行動，把我關在樓上，斬釘截鐵宣布三點：一、這一天不准下樓（不准吃午飯當然包括在內）。二、將我所養的蟋蟀全部放逐。三、以後不准再養。

從此，我就跟拔藤瓜斷絕往來，對面相見，彼此怒目而視，有時我還把鼻子一掀「哼」一聲，表示厭惡。這場冷戰，一直維持到我離開家鄉進城上學。

父親的算盤是很精的。這次為什麼要我進城唸書？我沒有去想它，反正上城總比呆在家裡強，後來才知道是大哥從省城來信堅持的結果。以後，我就很少跟拔藤瓜見面了，更談不上在一起玩兒。歲月的推移，慢慢沖淡了童年時代的恩怨。

那一年我唸高級農校二年級，十月裡，父親來信說，家裡的柑子要收成了，要選種可以陪老師來。

我陪著老師如期回家，正是剪柑子的第一天，家裡僱來好多臨時工，拔藤瓜也在內，我看他身上帶孝，他說，他娘在八月裡跟他爹上西天去了。當時我忙，只簡單的安慰他幾句。

選種的工作很麻煩。先把每一棵柑樹編上號碼，再把每棵樹上長得最好的柑子剪下一個來，也編上號碼，然後一個個記錄它的重量、色澤、甜度、皮的厚薄、核的數目等等，作為明春剪枝接種的參考資料。

拔藤瓜看我空些了，就跑過來，臉色陰沉，他遲疑了半會，終於開口要求我給他介紹到城裡學校當校工。我說，我是學生，無法給他介紹工作，種田不是很好嗎？你看我不是學農業嗎？他回答得很好，他說：

「我爹種了一輩子田，沒過一天好日子。學農業是有錢人的事兒，我不想在田裡過一輩子了。」

寒假回家，拔藤瓜不見了。吃飯時母親說，餅兒跟一個賣膏藥的走了。我想起柑園裡的一場談話，不禁嘆了口氣。

……………

「為什麼嘆氣？你還沒睡著？」妻在耳邊說。

「唔。」

「你想什麼呀！」

「想，想做小孩子在家裡的事兒。」

妻握著我的手說：

「阿禮呀，這就是你的家了，還想什麼呢？」

「是的，這就是我的家了。」

我一面說，一面把眼睛閉上。

註：拔藤瓜，是說老藤上長出最後的一個瓜，到這個瓜成熟時，藤也老了，枯了。
這裡是指老夫老妻養的最後一個孩子。

民國五十一年七月，以吳湘文筆名發表
於《新時代》月刊第二卷第七期

硬命丁

幸福的童年，像流水易逝，永不回頭；不幸的童年所留下的創傷，卻如影隨形，終生難忘。

我落地不到一個月，母親就離開人世。我的八字經過算命先生推算，說是：「硬命丁，凶煞神，帶刀出娘門。」

從我稍稍懂事起，就知道祖母是唯一疼我的人。

祖母最相信八字，但是她反對把這個「剋母」的第二個孫子送給人家。於是，我才有機會在母親喪事後，睡在奶娘的溫暖的懷抱裡。

當我淘氣時，祖母就摸摸我的頭說：「二楞子，你知道嗎？你是一個凶神，你把奶娘的奶頭都要咬斷了呢！你吃了十個月的奶，換了七個奶娘。」

我扭著身子說：「奶奶，我不知道嘛！」

在記憶裡，祖母的大床，就是我的戲臺，因為我是跟祖母睡的。冬天裡，祖母的床更顯出可愛了，被窩早被紫銅暖爐烘得暖暖地。祖母半垂著眼皮坐在豆油燈前，安詳地唸她的「三官大帝經」。我就在大床裡翻江倒海，有時撞到屏風，發出巨響，整張床就抖起來。祖母把下垂的眼皮稍稍升起，朝我看看，笑一笑，又繼續唸經。有時晦氣，父親在大廳聞巨響而大吼：

「二楞子！奶奶在唸經，不要鬧！」

「沒有關係，他不會打擾我。」

有奶奶撐腰，我就放膽無忌。有時，大哥趁繼母不注意，也會溜進來一起在大床上翻跟斗。

繼母一發覺，就尖著嗓子吆喝，叫大哥去睡覺。這時一向聽話的大哥，也會壯起膽子賴著不夠走。於是祖母慢慢把唸珠放在燈檯上，把大哥抱下來，摸摸他的頭，說：

「好孩子，聽話，明天再玩吧。」

大哥一出房門，繼母的咒罵聲隨即傳了進來。我就說：

「奶奶，床很大，叫大哥來一起睡。」

「你這個硬命丁，睡吧，不要說這個話。」

祖母愛我，也愛大哥。可是，在父親、繼母的眼裡，卻又不同了。

父親從來沒有抱過我，他那鐵板似的臉孔，一點也不叫人喜歡。繼母最愛乾淨，桌椅一天抹四五次，有時還用嘴吹灰塵，很大聲：「虎！虎！」而我卻愛坐在地上玩。有時她看我用袖子擦鼻涕，氣得她拐著小腳攆上來，一把揪住我，不管好歹把我的鼻子一擰，「哎—哈！」我的鼻子快掉下來了，我用十二分的努力忍住眼淚。

小孩子最高興過新年，穿新衣，拿壓歲錢。我六歲那年過年，父親破天荒給我十個銅板，用紅紙包好當壓歲錢。第二天正月初一，我穿上新衣，一腳剛跨出房門，就被父親叫住，把他昨晚給我的壓歲錢，原封從我的口袋裡掏回去。說：「上學再給你！」

我氣極發瘋，卻像一根柱子立在那兒一動不動，連祖母叫我吃蒸年糕理也不理。一看家人都在大廳吃年糕，我就撩起袍角，一股風鑽進父親房裡，從抽斗裡拿回我的壓歲錢。現在我手裡有花生糖，口袋裡有銅板，在平時跟我打架相罵的玩伴面前，大口大口吃花生糖，還把褲袋裡的銅板搖響：「令令郎—令令郎！」抖給他們聽。剛巧大哥跑出來，看著眼紅：「二楞子，吃什麼？」

「花生糖。」

我好心送給他一塊。

「爸爸給你的銅板？」

這不好回答，我把鼻子一皺，不理他。

花生糖還沒吃完，大哥來叫我，等跑到父親面前，一看就知不妙。父親的臉色真可怕，兩眼鼓出來，要吃人的樣子。他的吼聲像鐵鎚一樣鎚著我：「你的銅板那裡來的？你說！」

我把嘴抿緊，還沒嚼爛的花生糖硬嚥下去。我看看祖母，祖母還沒開口，繼母卻敲起邊鼓：「哎啊啊！這麼大的小丁點就會偷啦！大起來還得了！還好偷家裡的錢，偷人家的可怎麼辦？」

父親震動了一下。忽地，一個大巴掌刮了過來。我倒退了兩步，雙眼一陣黑，金星像螢火蟲亂閃，隨即一道膩膩的鹹鹹的東西流進了嘴裡，用手一摸，滿是血，我一嚇，大叫著跑向祖母：「皇天！奶奶！」

祖母摟著我，顫抖著聲音說：「兒啊！你管孩子也不是這樣管的，大年初一，你把他打得鼻孔流血，你忘了你自己做孩子是怎麼樣的？懂事的人見你打兒子打得這樣兇，還當你管得嚴，碰上長舌頭的人，就要說你不把二楞子當兒子看待。」

父親像段木頭直豎在地上。繼母又說話了：「哎呀！管他是為了他好，大起裡好做人……」

祖母不等說完，就顫巍巍站起來。

「你這話是跟誰說的？二楞子一樣的是親骨肉，我做奶奶的可不能偏心。我也管過兒子。我的兒子小時候比二楞子好不上那兒去。我可從來沒碰他一碰。長大了還不是一樣成家立業。」

這一天祖母沒有出房門，父親進來兩趟，祖母流著眼淚只說頭疼，不想吃東西。

平常日子，我把祖母的床當戲台，我跟鄰居的孩子打架相罵，祖母都不生氣，就是我不愛唸書，祖母却很生氣。在燈下，祖母拿出我那本兩角捲成波浪形不成樣子的書本。

「二楞子，你要爭氣，像你大哥一樣會唸書，奶奶就高興了。」

「奶奶，我不要，看到書我就頭痛，就要跟書打架。」

「傻孩子，你要跟書好，書也會跟你好。你再不讀書，奶奶就不理你了。」

祖母說不理我，我覺得沒有什麼。因為儘管我仍然不肯唸書，祖母還是照樣疼我。直到那年秋天，祖母一病不起，永遠閉上眼睛「不理我」時，這才使懵懂的我感到失去依恃的哀傷。

現在，父親的嚴峻冷漠還是一樣，但他對我的不肯讀書，就用跟祖母不同的方式來進行。那一天書背不出來，他也不打不罵，罰我只准吃一小碗飯。如果背得出來，就拿出一個銅板，往桌上一放，說：「拿去買花生糖吃。」

不幸，我總是背不出來的時候多，因之常常挨餓。那一天，繼母拿走我的書包，她說：「硬命丁，你不是讀書的胚子，不用上學了！」

從此我就跟長工上山下田。當冬季第一場大風雪來臨前，我的手腳已經結了許多凍瘡，到處裂出血來。冬夜又長又冷，我孤零零地蜷曲在祖母的大床裡，不住地打顫，我又怕又餓又冷，低聲頻呼「奶奶」。

過年了，我到外婆家拜年，外婆從頭到腳打量我，拿起我的長滿凍瘡的手，當她要看我的腳，因襪子粘牢在凍瘡上疼得我尖叫起來。外婆沉沉地說：「你自己看看。怎麼把孩子養成這個樣子？我就是聽得多了，不放心，才要你帶他來給我看看。」

飯後，我聽到外婆在房裡和父親發生爭吵。不久，父親很生氣地出來，不看我一眼就回去了。

從此，我就留在外婆家。我慢慢懂得祖母說的「不理我」的意思，我就很努力地讀起書來了。

民國五十年，以吳湘文筆名發表于《新時代》月刊

青山莊的故事

一

青山莊的孩子們都會唱：「半夜敲梆單眼新，蛙溜飛快烏皮金，瘋瘋癲癲半仙卿，吹鬍瞪眼破刀申，良田萬畝大房仁……。」

單眼新是瞎了一隻眼的孤佬，莊上人可憐他，讓他半夜裡敲敲梆驚驚小偷，白天裡他就沿門挨戶討點米過日子。大房仁是青山莊的大財主。祖上分五房，叫：「仁大房、義二房、禮三房、智四房、信五房」。現在，二房、三房、四房都已破落，信五房還勉強撐著個空殼子，不過「窮財主強過暴發戶」，坐著吃穿還是沒有問題的。祇有仁大房，幾代下來，越來越發，連二房、三房、四房的田地房產也大多轉到它的名下來了。遠近一帶誰不知道青山莊的仁大房，是良田萬畝的大財主。

青山莊是個好地方，背山面水，大小河流像蜘蛛網佈滿在望不斷的平原上。莊上有人進城，出門三步，就有「航船」好坐。這種「航船」莊上人叫它「兩尺四」，能坐十來個人，一聲開船，雙槳齊下，倒也飛快。有錢人進城，坐的是一種綽號叫做「小蛙溜」的小船。「小蛙溜」靈巧輕薄，船頭高高翹起，一把槳划起來，船底下嘩啦嘩啦，飛快！烏皮金划「小蛙溜」，是莊上第一把手，誰也鬬不過他。

說到破刀申，他是青山莊有名的人物，手裡經常拿著一根長煙筒。這煙筒對他極有用處，除了正經用途，還可以用來打狗、敲孩子們的頭，走路時還可以當手杖。長煙筒代表破刀申的權威，一舉起來，無論狗或孩子，都會被嚇得撥頭就跑。

儘管那個瘋瘋癲癲的半仙卿說青山莊的風水好，說什麼莊後大青山左首青龍顯露，右邊白虎深藏，莊前大橫河源遠流長，是出貴人的地方。但據年紀大的人說，五十年來，青山莊就沒有出過一個正式的讀書人。在莊稼人看起來，破刀申是很有學問的了。可是，他既沒中過功名，也沒開館授徒，怎麼說也算不上是一個正經的讀書人。祇是孫家集那個有名的酸秀才，卻還要禮讓破刀申三分。於是，莊上明理的人就說：「這叫做紳士怕訟棍，訟棍怕地痞，地痞怕無賴，無賴怕瘋狗」。沒理就是理，不服也得服。

破刀申果然算不得是正牌的讀書人，但青山莊可少不了他。莊上的事兒那一樁不是他領先打頭？修橋舖路、迎神賽會，少不了由他領銜發起；管理廟堂，兄弟分家，鄉下人為了針尖兒大的事情爭口氣打官司，當然是他份內的事兒；至於紅白喜事、寫祭文，那更是非他莫屬。可是話雖如此，青山莊的人們，背地裡還是叫他破刀申，不叫他阿申先生。

那天，我們幾個小鬼頭從孫家集放學回來，一路上唱：半夜敲梆單眼新，蛙溜飛快烏皮金……，吹鬍瞪眼破刀申……。

剛巧碰到破刀申迎面走來。

「站著！站著！」他瞪著牛眼，吹著鬍子。「你們這些小畜生，不知道敬老尊賢，我要好好教訓你們！」

說著，舉起長煙筒「唬唬唬」打過來，嚇得我們撥頭就跑。

吃晚飯時我對媽說：

「媽，破刀申好兇，今天他用長煙筒打我們。」

爹不等媽開口，就把筷子一敲。「沒大沒小的，什麼破刀申，挨打活該！」

我討了個沒趣，連晚飯也沒興趣吃了。

我高等小學畢業，參加全縣會考之後，這個好用長煙筒敲孩子們頭的破刀申，就走進我的生活裡來了。

那年我在孫家集高小畢業，由老師陪我們去會考。那一天有一個人敲著鑼走到我家門口，高聲叫著：「報喜！報喜！」引來了好多看熱鬧的人，媽出來問什麼事，他說：

「貴宅少爺林家樑，全縣會考第一名。」

林家樑就是我，我一聽跳起來，搖著媽的手臂：「媽，我考第一名，我考第一名！」媽不知道做什麼才好，站在那兒愣愣地看這個人把一張很大的黃紙貼在板壁上。紙上寫著：「捷報，報得青山莊林阿登老爺府上大少爺林家樑，高等小學畢業會考高中第一名」。門外擠滿了人群，有人大聲地一字一句地唸著紙上的字。這時爹從門口擠進來，後邊跟著破刀申，爹滿臉笑容向這個報喜的人讓坐。破刀申跟爹咬了會耳朵，爹進去了半會，拿出一個小紅包來。

「辛苦你了，這個小意思買杯茶喝。」

這個人接過去在手裡一掂，說：

「太單薄了，我不敢受。」他把小紅包放回桌上。「林先生，你家少爺縣考第一名，是多大的喜事，我從城裡來報喜，這還不夠我付腳力呢！」他說完坐在那兒不動。

爹看看破刀申，破刀申摸出一塊發黑的手帕，擦擦他那斷樑的八字鬍。

「這個……」他把爹拉過一邊，輕輕地說：「少了，他不肯走，給他一百個銅板吧。」

爹遲疑了半會，叫媽一同進去，過了老半天，拿著一個大紅包出來，對這個人說：「我是種田的，實在拿不起，這一百個銅板你收了吧。」

這個人仍舊推三做四的不肯受，還是破刀申說好說歹把他請走。

爹看看板壁上的黃紙，嘆了口氣說：「考第一有什麼用？白費錢。」

破刀申抬起頭來，讀祭文似的，把紙上的字一個個唸下來。爹好像記起什麼，問破刀申說：

「阿申先生，現在是民國，怎麼有報喜的？」

「嘿嘿，這不是官差。這叫做三月天釣鱔魚，鑽洞子混飯吃而已。」

「這樣說，今天他還不夠工錢哩。」

「不會虧本的。」破刀申斜視了爹一眼。「他報喜的不只你一家。」

這時破刀申把視線落到我的身上。「家樑，你過來。」

我看看他的煙筒，心想，他會不會敲我一下。

「阿申公叫你，過去！」爹推我一下。

我走到破刀申面前，他身上那股煙味，直衝我的鼻子。這時我才看到破刀申的指甲好長，像雞爪子。

「家樑，縣考第一名，頗不容易，今後你要好自為之。」他晃著禿腦袋，摸著斷樑鬍。我不知道怎麼回答，我也不想回答。我始終想著他舞著長煙筒的兇樣子。他看我不答腔，很失望地說：

「可惜，可惜，孺子不善言詞，未免美中不足。」

爹連忙說：「阿申先生，這孩子是個不響屁，你不要見怪。」

二

這一段日子，我成了青山莊人談論的中心，半仙卿到處說：「五十年水流東，五十年水流西，青山莊的風水應驗了。林家樑縣考高中第一，還怕將來不是國家的棟樑。」我走到那裡，人家的眼睛就轉向我。

那天，我到王德伯店裡，打聽省立中學招生簡章來了沒有。王德伯店裡坐著許多閒人，看見我就有人拉著我的手，「家樑，好好讀書，給大家爭一口氣，別老叫他媽的孫家集瞧不起青山莊。」我無心回答，只問王德伯：

「王德伯，有我的信嗎？」

「沒有呢。」

「兩尺四還沒到嗎？」

「早到了，今天還沒你的。」

過了兩天，招生簡章寄來了。在燈下我向爹提出考省立中學的要求。爹搖著頭說：「種田人讀什麼洋學堂，不要考了。」我看看媽，媽也不說話。第二天一大早，我跑到孫家集找老師，老師到了我家，媽連忙到田裡把爹叫回來。老師一見爹進門，就說：「阿登兄，我今天來是為了家樑考中學的事。家樑是我十幾年來教過的最好的學生，希望你給他去試試看。」

爹搓著泥手說：「老師，我家米缸只有斗大，那裡唸得起洋學堂？就算是考上也是空快活，捉個死蚌殼，沒用的。」

「這個我知道。我是說，家樑成績好，讓他考公費試試看，要是考上了，管吃管住，用不了幾個錢。」

爹看看媽，媽沒有話說。老師看爹心裡活動些了，就說：「一切申請公費，報名投考的事，不用你操心，我來照應家樑好了，只要你答應一聲。」

爹嘆了口氣，謝過了老師，這一關總算過去了。

等到考畢放榜，一千多考生中，我考了個公費第二名。這件事轟動了青山莊，連孫家集也傳開了，老師特地跑來道喜，同時跟爹商量我上學的事。但不知怎的，爹卻變卦了。他說：

「老師，我跟家樑媽想了又想，讀洋學堂不是跨門檻，一下子就過去的。我今年都四十出頭了，也幹不大動了，家樑正好是我的幫手。家樑媽知道的，我這左腿有毛病，天一變就疼。」爹看媽媽，媽點點頭。「還有，讀公費也總得開銷，我也拿不出閒錢來。」

爹說的也是實話，老師停了老半天，看看我。「家樑是我的學生，我當然希望他將來能有成就。」

「老師待家樑……」

「這是我的責任。」老師打斷爹的話。「阿登兄，省立中學公費第二名，在我們這一區還是第一次，放棄了實在可惜，別縣的學生幾百多里跑來，還不見得考得上哩。」

媽一向很少說話，她看老師說得這樣懇切，覺得過意不去。她嘆了口氣說：「怪只怪家樑這孩子命不好，要是生在有錢人家，也不會白費老師的苦心了。」

最後，老師說：

「家樑讀書，是你們家的事，我不好勉強。不過開學還早，你們夫婦倆慢慢商量，需要我幫忙的地方，只要帶一個口信，我就會來的。」

老師走後，我知道沒有希望了，難過得連飯也不要吃，就整天躲在房裡躺著。媽好幾次叫我起來吃飯，我都裝睡不動。爹沒有好聲氣地說：

「不要理他，誰叫他不到仁大房投生……」

我用手蒙著耳朵，我討厭他的聲音。矇矓中，我突然驚醒，有人跟爹大聲地說話。

「你說的我都知道。我吃飽了飯沒事幹，來跟你空口說白話。我是受人所託，忠人之事，才來跟你商量的。」

這是破刀申的聲音。他來幹什麼，我從床上坐起。

「阿申先生，我們是窮人家，跟仁大房無親無故的，大先生怎麼肯……」這是媽說的。

「唉，你們真是婦道人家，連這點都不識好歹。令郎縣考第一，省考第二，在前清這還了得？大先生就是看中這一點。你不聽聽瘋癲卿說的，五十年水流東，五十年水流西，我們寧可信其有，不可信其無。說不定，大青山的好風水就應在令郎身上，你們不替令郎著想，也該替青山莊著想。」

我聽到爹的嘆氣聲，破刀申的長煙筒敲地聲。

「一切都包在我身上，財神送上門，還要嘆氣。」破刀申聲音帶著威力。「好啦！令郎讀書，一切包在大先生身上，不用你花半個子兒，等著做老太爺吧！至于田裡忙不過來，那還不簡單，跟我說一聲就得了。」

「阿申先生，那不是太麻煩你了？」

爹的聲音很細，像牙縫裡迸出來的。

「這不算什麼，只要令郎發達之後，不忘記我就得了。」破刀申又在地上敲著煙筒。「好啦！事情就這樣決定。噢，還有，大奶奶的意思，她要看看家樑，說不定還有更好的消息。明天你帶令郎去……嘿，你不用皺眉頭，我會陪你去的。」

破刀申走後，媽進來看我，我連忙躺下。媽輕手輕腳在翻箱子。我忍不住問：「媽，你翻什麼？」

「你醒啦，快起來吃飯吧。明天爹帶你到仁大房見大先生去。」

「我不要吃，明天我也不去。」

「孩子，這是你的福氣，你怎麼不去？你不去，看爹會不會揍你。」

第二天，爹瞪著眼睛，握著拳頭，逼我穿起媽從箱底裡翻出來的衣服，那雙新布鞋太大了，走兩步就會脫出來。媽手忙腳亂地找出大堆舊棉絮塞進鞋去。破刀申敲著煙筒在催。我躲在爹背後，跟著破刀申走進仁大房的朱漆大門。

我進仁大房這是第二次。第一次是偷進去的。那年我讀四年級，八月裡，他家後園沿著石牆的那排桂花樹開得好盛，我跟幾個同學，人疊人爬進去偷桂花，被他家的一條大狼狗追上來，差點被牠咬到，我掉了一隻鞋子，也沒敢再進去拿回來。

現在，最要緊的，我要注意那條大狼狗，會不會認出我來。我左顧右盼的走過好多房子，最後走進一間兩邊滿嵌著玻璃窗的明亮的小客廳。

破刀申、爹、我坐在一邊的紫色發亮的大椅子上。大先生和一個白白胖胖的女人坐在另一邊。大先生我是見過的，坐在那兒倒顯不出他的高來，只是身軀粗大，像一隻鹹菜桶。那個女人，我想，大概就是要看我的大奶奶了。對面窗外掛了一層軟簾子，透過簾子，隱隱地可以看到許多花木。當我的眼睛重新落到那個白白胖胖的女人身上時，她正好也盯著我，慌得我連忙把視線躲開。

「阿申先生，這孩子就是家樑嗎？」

這女人的聲音很好聽，但我不敢看她。

破刀申連忙說：「是的，是的。家樑，大奶奶叫你呢。」

我看看爹。他半個屁股落在大椅子上，好像很不舒服。爹說：「家樑，叫大奶奶。」我無奈地抬起頭，但叫不出來。我發覺自己的臉在發燒，連忙把頭轉過去，只見門口堆著好多人，眼睛都向我看，那條大狼狗的頭也擠進來。今天牠戴著口罩，那雙眼睛也瞪著我。

「這孩子人長得很秀氣，只是害臊，像大姑娘一樣。」

爹巴結地說：「不瞞大奶奶說，我這個孩子是個不響屁，在家裡一天說不到三句話。」

破刀申乾咳了一下，轉頭向爹丟了一個顏色緊接著說：「大奶奶說的是，家樑眉清目秀，前途不可限量。青山莊的風水，都應在他身上了。」

大奶奶不理破刀申，卻笑嘻嘻的叫我過去。我看看爹，破刀申把我牽了過去。

「你今年幾歲了？」她拿起我的手問。

「十四歲。」

「你有幾個兄弟？」

「沒有。」我搖搖頭。

她看看大先生。「噢，單門獨戶，倒也清靜。」

破刀申像公雞啄米似的點著禿腦袋：「大奶奶說的是。我早就告訴大先生了，家樑連一個姊妹也沒有呢。」

大奶奶仍舊沒理他，只管問我。

「你喜歡讀書嗎？」

我點點頭，心裡想，不喜歡，我還去考嗎？

「你好好讀書，聽話，中學畢業，送你到省城唸大學。你長大了可別忘了我們對你的好處。」

我正聽得不耐煩，一直沒開口的大先生說話了。

「申老，我同內人進去說一句話，你陪他們父子坐一會。」

大奶奶站起來，摸摸我的頭，跟大先生進去了。

破刀申拿起茶几上的茶杯，打開蓋子，很響的呷了一口，得意地晃著禿腦袋，一會兒摸摸他的斷樑鬍子，一會兒用雞爪似的長指甲挖耳朵，挖了一下，彈了一下，發出清脆的聲音。爹還是老樣子坐著，很不安似的。

「阿申先生，剛才大奶奶……」爹看看門口，門口還有人，他沒有說下去。

「阿登兄，你安心，一切我會給你安排。」

「我不是不安心，我是說……」

「我知道，我知道，等一下你就會明白了。」

大先生大奶奶出來了。這回是大先生開口：

「申老，我同內人對家樑很滿意，我們決定培植他到大學畢業。至于小女的事，我想留阿登兄下來再談。」

「好的，好的。那我叫家樑先行禮，以後送他回去。」

大先生大奶奶都說不要行禮，破刀申卻回頭用讀祭文的腔調叫：

「拿——紅毡毯——來！」

門口有人接腔，一個女人送進一張紅毯子，鋪在客廳中央。

「家樑，你過來，給大先生大奶奶行個禮。」

破刀申又來牽我的手，我看看爹，他沒有說話，我在破刀申的擺佈下，胡亂地磕了三個頭。當爹和破刀申送我到大門口，我就脫下那雙太太的新布鞋拿在手裡，頭也不回的一口氣跑回家去。

三

這一夜，我做了一個惡夢。

我夢見站在仁大房後園石牆上，兩手捧著大把桂花，那條大狼狗直往上撲，咬住了我的褲腳管，嚇得我滾了下來。我驚叫了一聲，心頭擂鼓似的「通通通」亂跳。我定定神，聽到遠遠地單眼新的敲梆聲。

「阿櫟，阿櫟，你怎麼啦？」媽在前房叫我。

「是做夢，不要叫他。」這是爹說的。

夜是靜靜的，除了遠遠的敲梆聲。老半天，我聽到媽輕輕嘆了口氣。

「阿櫟爹，我看阿櫟今天很不高興，回來就躲在房裡。這門親事我總覺得不大合適，我們怎麼配得上呢？」

「那有什麼辦法？霸王請酒，推也推不了。阿申先生說得也對，這樣的親事，旁人求都求不到呢。」

「那是不是就要訂婚？我們家能拿得出什麼呢。」媽連連嘆氣。

「阿申先生說過，明天他會給我們回音。」

我努力去理解爹和媽說的話，但我無法整理出一個頭緒來。我翻來覆去一點也不想睡。單眼新的敲梆聲漸漸近來，我心裡更是煩躁。這一天所經過的事情，一起在我的腦子裡打轉：媽忙亂地找舊棉絮的神情，爹在仁大房侷促的樣子，大奶奶的笑，破刀申的彈指甲，還有那戴著皮口罩的大狼狗，和那些堆在門口吱吱喳喳的男男女女……。

第二天一大早，我剛睜開眼，就聽到爹和破刀申的談話聲。「阿申先生，真人面前不說假話，我們家實在……大先生的意思……」爹的話吞吞吐吐。

「你不說我也知道。大先生不計較這些，他只希望家樑能夠聽話，好好用功。」

「呃，那就好了，那就好了。」

「還有呢！」破刀申的聲音顯著得意。「大奶奶說，訂婚是件大事，等家樑中學畢業後舉行。那時候要大大地熱鬧一下。你要知道，仁大房就是這麼一個千金呢。」

爹連連道謝，媽也忙不迭的留破刀申吃飯。

事情很快就傳開了，我成了仁大房大先生的未來女婿，全青山莊都在談論這件事。我隨便去到那兒，總有許多眼睛像鈎似的向我扎來，使我難為情得抬不起頭來。在家裡，左鄰右舍的女人們，穿梭似的來跟媽談論我的婚事，吵得我頭昏腦脹。而破刀申也成了我家的常客，每次爹留他吃飯，我總得跑到王德伯店裡賒老酒。王德伯店裡的閒人也不輕易放過我，每次總有人拉著我不讓脫身。我一向快樂的日子被攪亂了，要不是學校開學了，我真的要大大地哭一場。

離家上學的前一天晚上，破刀申來跟爹說，大先生已雇好烏皮金的小蛙溜，並且由他陪我進城。爹和媽忙不迭的道謝。我心裡想：「誰要你陪！」破刀申卻把我拉過去，慎重其事的掏出一個東西來。

「家樑，大先生送你這個。」

這是一個新「手摺」，上面有朱記仁大房的字號，破刀申得意地向爹媽看一眼，晃著腦袋說：

「工欲善其事，必先利其器。」接著轉向我。「家樑，你在學校要買文具用品，書籍簿冊，可以拿這個到五馬街仁豐當店領錢。你看，大先生對你可算是再生父母。喏，現在你拿去。」

他把手摺在我面前一晃，逗我去拿。他的樣子使我討厭，我轉過身不理他。爹罵我不懂事，媽搶著說：

「阿樑，你還不快謝謝阿申公，為了你讀書，阿申公的鞋子都跑穿了呢！」

「好說，好說。提攜後進，義不容辭。只要家樑將來發達之後，不忘記我就得了。」他把手摺塞到我手裡。「家樑，這個手摺你要放好，不能丟掉，還有，買什麼東西，一筆一筆記起來，放假回來，連成績單一起給大先生看。」

在媽的督促下，我向破刀申道過謝，就去睡了。這一晚破刀申回去得比較遲。起先是他那討厭的聲音使我睡不著，他走了，我還是睡不著。明天我就要離開家了，許多雜亂的念頭，跑馬燈似的在腦子裡亂轉。

夜已經深了，前房還點著燈，我聽到剪刀放到桌子上的相碰聲。

「好了，好了，快好了。阿樑，你還沒睡著？睡吧，明天早上要起不來呢。」

媽說對了。第二天一早，我從夢中給媽喊醒。這是我第一次離家到一個陌生的新環境去，我心裡有許多話想跟媽說，但我卻只說了一句：

「媽，我走了。」

媽眼睛一紅，點點頭。我連忙趕上挑著行李的爹。在埠頭，爹放下行李，先讓破刀申和我上船，以後把行李放在船頭，回身走上埠頭的石階。

這時，我突然發現爹的左小腿肚爬滿著蚯蚓似的彎彎曲曲的青紫色的筋。我想起那天爹對老師說的：「我這左腿常鬧病，天一變就難受。」以前，我常幫爹到田裡車水，以後，爹要一個人車水了。我彷彿看見爹一個人孤單地，費力地，一腳一腳車著水，那小腿上的紫青筋，蚯蚓似的蠕動著…………

驀地，我給爹的喊聲驚醒。

「家樑，家樑！」爹沿著河岸跑過來。

「爹，什麼事呀？」

「家樑，不要忘記，常寫信來呀！」

「爹，我知道。」

爹站立在河岸，一動不動。烏皮金的小蛙溜已划進大橫河，爹的臉漸漸模糊了。

「家樑，你爹真是一個忠厚人。」

破刀申說著把身體更滑下來。我連忙退縮一點，他的腳太靠近我了，有一股難聞的臭味。今天他沒有帶長煙筒，他從袋子裡掏出紙煙點燃著，用力地吸了一口，半閉起眼睛。我不想回答，看他那怡然自得的樣子，他並不希望我回答。

烏皮金一面划著槳，一面向破刀申搭腔。

「阿申先生，孫家集學堂裡的老師說，家樑是他教過的最好的學生，難怪大先生看上了家樑。」他往掌裡吐了口水，加倍用力地划著，船頭水花濺得好高。

「當然，我們這一區，誰不知道仁大房的大先生？他的鐵算盤那會打錯的。不說別的，信五房那個唸私立中學的朱三偉，雖說是他的親侄子，他可半個子兒也不肯掏。不過……」他又摸起他的斷樑鬍來。「不過，千里馬常有，伯樂不常有。大先生也可算是伯樂囉。」

「白樂？大先生是什麼白樂？」烏皮金把眼睛鼓出。

「哼！跟你講你也不會懂，此所謂對牛彈琴是也。」破刀申不屑地閉起眼睛，噴出了濃濃的一口煙。

「家樑，白樂是什麼？」

「我不懂。」

「你也不懂?!」

烏皮金很失望。他又往掌裡吐一口水，用力地划著。那把槳發出很響的「咿呀咿呀」聲。

破刀申打起鼾聲來了，那雙臭腳一直伸到我的腋下來。我想，下次我要一個人上學，絕不要他陪。

四

新環境的一切使我緊張興奮，新的功課吸引了我全部的注意力。漸漸地我淡忘了離家前那一段煩躁不安的日子；那些討厭的人與討厭的事，離我漸漸遠去。

那個星期天，我想出去買一本初中本國地圖，我班上的同學人人都有一本的。我要先到仁豐當店拿錢，但我不知道五馬街在那裡。平時，我很少和同學們來往，沒有事總是坐在自己的位置上。現在不得不問座位近旁的一個同學了。他叫譚標梅，同學們開玩笑叫他大表妹，他也不會生氣，他是一個很活潑很會交際的人。他很樂意陪我去。他笑我是土包子，進城這麼久了，連五馬街都不會走。我們找到了仁豐當店，我把那本「手摺」往高櫃子上一丟。

「領錢。」

半天，上面伸出一個戴瓜皮帽的腦袋，銅邊眼睛滑到鼻尖。

「你叫什麼名字？」

「林家樑。」

「嗯，好，好。」他盯了我左胸口的三角校徽一眼。「你要領多少？」

我不知道該要多少，譚標梅伸出一隻手，動動五個指頭。我輕聲問他：「五毛？」

「五塊，傻瓜！」他的聲音雖然很輕，眼睛可瞪得好大。

「五塊。」我紅著臉說。

「好，付五元大洋。」

他那戴瓜皮帽的腦袋縮回去了。半晌，他把錢和手摺交給我，並且做了一個怪笑臉：「你真有福氣，你是前世修來的，少爺！」

這種話，在青山莊我聽厭了。我不理他走了出來。譚標梅驚奇地問：

「家樑，這當鋪是你家開的嗎？」

「不是。」看他的表情，他不相信。「真的不是。我家要是開當鋪，我也不讀公費了。」

「那他怎麼會給你錢呢？」

「我也不知道。」我心裡很虛，恐怕他再問下去。

「這是你的秘密，你不肯說也就算了。」

他雖然沒有生氣，我知道他心裡一定是不高興的。我只怪自己為什麼不一個人找呢？

現在更怕跟同學們來往，我怕他們會問我當舖的事。我很孤單，我需要朋友，但我不敢主動去親近人。

在我的同班同學中，大多是住校的。他們和我一樣都是來自農村，有的還遠從一百多里的外縣來的。因為我們的學校，是附近四五個縣份僅有的省立中學。每晚就寢熄燈前，是最有趣最輕鬆的時刻，同學們都喜歡談論自己可愛的家鄉與快樂的童年。有時，有人大聲叫「大表妹」，譚標梅一聲「嗳，來了！」放下自己的事跑過去，一大夥堆在一起，吱吱喳喳，接著是一陣鬨笑。在這種場合，我心裡總不禁「トトト」的跳。雖然譚標梅對我還是一樣，而我懷疑同學們是不是在談論我。

我的煩惱愈來愈深了。

寒假回家，媽高興得團團轉，爹也很和氣。但當我拒絕了破刀申要我到仁大房去的建議時，爹卻光火了，罵我是呆瓜，要揍我。在媽的低聲勸說和爹的吼聲中，我忍著一肚子氣，跟破刀申到了仁大房。我把成績單、手摺、帳單拿給大先生。他一面看成績單，一面點著頭。他對破刀申說：

「申老，我五房的小三又留級了。他要是有家樑一半好，賣田讀書也不會冤枉了。」

破刀申笑著連連點頭。大先生又打開手摺看了一會，帶著深沉的聲音問我：

「家樑，」他看我一眼，「這學期你竟用去……」

「還剩七毛。」我連忙摸出銀角子往桌上一放，就跑了出來，破刀申在後頭大聲地叫：「唉！這個孩子，這個孩子！」

為了這件事，破刀申特地把爹叫到仁大房去。一回來，爹大大地生氣，搥著桌子，罵我是不識好歹的畜生，並且警告說，下次再敢這樣，決不饒我了。媽則換了一種方式，等到爹出去了，就嘮嘮叨叨要我聽爹的話，不要得罪大先生。

十幾天的寒假，我沒有一天是快樂的。放假前，天天盼望回家，現在，我更盼望早些開學了。我對媽說，我不用破刀申陪了，我會一個人上城。我總算擺脫破刀申了，但大先生要我跟他五房的朱三偉一同坐小蛙溜上學。我和朱三偉同船比破刀申還難受。他身上彷彿長著刺那樣的叫人不舒服。直到我從二年級升到三年級，他那傲慢的氣燄才稍稍好些。但他的談話使我討厭，他常說，我是他的妹夫，要我聽他的話。

無論在家裡，或者在學校裡，我都是寂寞的，我老是感到有一種無形的東西壓在我身上，使我無法活潑起來。到我讀三年級時，我又增加了苦惱。三年級學生的話題，已經離開了可愛的家鄉，漸漸轉到異性的身上來了。本來邋遢的也注意起衣著來，膽子大的還偷偷的給女同學寫信。以前，我避免跟人家談論自己的家庭，並不是怕同學知道我家貧窮，我是怕因此會扯到埋在我心裡深處的事情。對於女同學，我更一向沒有注意，雖然我漸漸長高了，我還是很怕羞。有時她們向我借數學習題簿，我也不敢面對面看她們一眼。雖然同學們嘻嘻哈哈，每天都有說不完的新聞，我還是一個人埋頭在書本上。慢慢地，我對數學發生了濃厚的興趣，本來是為考滿分而努力的，現在是為了興趣而讀書了。因此無形中我成了老師在課堂上讚揚的學生了。

我們的老師姓易，他是在高中部教數學的，初中部只兼我們一班的課。在課堂上他是一位很嚴格的老師，他對學生的要求很高，除了正式課本，還添印自己編的講義做補充教材。高中同學背地裏叫他「閻王面孔」。但我一點也不怕他，我常到他房間去。這時我已經在自修高中的范氏大代數與解析幾何，有許多問題自己無法解決，老師總是不厭其詳地為我講解。星期天我也曾到他家去玩，老師、師母，還有他的讀初中二年級的女兒易明珍，待我都很好。我因為沒有一個朋友，常常感到寂寞，現在有這樣一位老師，使我心裡有說不出的安慰。可是，不知從什麼時候起，同學中流傳著說，易老師看中我了，要我做他的女婿，還有人在黑板上寫：

「假正經，假斯文、死啃數學考百分，閻王老子當丈人！」

我知道老師的女兒易明珍正是譚標梅思慕的對象。在初中部易明珍是男同學談論的對象。壁報、校刊上常有她的文章。譚標梅寫過好幾封信給她，都沒有反應。可是我無法斷定這是誰造的謠言。為了怕老師知道，我只有隱忍著，表面上我裝著若無其事的樣子，但難言的痛苦一直纏著我。直到學期考試結束，同學們準備回家過年，我才鬆了口氣。但我為了避免到仁大房去，決定留校，準備明年暑假升學的功課。

我正在寫給爹的信時，老師的女兒易明珍來叫我，說她的爸爸要我到他家去。我跟著她走出校門口，正碰上朱三偉，他說：

「家樑，我正找你，你東西準備好，我們下午回家。」

「我不回家了。」我說。

「什麼？你不回家過年！」他的視線從我的臉上轉到我身旁的易明珍。

「我要準備明年暑假升學，」我解釋說。「你一個人回去吧。」

他把頭一揚走了。走了幾步，又回過頭來盯了易明珍一眼。我知道我沒有聽他的話，他一定很生氣，但我不願意為了使他高興我就回去。

第二天，意外地，烏皮金找到學校來，說我媽生病了，我爹叫我坐他的船回家。我匆匆寫了封信，告訴易老師，說家裡有事，即刻回家，並且謝謝他留我在他家過年的盛意。我把信交給傳達室的工友，請他送給易老師，同時拜託他，如果有我的信，請轉到青山莊來。

船到青山莊，我不等靠埠，就跳上岸，直往家跑，在家門口我愣住了。媽好好的坐在那兒縫東西。我叫了一聲，媽抬起頭來，瘦削的臉上露出笑容。

「媽，你不是身體不好嗎？怎麼還做事情？」

「唉，我沒有病。」媽招招手，我走過去。「阿樑，你怎麼越大越不懂事了！」

我愣了。媽的語氣神情如此沉重使我不安。但我不知道媽說的是什麼意思。媽拉我坐在她身邊，哽著聲音說：

「孩子，我們是窮人家，你讀書是靠仁大房的。你又是大先生的女婿，你怎麼還跟女學生好？這不是叫你爹過不去嗎？剛才阿申先生又叫你爹到仁大房去了。你想，大先生不用說，就是阿申先生，也不是好惹的呀！」

我知道這是怎麼回事了。看到媽這樣憂傷，湧上來的怒氣只得按捺著。

「媽，我討厭到仁大房去！」

媽呆呆地看著我，老半天。「唉！」她嘆了口氣。「我早就跟你爹說過了，我們家配不上的……」

「媽，……我…我不要……」我抓著媽的衣袖，希望她幫助我。

「唉，到這步田地了，有什麼辦法呢？孩子，你千萬不要胡思亂想，你只有忍耐著，不要再叫你爹為難了。」

「不！媽，這是爹自己找的，我……我不管……」

「你不能這樣，孩子，為了你讀書，田裡的活只有你爹一個人幹。你爹和我苦一輩子，我們都認了，只望你有出頭的一天。」

媽的眼裡滿含著淚水，我心裡一酸，靠著媽的肩膀說：

「媽，這個我知道，我會聽你的話。」

「孩子，你能聽話就好了。你爹還沒回來，你趕快到仁大房向大先生說清楚去。」

為了不使媽難過，為了不使爹為難，我只有忍著氣到仁大房去。我沒有做錯事，一點也不怕，心裡充滿了從未有過的勇氣。但當我走近仁大房那個小客廳，破刀申的聲音使我煞住了腳。

「……阿登兄，話到此為止。大先生君子一諾千金，他可沒有過河拆橋；而你的兒子翅膀還沒長出，就敢膽大妄為了！養子不教父之過，你自己可要好好估量著。」

「皇天有眼，阿申先生，我賭咒，家樑是個老實的孩子，他……」

「他老十！他是老九的阿弟。嘿嘿！他像你說的，是個不響屁，專門肚子裡搗鬼。告訴你，他不要我陪著上學，就是做賊心虛，怕我拆他的牆腳。你想，他要是光明正大的，怎麼放假了還不想回家！」

「申老，我的意思是，君子絕交，不出惡言。如果家樑的背信行為調查屬實，自然由阿登兄負責。阿登兄想必也知道，仁大房向來是不做虧本生意的。」

我聽得耐不住了，我站到門口，叫了一聲「爹！」走了進去。

這個場面我永遠不會忘記的。破刀申瞪著一對牛眼，就像幾年前半路上舞著長煙筒打我們的那副兇相。大先生則背著手挺著個大肚子站著，一臉不可侵犯的威嚴神色。爹像個犯故失的小學生，很頹喪的侷促在那兒。

我走過去牽著爹的手，他的手有點顫抖。我說：

「爹，我留在學校，是為了補習功課，希望明年升高中也能讀公費。不知道這會使你為難。」

「呃！想不到在城裏住了幾年，竟學會花言巧語了。」破刀申用鄙夷的口氣挖苦我。

「我問你，你怎麼跟那個女學生鬼混？你說！」

我咬著牙。我恨他，我把臉轉過去。

「家樑，阿申公問你，你好好說呀。」爹用祈求的眼光看我。

我把頭低下來，我決不跟他講話。我聽得見自己的心在跳，我覺得自己的頭腦不斷在脹大。這時，大先生開口了。他的聲音很深沉。

「家樑，你留在學校，是為了明年考公費，你的用意……很好。不過，只要你聽話，能循規蹈矩，讀公費讀自費，我還在乎這個嗎？」大先生說得很慢，但一字一錘，重重擊來。「現在，我問你幾個問題，你要老老實實的回答我。」

他停頓下來了。我屏著氣靜待他的責問。爹把我的身體轉過去，我這才發覺大先生還是那個老樣子站在那兒。

「家樑，我五房的三偉說，你昨天跟一個女學生走在一起，有這回事嗎？」

我點點頭。

「你找她有什麼事？」

「是她找我。」

「是她找你！」

破刀申像給蟲子咬了一口那樣的叫了起來。大先生搖搖手，又問：

「她為什麼找你？」

「是她爸爸要她來找我的。她爸爸是我的老師。」

「是這樣嗎？」大先生把頭一偏，眼睛瞪著我。

「的確是這樣。」

「這個老師姓什麼？教什麼的？」

「他姓易，叫易樹人，教我們數學的。我現在自修高中的代數幾何，就是易老師給我個別指導的。易老師對我很好。」

「那個女學生怎麼樣？」

「什麼怎麼樣？」我不知道大先生問的是那一方面。

「那個女學生對你怎麼樣？」

「沒有怎麼樣。她是二年級的學生，我們學校男同學女同學是不講話的。」

「家樑，我希望你講的都是事實。」

「我沒有說假話，你可以到學校去問。」

「阿登兄。」大先生沉默了半會之後對爹說。「我希望這是一次不幸的誤會，你不必放在心上。不過，我還是要打聽的。至于家樑，」他轉向我，「我希望你繼續努力讀書，今天的事情沒有別的，只不過表示我的家庭對你的關切而已，就是說，一切都是為了你的前途。」

我點點頭，表示接受他的好意。

五

大先生所說的「不幸的誤會」總算過去了，但接著有一根無形的繩子，把我捆得更緊更牢。

假期裡，我的來往信件必須由仁大房轉，在學校裡，每個星期六下午，我要坐烏皮金的小蛙溜回家，星期天下午再進城。對於易明珍，我更須避得遠遠地，就是易老師的房間，我也很少去了。

本來我是很少說話的，我的樂趣，一向是在一般同學認為頭疼的數學上。現在，痛苦的記憶常困擾著我，像夏天牛身上的蠅，驅之又來。我無法維持平靜的心境，我不能像以前那樣專心於我的演算了。

那天數學下課時，易老師對我說，晚自習如果有空，到他房裡去一趟。我按時去了，老師正在批改作業。他摘下眼鏡，把椅子退後一點。

老師倒了兩杯開水，一杯給我，他自己啜了一口，緩緩地說：

「家樑，你的身體怎樣？是不是有什麼不舒服的地方？」

「老師，我的身體很好。」

「那麼，是不是你的家庭有什麼變故？我看你近來總是很愁的樣子。」

我心裡一驚，我說：「老師，我家裡還是一樣，爹和媽都還健康。」

「噢——」老師鬆了口氣似的點點頭。「家樑，我沒有責怪你的意思。近來我發現你的情緒不大好，如果這是因為你的家庭發生困難，你可以跟我談談，看看，我能給你幫一些什麼忙……」老師在沉思什麼，半閉著眼睛。「噢，我想起來了，寒假裡好像有人問我關於你的情形，我那時候因為家裡忙過年，沒有在意。我想，這或許同你目前這種情形有關吧。」

我把頭低下來，我想起大先生說的「我還要打聽」的話來。「家樑，」老師的聲音充滿了關懷。「你要是有什麼為難的地方，你不妨告訴我。」

老師的語氣這樣柔和、態度這樣懇切，我真想把心中的創痛坦露出來，痛痛快快的哭一場。但當我一接觸到老師那關切慈祥的目光，我忍住了，我怕自己的坦露，會使老師難過。

「老師，我讀的是公費，我家裡雖然苦一點，還可以勉強維持。我以後一定要更加用功……」

「不，不，」老師連連說。「你用功的程度夠了。家樑，我今天要你來，並不是責怪你不用功。當然囉，數學這一門是很艱深的，它是純理論的學科，需要按部就班和持續不斷的研讀。在中國，這方面的人才太少了。現在，你已經有一個很好的基礎，我很樂意給你個別指導，但一切還是靠你自己的。」

這一夜，老師的話不停地在我的腦子裡翻騰。老師對我期望這樣高，而他那裡知道，我並不是為了自己而讀書的，我真擔心，總有一天，我會使他失望的。

就在易老師跟我談話後的一個星期，易明珍遞給我一封信，使我大大地嚇了一跳。

那天下午，我從圖書館出來，走到校園的拐彎處，後邊有人叫我，一回頭，只見易明珍左看右看快步過來，遞給我一本書，我還沒來得及弄清楚是怎麼一回事時，她已經走遠了。我翻開書本，裡面掉出一封信來，我連忙撿起，幸好周圍沒有人，我抖著指頭把信拆開。

家樑：

我什麼地方得罪你了？這麼久你都不到我家來了。從爸那兒我知道了你的情形，我媽也常說起你。我媽我爸都把你當一家人看待呢！我爸就是喜歡數學好的學生，我可討厭數學，我喜歡文藝。對了，我給你的這本小說《簡愛》很好看，你看了一定會滿意的。嗯！我差點忘了，歡迎你到我家來玩。

明珍

當我完全明白了信中的意思時，我慌亂到極點了。我雖然知道易老師對我很好，但絕沒想到他一家人都這樣深厚地關懷我。我怎麼辦呢？我不能去，我也沒有時間去，星期六下午我必須回家。第一次我怨恨起自己的家庭，如果我沒有接受仁大房的恩惠，現在絕不會有這麼多的苦惱，我就可以自由地去親近真心愛護我的人了。

日子真是難過。在百無聊賴中，我翻開了易明珍給我的小說。這是不可思議的，一開始我就被《簡愛》不幸的童年吸引住，她的身世遭遇如此悲慘，使我忘記了自己，我為她流淚低泣，好幾次中途停下來，等情緒稍為平靜時再繼續讀下去。簡愛的努力奮鬪終於成功，她獲得了她所追求的愛情，她是一個勇敢的女孩子。

這是我第一次看小說，它給我的震動是這樣的強烈。我把書還給易明珍時，夾了一張紙條，告訴她，每個星期六下午我一定要回家，所以沒有時間到她家去；並且謝謝她給我看的小說，從這本書裡我得到了不少東西。以後，一有機會，易明珍就給我小說，我真感謝她沒有追問我為什麼每星期六一定要回家。

我們始終維持著這種微妙的關係，但我總是避免跟她直接談話。可是日子愈久，明珍留在我腦子裡的印象就愈深刻，我幾乎一閉上眼就看見她。有時，我在夢中和明珍講話被人撞見而驚醒，因之，我必須忍受失眠的痛苦。我不知道這是不是就是愛。雖然我已經升入高中了，我仍然不敢向明珍透露一字半句。我常為自己的懦弱而痛苦而詛咒。這種亦憂亦喜擔驚受怕的生活，一直維持到民國二十七年，我高中將要畢業時才告一個段落。

六

民國二十六的暑假，「七七」事變發生了，青山莊離城雖有七八十里，也有學生來做抗日宣傳工作。他們貼標語、漫畫、街頭演說、演文明戲，來揭露日本軍閥侵華的野心及其殘忍的暴行。

由於愛國熱情的驅使，一向生活在自己的小天地裡的我，也就自然地參加了這個熱情澎湃的宣傳行列。但我立即受到警告，仁大房由破刀申傳話過來，不許我同這些城裡來的學生們來往，說這些男學生女學生混在一起，不成體統。

開學了，同學們組織「抗日救國施教團」，四出宣傳抗日救國。而我則不得不像一隻離群的雁，獨自埋頭在書本上。一到星期六下午，照常坐烏皮金的小蛙溜回青山莊。

這一年的秋天，日軍繼「八一三」淞滬戰役之後，在東南沿海展開了一連串的軍事行動。我們的學校總算在縣城陷落前疏遷到山區去。等到國軍第三十X師發動反攻，收復縣城時，已是冬盡春來的時候。

我們從山區返校的第一個星期，爹從家鄉趕來看我。這是我進城上學以來的第一次。當我知道媽身體還好時，才放下心來。可是爹卻提起破刀申，他要我星期天到地方法院看守所去看他。我從報紙上早已知道，破刀申在日軍下鄉騷擾時，他就是青山莊第一個搖膏藥旗歡迎「皇軍」的人。憎恨鄙視的心理，使我堅決拒絕了爹的要求。

「爹，破刀申是日本鬼子的走狗，是漢奸，我決不去看他，你也不要去看他。」

「孩子，你不要這樣說，他對我們家總算是有恩的了。再說，他也是為了莊上好。」

「不是的，爹，沒有破刀申，日本鬼子也不會在我們莊上騷擾這麼久了，孫家集他們就沒有住過夜。爹，你怎麼會為這種人說話呢？」

爹站在那兒沒有話說了。這不是我長得跟他一般高，使我有膽量跟他頂撞；是我內心對破刀申的鄙視與厭惡實在無法抑制。爹的無言，使我激動的情緒稍稍冷靜些，我發現爹的背也微駝起來了，半年來爹顯得蒼老多了。但我看不到爹小腿上的青筋是不是比以前更多了，爹今天是穿長褲來的。想到爹的辛苦，我感到一陣難過。我說：

「爹，你今天來，就是為這件事嗎？」

他嘆了口氣：「還有……大先生說，時局不大好，你畢業了就結婚，以後再讓你上大學。阿申先生坐牢了，這是他親自對我說的。」

我本想說，我寧可不上大學，也不要結婚。但我看到爹這樣愁苦，我說不出來。我只說，等畢業了再說吧！

對於結婚，我是從來沒想到過的，現在，竟然要來了。我不敢想像自己真的會成為大先生的女婿。我怎能忘記那年爹因我不回家過年假，在仁大房所受的屈辱。而且，還有那麼一天，一個從不相識的，生活、環境都跟我完全不同的女孩子，突然成為我的妻子時，必然會發生種種意想不到的不愉快的事。我發覺自己站在一個深坑的邊緣了，不是閉起眼睛跳下去，就要不顧一切，騰身躍過。日子不多了，我不能猶豫，我必須有所抉擇。

這時，我想起幾年前易老師曾對我說過：「家樑，你要是有什麼為難的地方，你不妨告訴我。」要不要告訴老師呢？我卻猶豫不決了。這時，東南唯一大報《東南日報》，報導政府號召「知識青年上戰場」的運動，在同學間掀起了從軍救國的熱潮。這個熱烈的從軍運動驚醒了我。我那被壓制已久的年輕的愛國的心躍動了，像迷途的夜行人，看到了黎明的曙光。現在，我所能選擇的最好的一條道路在我面前展開了，我毅然挺起胸膛，向前走去。

出發前一日，我到易老師家辭行。出來時明珍送我，這是她同我長時間來第一次走在一起。我們的腳步很慢，兩個人默默地走著。

現在，我不是有什麼顧慮，只是幾年來積聚在心中的感情太深太厚了，使我不知道應該如何表達出來。最後還是明珍先開口：

「家樑，時間過得多快，一轉眼，我們都長大了。」

「是……」我的舌頭打結。

「家樑，希望你勝利後繼續讀大學。爸說你在數學方面應該有所成就，只要你不停的努力下去。」

我嘆了口氣。「我恐怕會使老師失望，我沒有讀大學的勇氣了。」

「為什麼呢？家樑，難道你真的不知道有人關心你嗎？」

從她的話中，我聽得出她所指的是誰，我微微轉過頭去，她也正好看向我。

「爸說你什麼都好，就是太憂鬱了。家樑，憂鬱會使人消沉，會使年輕的心衰老。家樑，我知道自己沒有權利分享你的秘密，但我希望知道你為什麼老是躲著我。」

我覺得明珍的眼睛一直沒有離開我。她的話，一句句緊扣著我的心。我的腳步越來越重，我看著自己的腳尖。

「明珍，我無法說明。我對不起老師，我也對不起你。」

「不，你沒有什麼對不起我的地方。家樑，我知道你一定有困難，可是，現在你已經長大了，你該拿出勇氣來，你已經有權利決定自己的事情了。」

明珍的話像一道箭，穿透了我的心胸。我微顫著轉向她，希望從她的眼睛裡，讀出她話中的含意。她的眼睛是這樣的明亮，是這樣的充滿了愛意。

幾年來，在夢中相見也會受到驚擾，我幾乎不能相信會有一天能夠面對著她傾訴自己的心聲。我的聲音很低，像耳語似地：

「明珍，明珍，我太懦弱了，從你給我的書中，我懂得了愛與恨。可是，我沒有勇氣，我的恨只能埋藏在心裡，我的愛，同樣的也只能讓它在心底枯萎。雖然、雖然……我……們天天相見……」

激盪的感情，像決堤的水，奔騰洶湧，我只覺得喉頭鯁塞，渾身發冷。

明珍的眼裡，隱含著淚水。她握著我發抖的手。

「你並不懦弱，我知道你並不懦弱，你只是太善良了，家樑，我也是的。我們忘記過去吧，從今天起，讓我們的心緊結在一起。」

「可是，明珍，我就要離開你了。」

「我等著你回來，我會天天為你祝福。請相信我，我會像簡愛一樣的堅強，為了愛，我可以忍受一切。我沒有別的，只希望你好好保重，這不僅是為你自己，同時也是為了我。」

七

明天，我就要隨隊出發。這是最後一夜了，我必須寫好給爹媽的信。我想到爹的辛勞，媽的愁苦；六年來為了我讀書，爹和媽還要忍氣受屈。我有千言萬語向爹媽訴說，然而，我卻只能寫出一封簡短的信：

爹：

媽：

明天我就要離開學校從軍去了。我知道這會帶給您倆很大的痛苦，但我沒有別的辦法。為了割斷六年來捆絷在我身上的無形的繩子，這是我所能選擇的最好的道路了。爹，您可以把這封信給大先生看，我記得大先生自己說過：「仁大房是不做虧本生意的。」六年來的費用，我都有詳細的記載，我會設法連本帶利還給大先生的。

爹、媽，請饒恕兒的不孝吧！當勝利來臨時，我會很快地回到您倆的身邊。

我相信勝利一定會到來的。

不孝兒　家樑二十七年五月六日

寫好信，我深深地吐了口氣，像一個遠行者，放下了背負在肩頭的千斤重擔。是的，我已經長大了，我已經在實際的生活教育中，深切地體認了「負債者，化自由人為奴隸」的真義。從此，我可以擺脫了六年來精神上的奴隸生活，做一個獨立自主的人。

現在，黑夜將盡，黎明就要到來。我必須裹起心靈上的創傷，為愛我的人，為我所愛的人，振作精神，來迎接嶄新的燦爛的明天。

民國四十九年間於《新生報》副刊連載

「天聲木偶戲班」的傳奇

一

爛眼五的失蹤，在下方墩成了大新聞，比起那年橫街天德堂的小東家，從省城帶來會唱的鬼盒子叫什麼留聲機的所引起的轟動，是更大的新聞。

爛眼五不是手拎紅纓帽衙門直進直出的有名人物。可是下方墩周圍百十里地，有誰不知道「天聲木偶戲班」的掌班爛眼五這號人物。尤其是這一年的八月初八，送子娘娘的生日戲，「天聲木偶戲班」的亂彈，鬥贏了京班「大高昇」，更是奇事傳千里，連省城報館的新聞記者都跑來打聽新聞。

一些好心腸的街坊不免嘆氣說，爛眼五真命苦，他家三代做木偶戲，從祖父拐子琴、父親小旦昌一直到他，單傳絕藝，木偶戲愈做愈好，生活卻是孔雀生雉雞，一代不如一代。眼看他三十五六的人啦，還是個孤佬。現在，看看走運了，有人來接頭請他的戲班到省城去做，而他卻是大風刮走稻草灰，連影子也不見。

爛眼五的失蹤，引起種種議論。說是被謀財害命吧，不會的啊。他的褡褳裡沒半個鷹洋，就是銀角子也不常有。說是跟誰家的女人有勾搭，被人毀屍滅跡，那更是亂話三千！你看他那副邋遢陰司相，一件稀舊的藍長褂子，彷彿套在扁擔上，走起路來晃晃蕩蕩，遊魂一個。他那雙連眼睫毛都爛脫光的糟紅眼，眼眶皮翻轉來，看了就叫人泛胃。

只有鑼鼓一敲，木偶戲一上場，他換了個人，精神亢奮，唱生是生，唱旦是旦。下了戲，人就成了走氣的皮球，鴉片鬼似的軟塌塌地，兩個肩膀高高聳起，只差一點流出鼻涕了。他連打鑼鼓的伙計都懶得打個招呼，管自己縮著頸子，一晃一晃，晃進三官殿西邊的破廂房，翻倒在破草薦上，閉眼抽旱煙養神。這種人，連狐狸精都躲著他，不要說有血有肉的人了。

可是人總是不見了啊！

於是，有人說：「一定是仇殺！」

「仇殺？笑話！」

誰看過阿五跟人打架？不用說仇家啦！連瞪過眼的人都沒有。腦筋動得快的人馬上反駁說：

「怎麼沒有仇家？你忘了，大高昇那個胖掌班說的狠話。」

唉，說歸說，做歸做，氣話嘛。人家是跑碼頭的，那裡不好混，說過也不就算了，真的還犯得著動刀子捅人！

日子風吹一樣過去。爛眼五的失蹤漸漸被人丟在腦後的時候，卻突然有人在橫街奔著鬼嚎似的嚷嚷：

「爛眼五死啦！爛眼五死囉！死在水蛇坑……」

水蛇坑在洞橋頭金家廢園的東北角，那兒有一棵幾百年的老槐樹，四五月裡，滿樹開著黃白色的花朵，遠遠看去，就是一把巨大撐天的花傘。這棵綽號老壽星的大槐樹，在一場深夜的大雷雨中，被一聲巨雷劈中，粗樹幹劈對半，過了好幾天，那濃烈的樹枝的焦臭味，還沒散去。所以一提到水蛇坑，就叫人想起那倒楣的老槐樹。其實，老槐樹下的水蛇坑並不是坑，也沒誰見過水蛇，幾十年百年都這樣叫下來。老一輩的人說，水蛇坑原是小潭子，水清清的，不管乾旱、漲水，水蛇坑都一個樣，清清一潭水。風水先生說，這是活穴，是龍眼。後來不知怎麼著的，水蛇坑的水枯了，金家也沒落了。那麼大的園子，只剩稀落的幾棵老橘樹，仍舊頑強地在那裡苦撐著。每年霜降，老槐樹的葉子落得一片不留，空落落的枝椏在寒風中顫抖。可是牠並沒死，春天一來，枯枝上又抽出新葉來。

今天，水蛇坑人擠人，比廟會更吵鬧，有女人恐怖的尖叫聲，有小孩被擠痛的大哭聲。爛眼五像乾癟的癩蛤蟆，四腳朝天，變成一具人乾。那張瘦臉成了風乾的棗子，顯得特別小，爛眼眶卻大大的，死灰的眼球深深陷進去。他的上唇縮上去，露出歪斜的黃牙齒，乍一看，活像受盡折磨的人所發的苦笑。那雙雞爪手，筋骨全露，十個指頭尖圓鼓鼓的，像十顆紫葡萄。凶死的人也有，可沒有這樣難看的死相。

「真是皇天沒有眼呀！一個本份人，這樣的死法！」

二

俗語說，師父傳徒弟，手藝差一截。本來嘛，誰沒有私心，保留一點壓箱底本領，免得徒弟一出師，搶師父的飯碗。爛眼五一家，三代單傳，可不比外人。所以「天聲木偶戲班」的戲，愈做愈好，無論木偶的造型、唱工、說白、提線，一代勝過一代。到了爛眼五手裡，在臺上，個個木偶是活的，叫看的人看獃了。

爛眼五的祖父阿琴是個怪人，幹的是木匠，出名的是做木偶戲。只要有人請，他會把正在幹的活兒丟開，先去做兩天戲再說。

阿琴最拿手的是老爺戲。從桃園結義到過關斬將，把關老爺的威風做活了。阿琴的脾氣火爆，主事的頭家招待不好，他馬上挑起戲箱，不唱了。所以提到「天聲木偶戲班」的阿琴，沒有人不知道他的火爆脾氣的。阿琴做木偶戲是業餘，是為興趣。他的正經生活是幹木匠，手藝精巧。他的圓木工，鴛鴦榫接得用放大鏡都看不出縫來。他的「天聲木偶戲班」的木偶，都是他自己刻的。他對木偶的臉譜特別下功夫，唱一齣戲，同一個腳色，他會用上好幾個木偶。他的執拗脾氣，十隻水牛拉不動。照理說，做木偶戲嘛，那用得著費事，一個蘿蔔一個坑，唱老爺戲，一個紅臉唱到底，桃園結義是他，過關斬將是他，到末了守荊州、走麥城自然也是他。阿琴卻不這樣想：那有這個道理，走運是這張臉，倒楣也是這張臉，那不是死臉了。他的腿勁真足，一有空，他撒腿就跑，把下方墩附近的山前山後都跑遍，去找一塊適合刻走麥城的老爺臉的木頭。總算他運氣，在一個懸崖上找到一棵枯死的老梅樹。他一高興忘了形，從懸崖摔下來，算他命大，只摔斷一條腿，火爆阿琴變成了拐子琴。

新臉譜一刻好，「天聲木偶戲班」的走麥城在三官殿一演出，那真是鴨子下

「彈」，響聲驚人。一連演了七天，二三十里地的那些不怕累的莊稼漢，都趕來看。看一次，看兩次，還有連看三次的。見過世面的人說，拐子琴的走麥城，不比筱三麻子的差。筱三麻子是誰？那準是大城市的名角沒錯。可惜第七天夜戲一下場，拐子琴病倒了。他一閉眼，一張大紅臉在他面前晃來晃去。人快死了，腦筋可很清楚。他把兒子、孫子叫到床前，說：

「阿昌，好東西吃在嘴裡舒服，好話聽在耳朵裡舒服。誰有這個本領，叫幾十里地的人趕來拍掌叫好。」

老人說著、說著，臉上放出笑容來。兒子點點頭，表示聽懂他的意思。老人接著說：「你可不能把這個當飯吃，木匠手藝，是不能丟的。」

話說完，他就噓了氣。做兒子的還沒哭出聲音，他又活回來，睜開眼睛，喘了兩口氣，用最大的勁擠出一句：「走麥城不要演了。」

「爸，我記得。」

老人無神的眼光落在孫子身上。阿昌把兒子往前一送，推到床前。老人從棉被裡慢慢抽出枯柴般的手，搖了搖，突然停住，落在被頭上，死了。

三

阿昌很聽話，幹木匠養家，做木偶戲賺點錢貼補家用。有人請他做老爺戲，照做，就是不演走麥城。他做木偶戲的癮頭不比他父親低，只是會克制些，一定要把手邊的活兒幹好才接戲。阿昌人長得細雅，戲路也不同。他唱小旦，聲音像女人，小旦昌的名氣慢慢大起來。他做的多半是悲戲，像杜十娘怒沉百寶箱、趙五娘吃糟糠、張財遊庵，把女人們看得一把眼淚兩把鼻涕。

只有一點，小旦昌有自己的想頭。他家兩代做木偶戲，「天聲木偶戲班」也很有點名氣，不傳給兒子實在可惜。只要不誤正業，玩玩也沒什麼要緊。他知道兒子喜歡，要是路不太遠，他總會帶阿五去，讓他躲在幕後，看他做，聽他唱。

有一次，他對兒子說：

「阿五，今晚你在臺下看。」

孩子的脾氣有點像祖父，不大好講話。

「阿爸，我不要。你指頭怎麼動，我還沒看懂，我只覺得跟在家教我的不一樣。」

小旦昌心裡高興，這孩子比他當年更迷。不過他還是說：

「阿五，你要聽話，今晚在臺下看，一定好。」

這一晚演全本「珍珠衫」。三官殿廣場黑壓壓滿是人頭。演到陳大郎臨死，那動作、那唱腔、那痛苦、那懺悔，直把臨噤氣的陳大郎做活了。叫那些看到漂亮女人就動歪腦筋的浪蕩子，看得直心跳。那陳大郎的眼睛，臺下人都看到竟是淚光閃動，臉上竟現出抽搐的苦痛的表情。死木頭，活陳大郎，叫人在夢中都看到他的死相。

這一夜，小旦昌怎麼也睡不著，只覺得全身燠熱，臉上發燒。他翻個身，換個姿勢，嘆了口氣。他的兒子也沒睡著。從下戲到回家，阿五一直不敢開口，因為他看到父親的臉色怪怪的，眼神也不對。現在，他鼓起勇氣，試著問：「阿爸，你不好過嗎？」

「沒有啊。」

「哦，沒有。阿爸，今晚你做得真好。你教我好不好。」

「這怎麼教！」

他回得很急，聲音又高。老半天，父子倆的話斷了線。做父親的好像有一肚子話，想說又說不出。終於，他嘆了口氣，輕輕說：

「阿五，有些事是沒法子教的。做八仙桌，做花鼓桶，能教。方就方，圓就圓。你想把鴛鴦榫接得看不出縫，像整個大木塊挖成的，沒法子教，要自己用心去捉摸。」

阿五不哼聲。做父親的側過身，臉朝外。黑暗中，他看到兒子也朝著他看。

「阿五，做木偶戲，唱腔、說白、提線，可以教。像今晚，沒法教。」

「你會做，怎麼不會教。」聽口氣，兒子有一肚子的不高興。

「不騙你，阿五。今天晚上，我覺得我就是陳大郎，連自己都忘了，這怎麼教呢？」

父子倆的話又斷了線。兩個人都不滿意。父親為自己說不清話而苦惱，兒子為不能接受父親的話而懊惱。

這天深夜，阿五突然醒來。菜油燈擱在父親床頭的燈檯上。大概只點一根燈芯，黃黃的燈光只照到近處。阿五看見阿爸盤膝坐在地上，面前有隻炭爐子，正燒著旺旺的火。爐子上擱著一隻大鍋子，鍋子裡咕嚕咕嚕響，熱氣衝得鍋蓋卜卜卜一動一動。阿五想，阿爸太累了，東西煮爛了也不知道。他慢慢下床來，走過去，一掀鍋蓋，一團熱氣衝上，阿五殺豬似的嚎叫，蓋子一摞飛開去，人跌在地上打滾。

阿五的眼睛被熱氣燙得腫成桃子，日夜在床上翻騰。那悽慘的哼聲，像地獄裡發出來似的叫人聽了發毛。他滿腦子不停地閃動著木偶在滾水裡翻騰的慘狀，像煮熟的一鍋子湯丸，在滾水裡七上八落。

受罪的日子熬過去了，眼睛的腫也漸漸消了，阿五的雙眼能張開一條縫了。只是，本來清明發亮的眼睛，變成一雙血紅的爛眼。

所以，當小旦昌去世時，只留下兩句話：

「阿五啊，做個本份的木匠吧，不要玩木偶戲了。」

四

爛眼五可不是小旦昌，把父親的話擱在心裡。只要有人請，他不會放棄到四鄉做木偶戲的機會。只是，不管他怎樣用心賣力，總覺得少了點。

「爛眼五比小旦昌差一點。」

「不止差一點，差多了！」

別人一句批評，爛眼五會難過好幾天。一難過，就茶飯無心，就想到父親的話：「忘記自己，忘記自己。」

於是，他做工也想，走路也想，睡覺也想。他簡直著了魔。慢慢地，長年累月地，幻想、苦思是一條無形的蠶，一點一滴地啃著他生命的桑葉。他似乎掙扎在真實的生活與靈幻的境界之間。漸漸地，他的本業荒疏了。別人請他做的活，不是到日子繳不出貨，就是乾脆不接。他的生活愈來愈艱難，愈潦倒，三官殿的西廂破房成了他的家。大概是吃得不好，生活太苦，三十多歲的人，又老又瘦，大風一吹，準會把他刮走。

日子在艱難困苦中過去。有一天，他終於演了一臺精彩出神的戲。

這臺戲也是在三官殿做的。本來是鬧著玩的。有幾個家當都很不錯的年輕人，湊在一起亂起鬨打賭，誰能用牙齒咬住籮筐繩，把一籮筐穀子提起來，只要離地兩三寸高，大夥就出份子請爛眼五演一臺木偶戲。這不是故意作難人嘛！滿籮筐穀子有多重，少說也有百來斤。誰的牙齒有這個勁道？可是天下事真難說，有個叫王大獃的，張開四四方方的大嘴，一口咬住籮筐繩，打喉嚨裡悶咕嚕一喊，一下子把滿籮筐穀子提得高高地，叫地方上留下一句話：「王大獃提穀子，一口咬定。」

這一臺木偶戲是撿來的，叫人樂壞了。爛眼五也特別興奮。這一次，他把那個風流的「張財」做得活龍活現。

張財是個進京趕考的書生，路過尼姑庵，看到一個年輕尼姑，生得天香國色，張財又是個風流才子，兩個人一下子玎得火熱。後來張財樂極生悲，死在尼姑庵裡。這個戲，一年裡頭總要演個三兩回，那唱詞，小孩子也會唱幾句。可是這一晚的「張財遊庵」，看得臺下的人著了迷，女人們的低聲飲泣像秋蟲的鳴聲，從四面八方響起，心腸軟的男人，袖口黏滿眼淚鼻涕，擰得出水來。

這一夜，阿五夢見自己遊庵，死的是他自己。那年輕尼姑撕肝裂肺的哀嚎把他驚醒。他到底是誰？是張財？是阿五？他迷糊了，腦子裡一團爛泥漿，攪不清楚。在黑暗中瞪著眼，把神定下來，慢慢地，他把夢中的經過理出頭緒來，暈陶陶的打心底冒出笑意。他摸下床來，點起燈，走到牆邊。靠近牆有兩個木架子，上面擱著的長竹竿上，懸掛著一排幾十個木偶，上邊用青布罩著。阿五伸手掀開青布的一角，他全身打起哆嗦，手裡的燈落在地上。他看到，他看到那個尼姑向他眨眼、微笑。

爛眼五的遊庵大大地出名了。比拐子琴的走麥城，比小旦昌的珍珠衫，更叫人發瘋。他每做一次遊庵，就做一次夢，就跟那個年輕的尼姑結一次姻緣。他的人愈來愈瘦，只剩一把骨頭，幽靈似的虛飄飄地帶點陰森味。

五

每年的八月初八，是下方墩送子娘娘的壽誕。

去年這一天，是娘娘廟重修演開光戲，請了兩臺京班，一臺是大高昇，一臺是飛龍大京班，在娘娘廟廣場並排演「鬥臺」戲，把遠遠近近幾十里地的人都引了來。

日戲頭通一打，那震天的鑼鼓聲，把人的心都從胸口擂出來。戲一上場，大高昇演「九江口」；飛龍大京班演「鐵公雞」，把那陳友諒跟向榮的鬍子差點都燒光了。夜戲更精彩。大高昇演「大劈棺」，飛龍大京班演「殺子報」，戲臺上的旦角，那風騷、潑辣，再加上天女散花似的向臺下亂拋媚眼，看得男人們似醉如癡。個子矮的人，拔長頸子，踮起腳尖，隨著一陣轟雷叫好聲，被人潮抬起來推推擁擁，蕩來蕩去。好說大話的人說，他看了一夜戲，雙腳沒有落地過，真神。結果，飛龍大京班演「大鬧天宮」，那孫猴子舞銅棍，單手轉到背後飛舞，碰到腳跟，挫了一下，戲臺下起鬨喝倒彩，鬧得幾乎打群架出人命。

所以今年八月初八，再請飛龍大京班跟大高昇唱鬥臺戲，那個飛龍大京班的瘦掌班硬是不答應。幾個主事的頭家湊在一起商議，有人說，飛龍大京班既然不肯接戲，就叫爛眼五的木偶戲班在三官殿做兩天湊湊，給孩子們看。主事的人把大高昇的金掌班跟爛眼五請來，阿五只說個「好」字，那大高昇的金掌班，摸著他的雙下巴，笑呵呵地說：

「爛眼五，你的戲臺下能有一桌人，我的戲銀一個銅板也不要。」

說來也真可憐。八月初八的日場戲開演了，三官殿「天聲木偶戲班」臺下，冷冷清清，只有幾個小孩在跑在叫。靠廊沿邊那個賣花生的攤子，還賣不到三個銅板。三官殿隔娘娘廟不遠，那邊的大鑼大鼓聲陣陣傳來，大概不是演「殺四門」就是「八大鎚」什麼的。

日戲勉強挨到散場，「天聲木偶戲班」打鑼鼓的伙計跟爛眼五說：

「阿五哥，我看，還是收場的好，夜戲沒人看的。」

爛眼五坐在戲箱上，兩手攏在袖子裡，閉著眼睛不哼氣，瘦身子在長褂子裡微微抖動。老半天，突然站起，爛紅眼裡閃過一抹神彩。

「不！到時候，我有辦法。」

夜戲開鑼了，另是一番氣象。

娘娘廟大高昇打鑼鼓的，抽足大煙一樣，勁道特別猛，那大鑼大鼓聲，吵翻了天。戲臺上的四盞煤氣燈，映照得半邊天一片光亮，一片霧氣。數不清的不知名的小蟲子，一團團繞著煤氣燈飛舞。偶而還有一隻兩隻蝙蝠大的燈蛾跟大蜻蜓，衝著煤氣燈的玻璃罩亂撞。戲臺下早擠滿人，緊緊密密，像滿籠筷子，不留半絲縫。

三官殿「天聲木偶戲班」也在打頭通。不過那是九月裡的蟬叫，有氣沒力的。戲臺下沒人，連小孩子也不見了。廊沿下賣落花生的，額頭頂在豎起的膝蓋上，不知道是不是睡著了。爛眼五卻一個人躲在破廂房裡，在昏黯燈光下，幽靈似的活動著。

爛眼五瞇著眼，慢慢轉著身子仔細打量。不知風從那裡吹進來，把原已不夠亮的燈燄吹得拉拉扯扯地，有時燈燄壓縮下去，矮下去，要熄掉的樣子。阿五發現風是從破門洞灌進來的，走到床前，兩手抓起露出草鬚的草蓆，把枕頭、旱煙筒、破棉被一起抖落在床上，用破草蓆遮住破洞，順手拖過缺一條腿的凳子，斜豎著頂住蓆子。燈光慢慢靜定下來，燈燄伸個懶腰，站直了。

阿五端起燈，用手掌護著，走過去，掀開竹竿上遮蓋著的青布幔，盯著香腸般懸掛著的木偶一個一個仔細看過去。一張張熟悉的臉譜，紅臉、黑臉、花臉、白臉、俊的、醜的、老的、少的，從左看到右，從右看到左，嘴裡含含糊糊地唸著戲中人的名字。慢慢地，顫抖地跪落在地上，嘴唇微微開合，像一隻沒有活力的疲累的魚，浮出水面張嘴呼吸。他彷彿看到他的祖父、他的父親隱隱約約從深邃邈遠的黑暗中飄飄忽忽地向他走來、走近、走進他的身體⋯⋯⋯⋯

他的瘦削尖腮的臉，繃得緊緊的，兩邊太陽穴的青筋一跳一跳，蚯蚓般蠕動。有著很深橫紋的額頭滲出汗珠，一顆、兩顆、三顆⋯⋯滿額滿臉都是汗水。

突然，他張大火紅爛眼，虎地挺立，右手在左袖口一抹，變戲法一樣取出一枚針，在空中劃一個圈。他緊握左拳，掌心向裡，豎立大拇指，在眼前擺動，動作由慢變快，眼一花，卻是一個飯匙蛇的蛇頭向他面門撲來，他一聲低吼，一針扎過去，一顆鮮紅的血珠冒出來。激動的情緒漸漸消退，他微微喘了一口氣，跨前一步，把鮮紅的血抹在一個木偶的嘴唇上。他像個熟練的魔術師，飛針連刺指頭，每刺一針，人就抽筋似的震顫一下。十個指頭都扎過針，每個木偶的嘴唇都塗過血，他旋風似的打著轉身，腳步一個不穩，連連倒退，「澎」一聲，整個人摔在床鋪上。

六

這一晚，「天聲木偶戲班」演的是「水漫金山」。那些蝦兵蟹將，在白素貞率領下，在滔天巨浪中推波助瀾，大水翻騰洶湧而上，漸漸衝近金山寺的山門。那長眉垂目的法海老和尚，用低沈的喉音宣了聲佛號，說道：

「徒兒那裡？」

「弟子在。」

「看法衣。」老和尚拂塵一抖。

「謹遵法旨。」

小沙彌把大紅袈裟撒網一樣的撒下來，漫天波濤，退潮席捲而去，一瀉千里。臺下的觀眾驚惶地後退。人人清清楚楚看到洶湧的大水直衝過去。

三官殿「天聲木偶戲班」的臺下什麼時候擠滿人，誰都不清楚。他們只是隨著金山寺前漲落的大水，一擁而上又潰退下來。人群中有人驚叫，他的鞋子被人踩脫了，他沒法彎腰拾取，忽然人潮又是一衝，他一縮腳，整個人被凌空抬起浮蕩開去，他找不回他的鞋子了。

娘娘廟大高昇戲臺下冷落得要出鬼了。儘管臺上演的是「羅通掃北，盤腸大戰」，可是仍然沒辦法把人吸住。

第二天一大早，大高昇的胖掌班，在主事頭家的家裡，跺著腳吼：

「爛眼五用邪術砸我大高昇的招牌，我要殺了他！」

雖是狠話，可也難怪，唱亂彈的木偶戲鬥倒了京班，除了邪法，天下那有這等事。

主事頭家是塊老薑，兩手背在背後，看熱鬧一樣眼盯著大高昇掌班氣虎虎的臉，慢條斯理地說：

「金掌班，爛眼五病倒了，只剩一口氣了，不用你動刀子，他活不了幾天啦。」

「好，我去看看。要是裝病，我就劈甘蔗一樣把他一刀劈成兩半！」

爛眼五真的病倒了，真的只剩一口氣了。不過，他並沒有死。

九月初九有一臺酬謝三官大帝的戲，講好晚戲演「張財遊庵」。臨上場，做張財的那個木偶不見了，怎麼找也找不到，只好臨時找替身。

這一夜，爛眼五鬼魂附身似的從頭到腳不自在，折騰來折騰去睡不著，只差點把那張已夠破損的草蓆碾出個大窟窿。他從枕邊摸過旱煙筒，裝上煙絲，點上火，躺著一口一口吸。吸一口，滋一聲，火一亮。他聽到牆邊架上有響動，豎起耳朵聽。他翻身起床，把煙渣磕在地上，煙筒擱下，點上燈。慢慢走近牆邊，把架子上的青布幔掀開一角，頭頂心打了個響雷，愣住了。那做張財的木偶好端端地掛在最外頭，那粉臉彷彿還在笑呢。阿五手掌護著燈，靠近仔細看，天！這木偶的嘴角還黏有麻花屑呢？

「嗡！」一響，他的頭昏了，整個人浮漾起來。他閉起眼，一腦子金星翻騰。父親的形象出現了，一副鐵青臉，嘴裡哼著：「燒水！燒水……」。

爛眼五燒滾一大鍋水，鍋蓋掀開，熱氣騰騰上升，把原已昏黯的燈光，籠在水汽濃霧中。

他慢慢走過去伸手撂開布幔，突變的情景像快速閃動的畫片，眼前這個粉面含笑的木偶，一晃，變成一個巨人，像堵牆擋在他面前。那雙瞪成胡桃的怒眼，射出邪毒的兇光。爛眼五一聲慘叫，昏過去。

第二天，阿五失蹤了。破廂房中還擺著一大鍋水，冒著微溫的熱氣。那根旱煙筒仍然擱在破棉襖捲成的枕頭邊。

戲當然演不成了，又碰上省城有人來接頭，請阿五的「天聲木偶戲班」去演戲，因此，爛眼五的失蹤，更引起人們的議論。當大家漸漸忘記這件事，他卻突然被人發現，已經變成一具人乾躺在老槐樹下水蛇坑旁的亂草叢邊。

圍著看的人，圈成一圈一圈。站在外圈的伸長頸子往裡探，有的側著身子用肩膀往裡推。裡圈的人為了穩住陣腳，背部使勁往外頂。人擠人，腳踩腳。有驚叫的，有搖頭的，有嘆氣的，有罵人的。還有膽小的人用手摀住眼，卻又從手指縫瞧個仔細。

「那是什麼？那是什麼！」

有人踩到屍體旁邊的草叢，打了個踉蹌。草叢裡露出一大堆橫七豎八的木偶，有幾個臉朝上的，彷彿大夢初醒似的，眼睛還半開半閉著。儘管是大白天，儘管是這麼多人，而這個景象，叫看到的人個個從脊背骨冷到腳底心。有幾個膽子大的，彎下腰看個仔細，只見仰臉朝天的木偶，個個嘴唇上都凝結著烏紫色的血跡。

「天哪！木偶成精啦！變成吸血鬼啦！」

整個下方墩，是一鍋煮沸的油，翻騰著。

原載民國六十四年五月廿九、卅日《中國時報・人間副刊》。同時為入選「六十四年度短篇小說選」的作品之一。

來西與我

每天，在落日餘暉的斜照下，我騎著破舊的單車，經過一條僻靜的、兩旁長著高大的鳳凰木的馬路，按訂戶一份份送著晚報。今天，我送過最後一家，正要騎車回去，準備晚間的工作；突然，一陣清脆的高跟皮鞋聲，引起了我的注意。

一個打扮入時的女人，從我身邊走過，她的身旁，跟著一隻狗，這隻狗的大小、高矮，以及踏著碎步快走的姿勢，很像我以前養過的那隻來西。我情不自禁地呼了一聲。

「來西！」

這隻狗，竟然停下來回頭看我。牠的鼻樑到腦門那一段白毛、兩隻微垂的軟耳朵，同來西的一模一樣。我快步走過去，我的手剛要摸到牠的頭時，出我意外，牠卻張牙咧嘴地，「汪！汪！」了兩聲，擺出了一副極不友好的惡樣子，嚇得我連忙縮回手。我聽到前面那個女人嬌聲的呼喚了一下，這隻狗一回頭，踏著細碎的快步，追上去了。當牠走到那女人身邊時，又回過頭來向我「汪！」了一聲，好像是說：「你是什麼東西！」

我想，這隻狗雖然長得同來西一模一樣，但牠卻沒有來西那樣的好性格。牠是一隻勢利的狗。

那年，我正忙著高中畢業與升學的功課時，在一連幾個禮拜的夜間盜汗後，接著是幾天的咳血，家人替我辦過休學手續，我就住進一所醫院治療。這醫院，掛的招牌是「肺病療養院」，可是住院的，各科的病人都有。院長是我大哥的同學，因之我得到很好的照顧。

這個醫院裡養著一隻名叫來西的狗，住院的病人都很喜歡牠，這不僅是因為牠對每個人都很和善的搖尾巴，還有牠的漂亮的外型，叫人一看就會喜歡。

來西不是屬于身高腿長、性情暴戾那一類的。牠有一個短吻、一個白腦門，兩隻耳朵抖呀抖的，像蝴蝶穿花飛舞。黃色虎紋的緊毛，間著白花點，乾淨發亮。尾巴像旗桿，筆直豎著。牠走路的姿勢很好，快速的碎步，輕輕地走在地板上，連一點聲響也沒有。

住院的病人都閒得無聊，常拿餅干逗來西玩，牠就後腿直立，前腳做出拜拜的姿勢。可是，來西也會給人帶來麻煩。午睡時間，牠沒有玩的對象了，就銜著病人床前的拖鞋到草地上，自玩自樂的撲撲跳跳。大概牠沒有受過良好的訓練，不懂得「物歸原主」的道理，常把病人的鞋子玩丟掉。而更尷尬的，牠竟把女病人的綉花拖鞋，銜到男病房來。

自從我住進醫院，來西跟我很快就建立起深厚的感情。散步時，牠在我身前身後抖著耳朵，奔跳嬉戲；當我疲倦了靠在牀上休息時，牠就在牀前靜靜躺著。我牀頭的「沙利文」餅干，多半送到了牠的嘴裡。有時我小睡醒來，牀前竟排著各式各樣不同的鞋子。雖然我不用餅干，來西也會站立拜拜，可是我卻無法使來西把每隻鞋子送還給主人。

那還是我入院不久。有一夜，因為氣候激變，使我全身感覺不舒服；起初是微微的咳嗽，還能勉強躺著，希望快點睡去。我彷彿覺得剛闔上眼，一驚又醒了，滿身冷汗濕透了睡衣。我只覺得全身酥軟脫力，兩耳嗡嗡地鳴著。我費力地撐起上身，想換下濕衣服；一陣激烈的咳嗽，使我只得用手肘撐著床沿。突然喉頭一陣癢，一口濃濃的血，吐在地板上，整個天地在旋轉。我乏力地閉起眼睛，而喉頭一陣陣的蠕動，使我無法耐忍；一張口，血湧出來了。我聽到來西「嗚嗚」的似哭的鳴聲；微睜開眼，只見來西受到驚嚇那樣的在床前蹦跳。我輕呼牠一聲，牠停止跳躍，後腳站立，前腳搭在床沿上，伸出舌頭舔我的手。我揮揮手叫牠出去，牠「嗚嗚」了兩聲，跑出去了。我眩暈的躺下去，整個人像浮沉在空氣中。

當我稍有感覺時，微微張開眼睛，院長、大夫，還有護士崔小姐，站在我的床前。我完全清醒過來了，護士小姐已為我注射過維他命k與葡萄糖。我正要開口時，大夫搖搖手，我又重新閉上眼睛。

過了兩天，我的精神好些了，護士崔小姐為我量體溫時，我向她表示謝意。而她卻歉然地笑笑說，那天夜裡，她剛上兩點的班，正在換工作服時，來西奇異的舉動，引起了她的注意，她就跟著來西到這房間來。她說，來西雖是淘氣的狗，但很聰明，牠懂得在緊急時該做什麼。

我微撐著上身，來西正躺在床前。我情不自禁地呼了牠一聲，來西聞聲起立，前腳搭在床沿，兩眼注視著我。從牠的眼睛裡，我似乎看出牠對我的關切。我伸手撫摸牠的頭，感激之情，不禁油然而生。

炎熱的夏季過去了。經過了五個月來的治療，我的體溫、睡眠、食慾，漸漸恢復正常，我結束了住院的生活，要回鄉下的老家休養。離院前，院長對我說，來西有銜鞋子的習慣，容易引起不愉快的事情，牠跟我感情又好，要送給我，使我寂寞的鄉居生活，也好有個伴兒。這正是我不敢奢求的希望，我由衷的表示我的謝意。回到家，父親一見來西就皺起眉頭。父親是一個嚴謹的人，他一向反對「鬪雞走狗」，因為玩物喪志，是古人所反對的。好在來西頗能察言觀色，牠從沒有對父親故作親熱，而自討沒趣。

我家是一座大房子。大哥、二哥早已成家，帶著家小出門去了；大姐、二姐、三姐也都已出嫁，這房子就顯得空曠冷清。我在家裡，是父母最小的孩子，同時又在病中，所以父母對我特別寬容。在鄉下，人戶人家養的狗，要是對陌生人不叫不咬的話，就不成其為狗了。偏生來西是一副和善的性格，不用說對陌生人不叫不咬，就是乞丐上門討米，牠也會搖著尾巴表示歡迎。因之，父親常板起臉說：「這算是什麼狗！」

鄉居的生活，寂寞而無聊，而來西却對這個新家，發生興趣。抖著耳朵，從這一間跑到那一間，東聞聞，西嗅嗅，刻也不得空閒。這可引起了我家養的那隻老黑貓的不滿。這隻老黑貓很厲害，那雙眼睛，就像兩顆綠寶石，捕起老鼠來兇狠剽悍；房子後進那排大穀倉，就靠牠鎮守的。現在，牠的歲數大些了，也稍稍顯得有點臃腫。可是，牠的性格，並不因之而和善些。自從來西進門第一天起，老黑貓就採取排斥的態度。我用鄉下人的老辦法，叫來西伏在地上，抱著老黑貓與牠面面相對，我口裡唸著：「貓哥，狗弟，你守門戶，我捉老鼠。」希望牠們各安職守，和好相處。

老黑貓頗為固執，牠始終不肯採取和解的態度。總是老遠地躲開，把前腳伏在地上，弓起背，發出「虎！虎！」的鳴聲。不知道來西是不是懂得自己是外來者，新來乍到，不好同老黑貓一般見識。在這種場合，牠總是視若無睹，管自己玩樂。老黑貓的身體雖說有點臃腫，但偷襲起來，還是相當的敏捷。牠會偷偷地溜到椅子底下，從你的兩腳之間伸出頭來，冷不防撲過去，抓了來西一把，然後回頭就跑。牠很能懂得「出其不意，攻其無備」的戰術。所以來西常常吃牠的虧。

在家裡，來西受到老黑貓的歧視與偷襲，從不打算還擊。而每次我帶牠到外邊散步時，碰到別的狗對牠狂吠或張牙示威時，牠却從沒有表示畏縮的樣子。牠的「貴族式」的氣派，使得牠的鄉下同類，只有望望然而去之。

可是，到了春天，來西的性情突然起了變化。牠變得不聽話了，一不當心，牠就會偷跑出去，常常弄得滿身泥巴回來。這時，我才注意到，來西在外邊竟然夾雜在一大群野狗群中，追逐著母狗。來西的體型太小，牠不是強者；為了避免牠受到傷害，我把牠禁閉起來。一向溫馴的牠，竟然一改常態，「嗚—汪—嗚—汪」狂吠著，兩眼露出兇光，還不停地用腳爪亂扒著那扇關著的門。牠的不停的吵鬧，使我不得不狠起心來，拿根棒子揍牠。每次當我把棒舉起，牠就即刻夾著尾巴，一聲不響地伏在地上，眼睛看著我，顯出一副討饒的可憐的樣子。我的手一軟，打不下去了。

那一夜，我突然被大門外野狗打群架的吵鬧聲驚醒。我彷彿聽到來西悽厲的叫聲。我一驚，從床上躍下，來西果然不在，我拿著電筒、木棒，開了大門，只見來西一陣風似的，夾著尾巴竄了進來。

第二天一大早，來西已經死在牠的窩裡了。烏紫色的血，凝結在稻草上。這一隻善解人意的狗，就這樣的死於多角糾紛中。牠的死，使我落入痛苦的深淵。牠曾在我病危時幫助過我，而我卻在牠性情失去平衡時，僅僅是粗魯地禁閉牠，威嚇牠。

來西死了，牠死於我的疏忽。如果牠能夠再活一次，我願意帶著牠到一個能夠使牠安靜的地方去，即使那是一個非常遙遠的地方。

原載民國五十二年《新生報》副刊

貓的喜劇

這些日子，老王有點不大對勁兒，他那大嗓門的「好一個膽大的鄖鄔知縣……」也不聽見唱了。有時，還耍性子摔鍋蓋、剁砧板，甚至用一大桶水嘩啦啦沖起水泥地來，弄得水花飛濺。不知道內情的人，還以為他是跟咱這個老搭檔冷戰呢。其實，咱心裡有數，這傢伙又在鬧情緒了。

提起大塊頭老王，在咱們連上是挺有名的人物。你瞧吧：伙房裡的工作，從做饅頭、包餃子、烙大餅，到炸油條，紅燒獅子頭、清燉炸彈魚、到猛火急炒空心菜，沒一樣不在行，可說是件件精通。至於說，十五分鐘燒滾一大鍋開水，一百多人吃的大鍋飯，能夠煮成一半硬的一半軟的，叫鬧胃病的，牙根有勁的，人人各吃所好，嘖嘖叫好。這真合臺灣話所說的「大塊莫呆」哩！

現在，這張飛似的人物，竟一連幾天自個兒嘔氣，咱不再去給他疏通疏通，他那個大肚皮呀，準會爆炸。於是，咱就開了腔：

「咱說伙計，有事兒別憋在肚裡，咱們弟兄好商量商量嘛。」

他呢，正把灶門「碰！」的一聲打開，把一大鐵鏟煤送進灶洞，一陣火光，照著他那紅凍凍的大鼻子，油光發亮。他把脖子一扭，說：

「沒事兒！」

「沒事兒？見鬼！你肚子裡有幾根蛔蟲，咱都摸得到，八成兒又是為了你的小太妹是不是？」

「小太妹」是旁人給小花咪起的綽號，小花咪就是老王餵的調皮搗蛋的貓兒。

說來話長。咱們駐防在這個島上，從五月開始，為了預防海上交通受颱風影響，咱們的補給一發就好幾個月，庫房裡大米、麵粉堆得山般高。這島上別的沒啥，就是耗子多得嚇壞人，你前頭走，牠後腳跟，就憑牠那副德性，規規矩矩吃點兒倒是小事，壞就壞在這裡，牠就硬是不好好吃，把大米袋、麵粉袋、黃豆袋，個個鑽上幾個大窟窿，撒得滿地，弄得一塌糊塗。伙房裡那更甭提啦！一不留神，大塊油煎炸彈魚就拖著滿地跑！

因此，老王發了狠，用一隻比他拳頭稍大點兒的童子雞到前村換了一頭小貓來。他高興地搥了咱的肩膀說：

「你瞧，咱請了降魔大神來啦！」

咱一瞧，啊哈！是那麼丁點兒大的一隻小貓，坐在他那蒲扇似的手掌上，一身毛雪白，只腦門頂長著一撮淡黃毛，看長相倒也嬌小玲瓏。咱把牠嘴邊長毛一拉，牠一閉綠眼睛，「咪——嗚——」了一聲。咱說：

「算了吧，別叫耗子拖著跑！」

咱這盆冷水沒澆了老王的興頭，你瞧他說的：「咳——餵大了就行！你等著瞧吧！」

於是老王馬上給小白貓命名為「小花咪」，咱表示反對，老王說，腦門一朵花，叫小花咪沒錯兒。

現在，伙房裡添了小花咪，老王特別慷慨，他說，餵小花咪的工作，由他獨家幫辦。說到做到，一日三餐，老王把拌好的菜湯魚骨飯，端到小花咪嘴邊，李逵綉花鞋，耐著性子等牠一口一口慢慢吃完，這才把小花咪的小腦袋一拍，說一聲：「咱的小寶貝啊！」有時，小花咪不肯合作，吃了一半就摔腦袋走開，這可惹起了老王的火。

「奶奶的，這個你還不要吃！」

一把抓住小花咪的頂花皮，把牠的嘴一撳撳到碗裡，大吼著：「吃！吃!!」

咱看了不順眼，就說：

「活見鬼，這麼丁點大的玩意兒，吃了這麼多，你還嫌不夠，你不把牠脹死才怪！」

每天伙房工作告一段落，老王就把他那大屁股往小板凳一放，叫一聲：

「小花咪，來呀！」

小花咪背一弓，蹦上他的膝蓋，「咪嗚咪嗚」地撒起嬌來。

往常老王有個毛病，就是闞了餉他就要失眠，總要來過一場「沙哈」，弄得兩袖清風，這才死心塌地回來把龐大的身體在床舖上一放，鼾聲大作，同周公見面去了。現在有了小花咪，興趣轉移，就是旁人來拉他入局，他也會毫不遲疑地說：

「對不起，沒空吶。」

其實呢，活見鬼，他卻有功夫逗小花咪玩兒呢。咱看他用小麻繩拖著一團棉花，哈著腰來回跑，小花就咪一蹦一撲跟著追。咱看小花咪跳得倒還輕巧，就是老王這麼大個子，卻累得氣呼呼的。咱說：

「這算啥玩意兒？」

「基本教練！」

不錯，這就是老王訓練小花咪捉耗子的第一個課目。

這一段日子過得真好，老王的「法門寺」比往常來得更有聲色了。

大約過了兩個多月，情形稍有改變。小花咪大多了，胖胖的，走起路來會扭著屁股，全身白毛發亮，腦門那一撮淡黃毛換上金黃色，越發漂亮了。只有一樣叫老王洩氣，就是小花咪常常跑出去，老半天不回來。咱勸老王說，小花咪長大了，當然要出去玩玩囉。

這一天，小花咪整天不見，到了下午四點鐘，伙房裡正忙：上籠、看火、切菜、燒湯。小花咪突然出現了，在老王腳邊磨來磨去，「咪——嗚——咪——嗚」叫個不停。

「奶奶的——」老王罵了半句就打住了。

原來小花咪帶著一頭小黑貓回來，牠要向老王介紹呢！老王一樂，丟開手邊工作，連忙裝了一碗飯，倒進菜湯，用筷子攪一攪，放在櫃子底下。小花咪自己先不吃，蹲在旁邊看這頭又瘦又醜的黑小鬼狼吞虎嚥。咱看了好笑：

「咱說伙計，你的乾女兒真有一手，八歲大姑娘，會勾引男人啦！」

「廢話！」

這是老王給咱最友好的答覆了。他正忙著炒空心菜呢。

現在伙房裡更熱鬧了，小花咪不再出去了，也用不到老王哈著腰逗牠玩兒了。兩個小傢伙，一黑一白，從床上滾到地下，從灶頭蹦到櫃頂，累了，捉對兒在老王床鋪上打呼嚕。碰上吃魚，櫃底碗裡盛滿魚骨魚尾，兩個小傢伙你一口我一口，非常禮讓。吃夠了，就相互交換從頭到尾把全身毛舔得乾淨發亮，那股親暱勁兒，叫人看了酸溜溜的。

過了不久，這頭小黑鬼也頓改舊觀了，本來瘦稜稜排骨一副，現在長出肉來了，全身黑毛也有點光彩了，就只那個尖嘴巴還是惹人嫌。對於這一點，老王卻非常寬容，他說：

「別性急，那有叫花子大肚皮的？慢慢會圓起來的。」

自從伙房裡有了「咪——嗚——」之聲，儘管小花咪從來沒有逮到過一隻死耗子，情形也的確好多了。可是怪啦！這幾天來倒反有點不對頭了，明明是關得好好的櫃子，一大早竟半開著，不用說櫃子裡頭的光景了。這樣的次數一多，咱就深表不滿，不禁嘀咕起來。老王呢，黃泥巴掉在褲襠裡，不好說。這傢伙最忌人家說小花咪窩囊廢，不會捉耗子。

這一夜咱剛睡著，矇矓中聽得老王在叫：「奶奶的，逮到了！」咱以為是捉到耗子呢，拖著木屐出來一看，原來老王正抓住那嘴裡還啣著一大塊炸彈魚的小黑貓，摮得高高地，他找到一根掃帚柄，揍得牠尖聲鬼叫，那塊炸彈魚掉在地上也顧不得了。

第二天一大早，老王就把小黑貓送走了。回來時咱問：

「怎麼啦！你把牠吊死啦？」

「沒的事，除了牠會游水，是不會回來了。」

「活見鬼，小花咪一定也有份兒哩。」

「少廢話，你幾時看到牠偷吃過？正經餵牠還不理呐！」

經過這次變故，小花咪又成為孤家寡人，慘兮兮沒精打彩。但是過不了三天，情形又有點好轉。小花咪到底年輕不耐寂寞，就去找老王跟咱合養的大群火雞尋開心。當牠睡夠了，伸了個懶腰，把身胴拉得長長的，先來一聲「咪——嗚——」，然後在伙房裡轉一個圈，看看沒人理牠，就溜到院子裡找對象。那些雄火雞，個個大發威風，一高興就展開尾部，「咕咯咯咯……」大聲高叫，還要抖動那大紅肉冠。小花咪看著好玩，就冷不防從屁股後猛地一撲，嚇得那火雞一蹦好幾尺高，連聲鬼叫。這玩笑開得很成功，小花咪也就常常以此為樂。這套把戲，頗能引得旁觀者的喝彩：

「老王，你的乾女兒真棒！」

老王呢，對旁人誇獎他的「傑作」，總是很大方的「天九王統吃。」

有句古話怎麼說的？大概是說什麼「人必先自侮然後人侮之」之類的意思吧。小花咪找大火雞玩笑開多了，有一次竟在大夥兒面前栽了個大跟斗。那剛是飯後，大家正在漱口刷牙，成群大大小小火雞，在啄地上的菜屑飯粒，小花咪又玩起老把戲來，那大火雞卻勃然大怒，回頭一跳，用又尖又硬的嘴往小花咪腦門一啄，這一下突擊來得非常沉重，只疼得小花咪慘叫一聲，夾著尾巴狼狽而逃。這可引得人人笑得直不起腰來，有的把喉頭飯粒嗆到氣管裡，咳嗽得兩淚直流。

小花咪畢竟是聰明的，硬的吃不下吃軟的。從此轉移目標，專門找小火雞玩兒了。這些小火雞本來長相就難看，膽子又小，霹霹啪啪給追得滿地飛，弄得塵土飛揚，有時正碰上開飯，這就顯得不大衛生了。於是，引起公憤，大夥兒一致撤銷對小花咪的好感，公認牠是不務正業專門搗蛋的小太妹。

咱也勸過老王說，小太妹不算太小了，還沒嚐過耗子的味兒，就算對付大的沒能耐，小的捉幾隻也好給旁人一點顏色瞧瞧。以後你少餵牠一點，餓了，自然會找吃的啦。你瞧他怎麼說的：

「奶奶的，咱十三歲就幹苦活是沒辦法的事兒，小花咪還不到十三歲哩，咱又不少牠吃的，急什麼？你不聽咱們指導員說的，姜太公釣魚，大器晚成。你懂嗎？」

小太妹的行動既有老王支持，旁人為了面子，也只有在背後嘀咕。

十月裡，一連下了幾天雨，人都發霉了。那些小火雞垂頭掛尾，翅膀掛下來，一副慘相。小花咪卻精神抖擻，發起威來，把這些本來已經夠狼狽的小火雞，追得顛顛倒倒，有兩隻最小的，竟掉進水溝裡，一時起不來，淹死了。

這個不幸事件，老王非常傷心，旁人雖沒有公開嘲笑，他自己心裡有數。當天晚上，老王見沒人了，就一聲不哼狠狠地揍了小花咪一頓。真是打在兒身，疼在娘心，這傢伙竟激動得打起哆嗦來。咱聽得人家說，打是情，罵是愛，老王這次「修理」小花咪，咱明白他是「恨鐵不成剛」的意思。這倒難為了咱，勸也不是，不勸也不是，咱只好裝睡。那曉得禍不單行。第二天關餉，吃過晚飯，老王把灶洞裡的火也封好了，就把一大疊新臺幣往袋子裡一塞，去玩「沙哈」了。半夜裡，只聽得伙房裡一陣鐵鍪叮呤噹啷響，接著又是一陣「咪——嗚——咪——嗚——」的叫聲，咱實在不能再睡了，出來一看，只見老王李逵打虎似的氣唬唬怒不可當，那「咪——嗚——」之聲，卻從倒蓋在地上的空籮筐中發出。

老王在咱表示嚴守秘密之後告訴咱說，他的手氣不好，不到十二點，錢都輸光了，站著看沒意思，回到伙房順便看看火封好沒有，他只聽得櫃子底下有怪聲，用手電筒一照，天哪！小花咪躺在碗邊，睜著那雙綠眼睛，在欣賞一隻大耗子吃碗裡的魚骨頭呢！

「現在耗子呢？」

「打不到，跑啦！」

咱不能再說別的了。

「明天一定把牠送走！」老王把鐵鍪一摔，下了決心。

雖然咱也曾再三勸說，小花咪終於給老王送還給人家了。從此伙房裡顯得冷冷清清，毫無生氣；更彆扭的是老王整天不吭氣的鬧情緒。

現在，咱拆穿了他的悶葫蘆，老王不好意思的擦擦他的紅鼻子。咱就說：

「伙計，你別傻吶！小太妹還小哩，那有不犯錯的？等明兒咱空了，到牠老家給你抱回來，只要你的教育方式改變一下，小太妹包你大器晚成！」

老王苦笑了一下，表示默認。

原載民國五十一年八月第二十六號
《文壇》月刊

咱女人

咱們新西里這個技工眷屬區，有一種流行病，黃家的女人在豆腐干大的空地上種了二十來根大蔥，李家大毛的娘也就搶著在後門子挖起短短一畦地種起空心菜來。於是，賴家的、林家的、簡家的，多啦！一窩風你搶我奪，寸土必爭起來。

現在，這一帶又吹起一股邪風，家家門內都發出「啁啁啁」小雞子的叫聲。

這一天，咱女人說：

「丫頭她爹，我想養幾個雞子。」

「養雞子！幹啥？」

「幹啥？養雞子挺有出息。養十來個雞子並不費事，一天就可以下四五個蛋。你看小丫頭黃紙臉，一定是營養不良，雞子下蛋，小丫頭不怕沒得吃啦！」

咱女人是無頭蒼蠅，事事沒主見，現在竟說出一篇道理來，還加一個新名詞「營養不良」。咱想，差不離是中了隔壁李家大毛娘宣傳的毒。

「不行，養鷄子要細心，你把丫頭洗洗乾淨再說。」

「哦——我有兩隻手，旁人能養，我也能養。大毛娘說，新南里的太太們養的都還是來亨鷄呢！」

咱聽了大不以為然。

「咱說丫頭她娘，新南里的先生們是拿計算機的，咱是拿鋤頭的，狗尾巴剁掉跟鹿跑，不相稱。你要養來亨鷄，那更甭提！咱可沒那個大本錢。」

「我不養來亨鷄，我要養土鷄，土鷄好養，餵啥吃啥。」

咱女人平常好講話，這回竟死守陣地毫不退却，咱只好妥協。

「咱不管，你瞧著辦吧！」

咱下了班，只見小丫頭在門口爬，咱剛脫下工作衣，咱女人就擺出笑臉來。

「丫頭她爹，我買來了。」

她把一個小木匣往咱面前一送，裏面是一大堆鷄蛋。

「你不是要養鷄嗎？買鷄蛋幹啥！」

「大毛娘說，用鷄蛋抱小鷄合算。一個鷄蛋一塊五，十二個一共十八塊。四個月小鷄一斤重，六個月就可以下蛋了，本輕利重。」

咱一想，不得了啦！咱女人平常連三七二十一都搞不清楚，這回倒計算精確，可以當會計師了。事已如此，咱也沒話說。抱起地上的小丫頭，擰掉她的鼻涕，拍掉泥灰。小丫頭一見鷄蛋，伸手就抓。咱女人一驚，打了丫頭的手，把鷄蛋端走。小丫頭抓不到鷄蛋，又挨了揍，張開嘴巴哭啦。咱累了一天，本想休息休息，丫頭一哭，沒奈何，只有抱她出來蹓蹓。咱剛出門口，咱女人就攆上來。

「你給我錢，我要買一隻母鷄。」

「你養小鷄，又買母鷄幹啥？」

「咦——沒有母鷄，小鷄怎麼孵得出來？」

這學問可大啦，可是咱袋裏乾癟，咱只好說：

「咱沒錢！」

「你不給，我就去借。」

咱女人的奮鬥精神夠瞧的。第二天她果然買來一隻黑母鷄，腳上綁著一條繩子，拴在柱子上。咱想，咱對女人心理要好好研究一番。因咱女人平常性格像軟豆腐，一天到晚懶洋洋，什麼事都漫不經心，現在為了養鷄子，竟然精神抖擻，發起牛性子來。不過她到底不是「畜牧專家」，她買的黑母鷄長相很難看。咱外行，說不出這黑母鷄那兒不合「規格」，只是覺得不順眼。咱女人見咱對黑母鷄皺眉頭，就連忙解釋說：

「這母鷄歲數大點，價錢可真便宜。大毛娘說，反正我買來不是下蛋的，歲數大點沒有關係，等孵過小鷄，餵肥了宰來燉鷄汁給你吃，也好補一補。」

她這一番說詞，真夠圓滑周到，還給咱帶來了吃鷄汁的希望，你想，咱還有什麼說的。

話得說回來，這黑母鷄也真知趣，不到三天，全身扁毛都豎起來，整天「咕咕咕……」。咱女人這可緊張了，肥皂箱裏舖起稻草，十二個鷄蛋統統放進，箱子擺在進門的角落，黑母鷄就蹲在裏面執行起任務來。這可苦了丫頭，門裏門外本是她的地盤，現在成了禁區，就被迫撤退到巴掌大的廚房來。

咱每天下班，咱女人都有關於黑母鷄的動態報導，像喝水囉，吃米囉，屙屎囉等等。

這一天下班，咱女人正在清理黑母鷄屙的屎。小丫頭坐在地上哭，看見咱就把小手舉起來：

「爸爸，鷄鷄，咬，痛痛。」

咱抱起小丫頭，她的臉像一個小印度，咱正想發作，咱女人却先聲奪人：

「小丫頭真氣死人，叫她不要在門邊玩，她偏不聽，剛才給老母鷄咬了一口……」她看咱臉色不對，就改了口氣，「丫頭她爹，這黑母鷄真乖，孵窩真熱心。」

到了第九天，咱女人沒有提出老母鷄的動態報告，咱覺得奇怪，就問：

「怎麼啦？」

「今天沒出來。大毛娘說，老母鷄歲數大了，孵窩太熱心了，身體要吃不消，明天給牠餵點小蝦皮，還要趕出來散散步。」

咱「唔！」了一聲，想，這女人真瘋了，那裏來得這股牛勁。

第二天，（也就是老母鷄孵窩第十天）情況突然惡化。咱下班一進門就看到咱女人的哭喪臉，咱不見丫頭，就問：「丫頭呢？」

她不回答咱的問題，却提出一個驚人報導：

「黑母鷄死啦！」

咱走近一看，黑母鷄還蹲在肥皂箱裏。咱用腳踢踢箱子，沒有反應，一把把牠提起，輕飄飄的，眼睛閉著，頭垂下來，全身扁毛還蓬蓬鬆鬆豎著。咱對黑母鷄本沒好感，只可惜白丟了錢，心裏氣不過，說：

「這可好啦！小丫頭的鷄蛋吃不成啦！」

咱女人心裏想的又是另一回事。

「這老母鷄四十塊錢買的，丟了可惜。大毛娘說，死了不久，還可以宰來吃。」

「見你的鬼，孵窩死的老母鷄，你還想宰來吃！」這一回咱不再跟她扯皮了，立即採取斷然措施，小鋤頭一揹，死母鷄一提，往外就走。

咱女人一看頹勢不可挽回，紅著眼把哭喪臉拉長。

原載民國五十二年四月第三十四號

《文壇》月刊

雨過望天青

健英同我家的關係實在說不清楚，她是我大嫂的表弟乾偉的太太，又是我二嫂的妹妹。在鄉下的家裡，她是少奶奶，在城裡，她是貿易公司經理的太太。可是在親戚中，她卻是經常引起議論的人物。每次她來我家玩，爸和媽少不得要來一次「舌戰」。

這一次，二嫂的小毛毛做滿月，健英自個兒坐轎車來，一個孩子也沒有帶。媽很客氣的招呼她，但等她一離開，媽就借題發揮起來。

「你看，這總不大像話吧！有了五個孩子的少奶奶，走親戚家，那有一個孩子都不帶的？」

媽看自己的話沒有使爸點頭，又補充說：

「嘿，孩子又不是沒有衣服穿。總之是好玩，只顧自己，不顧孩子。」於是，媽的結論來了：「好玩，不顧孩子的女人，總不能算是……」。

這回，爸不等媽的話點題，就接著說：

「你也不想想，五個孩子都帶來，那不是要造反啦。要是光帶老大，老二叫，帶老二，老三跳，乾脆一個也不帶，不是清靜多了。」

媽聽了就生氣起來。「照你這樣說，不養孩子，那不是更清靜了。」

爸微笑著說：「這是兩回事。上次不是五個孩子都帶來過嗎？又哭又鬧的，不是打破茶杯，就是砸爛了碗，你又忌諱。今天小毛毛做滿月，一個都不帶，不是很好嗎？」爸的話言之成理，媽一時答不上來，可是隔了一會兒，媽又找到了理由。

「嘿，你倒替她想得周到，不說別的，五個孩子的娘了，還打扮得妖里怪氣，人長得像『馬狼』（傳說中像馬又像狼的怪物），虧她還穿那麼高的高跟鞋。」

我忍不住了說：「媽，健英並不高嘛，比起大嫂的表弟，還差一點點呢！」

「死丫頭，你替他們量過了！」

媽的眼睛瞪得好大，爸卻好玩似的說：「老太婆，你背時了，現在競選什麼小姐的，都時興高個子的呢。」

「時興高個子，那你請她去競選中國小姐好啦！」

「咳——你說到哪兒去了？我是說，現代人的眼光變了，誰說要她去競選中國小姐。」

「照你這樣說，那倒是我的不對了。那麼，她來做客，為什麼你不說一句話，光是我來招呼。」

爸笑了起來。「這個道理你也不懂？這叫做君子不重則不威，招待女客，當然是你們女人的事囉。」

爸的開玩笑態度，幾乎氣得媽把話說溜了嘴：

「你呀，嘴上說君子，肚子裡……」

「好啦，好啦，」爸連連搖手。「今天到此為止，到此為止。」說完，連忙轉身撤退。

爸一走開，媽失去了目標，眼睛落到我的身上。

「小薇，你要記住，你可不能學健英的樣子。」

媽的話沒有道理。我還是高二生，怎麼拿我跟她比，何況明年我還要考大學。媽的話老叫人頭疼，每學期開學離家前，嘮嘮叨叨說了一大車話，最後萬流歸宗，總是把話轉到健英身上來。

「小薇，你要記住，星期天你不要到健英家玩，你年輕，當心她把你帶壞。」

其實呢，健英除了喜歡玩一點以外，她也有可愛的地方。她是一個心直口快，熱情大方的人。

在學校裡，星期天功課一做完，我的兩腳就忘了媽的「訓話」，一轉就轉到健英家去，如果她不在家，那就慘了，五個小把戲，一鬨而上，把我團團圍住，眼淚鼻涕都黏到我的裙子上來。要是健英在家，她就會拿出鈔票，老大老二老三，每人兩塊錢打發走，老四老五叫傭人帶開。

「唉，真是煩死人。」她的話像開了閘門的水，衝出來了。「小薇，你看，做女人真作孽，養了五個孩子，辛苦不用說，做先生的還一直搖頭，『天，我的頭給吵大了！』你想，這是什麼話！這能怪我一個人嗎？」

她的話來得又快又急，叫我無法插嘴。她見我不說話，突然把話鋒一頓，握著我的手：

「哎啊，小薇，你看我多糊塗，跟你說這些苦惱話幹什麼。我想起來了，你怎麼這麼久不來玩了，是不是你媽又在說我的什麼話了？」

在外人前面，我自然要替媽辯護。我告訴她，近來忙考試，沒有空，媽對她的印象一向很好。她聽著笑了起來。

「小薇，你不用騙我，你家裡有我的情報人員，你媽說些什麼，我都會知道的。」

「是不是二嫂告訴你的？」

「你知道就是了。你可不能告訴你媽。」

「那你也不要怪我媽，她的心是很好的。」

「那還用說嘛，我要見怪，也不會跟你說了。只是關於我的事，我也不想多解釋，以後你自然會明白的。不過，小薇，你媽別的話都可以聽，就是反對你讀大學，你可千萬不能聽。」

「這個我知道，爸會站在我這一邊的。」

「這就是了。說真的，小薇，你看我高商唸了兩年，就趕著結婚了。孩子一個個接著來，做先生的還說什麼『哎啊！我的天，我的頭給吵大了。』就藉故常常不回家。」

我看健英又扯到老問題上去，心想找個別的話題；可是怎麼也想不出來，而她的話就像急流的水，滔滔而來。

「男人呀！都不是東西。當他追求你的時候，死皮賴臉，要死要活的；等你嫁了他，養了孩子，你就成了冷廟裏的泥菩薩，他再也不給你燒香了。」

健英說話，就是這樣坦率。心裡有什麼話，就一股腦兒統倒出來。這使得我聽也不是，不聽也不是。

「小薇，你不要難為情，這是我的經驗。我叫你不要聽你媽的話，一定要唸大學，就是這個道理。我如果是大學畢業的，現在就出去做事，免得一個人出去玩一次，就會惹來許多閒話。你想，男人在家怕頭大，女人就不怕嗎？真是豈有此理！」

每次健英把話轉到「豈有此理」上來，就越說越難聽了。於是，我就起身告辭。

「好，好，我不說了。小薇，你不用走，今天在這裡吃飯，下午我陪你到碧潭玩。」

「吃飯可以，碧潭我不去了，我還有功課沒做完。」

「什麼？你不是剛考過嗎？還忙什麼功課。下午好好玩個半天，用起功來那才有勁頭。」

「嘿，玩個半天，你倒說得輕鬆，明年這時候我如果進不了大學，那我媽更有話說了。」說完，我起身要走。

「哎啊，你真的成了書獃子了。」她端張椅子，在房門口一放，決心不讓我通過。「明年這時候，還有多少個日子，玩半天都不行？好，好，就算你陪我玩好不好？小薇，你不知道，這兩天我頭痛死了，乾偉一回家，就同我嘔氣。我真懷疑他在外邊玩什麼花樣。好小薇，你陪我出去散一散心，好不好？」

我的心很軟，她一懇求，我就不好意思再拒絕了。

「不過……」

「不過什麼？你怕碧潭人多，恐怕有一天你媽知道，是不是？好小薇，今天一定要痛痛快快玩一下，地點由你選擇，就是這一次，就是這一次。」

健英雖說「就是這一次」，但每次總能硬說軟說，把我拖走。

終於，我去健英家的次數漸漸少了。

以前，我到她家玩，乾偉有時還在家。現在，據健英說，一個月難得回家一兩次，而且每次回家，兩個人就起衝突。健英因為苦悶，就不分晝夜的打牌。只可憐那五個孩子，一天到晚見不到父母的面，雖有傭人照顧，卻像一窩小野貓，亂叫亂鬧。有一次我勸健英說，應該為孩子著想。我的話還沒說完，她就像新年裡放鞭炮，劈哩啪啦，吐出了一肚子怨氣。她說：

「這樣苦了孩子，我不是不心痛。女人最大的弱點，就是為了孩子，什麼都可以犧牲，男人看穿了這一點，他就心安理得，無所不為了。我偏不上這個當，他不管，我也不管。你不知道，我還聽說，他在外面還養了個舞女。現在我還沒有證據，等抓到了證據，我就跟他離婚。」

健英的話，嚇了我一大跳；即使星期天有空，我也不敢再到她家玩了。

寒假裏，親戚中傳說，健英跟乾偉在鬧離婚。為了這件事，爸和媽又起了「舌戰」。媽說，她早有這個感覺，一個大戶人家的少奶奶，那有不顧孩子，只顧自己玩的。爸還是說了公道話。他說，家庭不和，夫妻鬧離婚，不是單方面的過錯，雙方都有責任。

新年裏，二嫂從娘家拜年回來，偷偷告訴我說，健英鬧離婚是手段，不是真的要離婚。我奇怪，離婚怎麼可以鬧著玩兒的。二嫂說，健英的目的，是要乾偉跟那個舞女一刀兩段，永不往來。另外，她希望自己在貿易公司擔任會計工作，夫妻倆一起做事，一起回家。

「那麼，你看會不會成功？」

「什麼？你說離婚會不會成功！」二嫂睜大眼睛反問我。

我連忙解釋說：「不是這個意思，我是說，健英會不會達到目的？」

「當然，她大概有把握，才這樣的。」

「嗯，那就好了。」我鬆了口氣。但隨即想起健英曾經說過「以後，你自然會明白的」這一句話的含意。

現在，我是明白了。但從健英的用心之苦，使我悚然感到做女人的悲哀。

原載民國五十二年《新生報》副刊

辛老師

這是夢嗎?這絕不會是夢。

我明明是站在這小鎮的熱鬧街頭;匆忙的行人、喧囂的叫賣聲、飛馳的車輛,還有那把樹梢抹上一層金色的夕陽。這絕不是夢,夢那有如此真實。

然而,我卻清清楚楚看見健成的背影,雜在人群中擠向公共汽車。我急步奔上前去,還沒來得及正面觀察時,他已跨上車去,車門「碰!」的一聲,隔斷了我的視線。車子在我面前開走了,眼看它揚起一片塵土。

我想,我絕不會看錯。雖然健成離開這個世界好多年了,而他那瘦削的背影,我仍然很熟識的。好幾次我做著相同的夢,夢見他佇立河濱,我輕輕地走上前去,往他的肩頭一拍,像一陣輕煙,他倏然消失了。

今天,這個熟識的背影,竟然出現在真實的生活裏。而我即使是個再荒唐的人,也怎能相信這會真的是他！但我仍然懷著強烈的、無可名狀的複雜心緒，慢慢走過去，停在車站旁的一個賣甘蔗的女人的面前。我愣愣地站在那裏，不知如何開口。她抬起頭來。「先生，買甘蔗嗎？」

我搖搖頭。她放下削甘蔗的刀，一臉的失望，我像怯場的新演員忘記台詞那樣的窘在那兒。突然，一種莫名的衝動鼓蕩著我。

「請問，剛才上車，是不是有一位穿白香港衫、黃卡其褲的高個子先生？」

「莫。」她說。

「就是手裏提著一個旅行袋的那個。」

「莫！」她堅決地搖著頭。

「莫。」我嘴裏重覆這個字。

這個字表示什麼呢？沒有看到，或是剛才根本沒有這個人。我失望地走開，無法說明自己究竟希望得到什麼樣的答覆。健成去世多年了，難道我真的以為他會在這小鎮的車站出現嗎？

時間沖淡一切。同事中沒有誰再提他了，就像這個世界根本不曾有過這樣一個人似的。健成的死，雖曾引起一陣震驚與嘆惜，而時間究竟是無情的，何況人們需要忘懷的實在也太多了。

健成是我的同事，我從他的手裏接過教導的職務。一年來的共事相處，從他那兒我學到的太多了。可是，誰能相信，一個懷抱理想而又與人無爭的人，在他的生命剛剛開始吐蕾開花時就死去了。他是在一次車禍中為搶救一個學生而犧牲自己生命的。而可悲的是，他所捨身搶救的學生，並沒有因他的勇敢行為而得救。他筆挺地躺在手術室檯上，他的臉平靜安祥，像睡著那樣。

從此，他帶著他的理想，永遠離開這個塵世；從此，我失去了一位很好的朋友，孩子們失去了一位很好的老師。

健成死後，我第一次拿著公民課本，踏進他生前擔任級任的教室，級長喊過口令，學生們坐定了。不知是我的表情過份沉重影響了學生們呢，還是學生們可愛的小臉孔上少有的憂鬱影響了我，全教室靜悄悄的，一雙雙烏溜溜的帶著詢問神色的眼睛，停留在我的臉上。孩子們都知道，他們的級任老師是我的好朋友，從他們的小眼睛裏，我讀出了裏面充滿了無聲的哀悼。果然，一個學生開口了：「老師，昨天夜裏，我做夢看見辛老師。」

這個說話的孩子，沒有遵守教室規則。他沒有舉手，沒有起立，他的語氣，像是對一個朋友道出他的心頭壓抑已久的哀痛。

「你們想念辛老師嗎？」

他懇切地點點頭。我掃視全教室，每個孩子都同樣的點著頭。

「你們沒有忘記辛老師，很好。你們都是辛老師的好學生，雖然辛老師已經死了，可不要忘記他是怎樣教你們的。」我輕輕地吁了口氣，慢慢地說：「好，現在大家翻開書本。」

我發覺自己的指頭有點顫抖，接著是一陣悉悉索索的翻書聲。出我意外，一個學生突然站起來：「老師，那天辛老師不跑去救王小文，不是不會死嗎？」

我不忍責備這個學生帶有成人的自私念頭。我知道，在他單純的心裏，他沒有別的，只是一心想到他的辛老師。

「你是這樣想嗎？我知道你們大家都很愛辛老師，但是救護學生，是老師的責任。」

「那麼范老師為什麼不去救呢？王小文是范老師班上的學生嘛。」

我不能在學生面前對同事有什麼微詞。只有說：

「你知道，辛老師是很勇敢的人。」

「老師，我懂了，辛老師是勇敢的人。可是，他永遠不會回來了。」

他的聲音有點硬，所有的小臉孔都罩上了愁雲。我把頭漸漸低下。

我默念著，健成是過早離開這個世界，但他平日的苦心沒有白費，他已經活在這樣多的孩子們的心中。這使我想起初到校時校長的話，他說。健成不適宜擔任教導職務，但他可以做一個很好的級任。

健成是先我一個學期到這個學校的。我到這個學校的當天，才知道原來擔任教導主任的辛老師仍留在學校，我就很宛轉的向校長說明不能擔任教導職務。我離開師範學校五年，已有足夠的機會明瞭一般學校可怕的人事糾紛。如果我不是一個愚蠢的人，絕不能把自己擺在一個如此為難的位置。但校長却說，這是辛老師自己再三懇辭的，並且說，辛老師是一個熱心負責的人，他可以做一個很好的級任，但的確不適合擔任教導工作。到校後的頭幾個禮拜，我極為小心的處理有關教導方面的各項工作，尤其對健成，我特別注意自己的態度，以免無意中引起他的不快。而健成却以坦率直言的態度，常向我提供意見，使我減少了許多不必要的困難。我雖然也還年輕，但我已有太多的世故了，對於他給我的好處，總是在心頭打上疑問。但當我們相處稍久，才知道自己的忖度是可鄙的。我拆掉心中的藩籬，我們成了無話不談的好朋友。

在這個學期結束前，學校舉行最後一次校務會議，當議程進行到決定各級學生升留級問題時，五年級義班的級任范老師，提出了十一個留級學生的名單，並說明這些學生品行如何頑劣，成績如何差。一句話，非留級不可。當時我表示說，五年義班一共只有五十多個學生，現在一次留級五分之一以上，我們無法向學生家長交代；尤其對這些被「一掃把刷下去」的學生們，我們當老師的不能說沒有一點責任。校長自然同意我的意見，而范老師則紅著臉說，他已盡到最大的責任了。他要我仔細查這十一個學生的成績，同時他極為激動地說，他不能為了少數學生而影響教學進度，如果校長勉強他把這十一個學生帶到六年級畢業，也絕對考不上中學的，這不僅有損他的教學成績，同時也影響校譽。這個問題一時無法獲得結論，校長要大家發表意見，而幾十個同事沒有誰肯表示意見的。我很明白，他（她）們都希望本班那些被認為不可救藥的「累贅」往下面刷，只是嘴裏不好說出來。這種「篩石子」的辦法，人人懂得，只不過彼此心照不宣而已。

這種情形是令人極為困惱的，人人都裝聰明，嘴巴閉起，兩眼垂視。同事們這種木然的態度，使得爭執中的升留級問題陷入僵局。終於，健成開口了，他的聲音有點低沉。

「剛才范老師的意見，有一點還值得商榷。這些學生到畢業還有兩個學期，還可以有足夠的時間提高他們的程度；再說，他們畢業之後，也不見得個個升學。」他停頓一下，頭稍稍抬起。「我以為，除了智力有問題的，沒有教不好的學生。而留級對兒童的心理……」

不等健成說完，范老師站起來，把他的話岔斷。

「辛老師的意見很寶貴，校長如能同意，我願意讓這十一個學生轉到辛老師的五年孝班去。」他說完一屁股坐下，兩眼鼓鼓地。

校長考慮了一下，問健成對這個提議有什麼意見。同事們的目光都集中在他的身上，有的在低頭竊笑。而健成却像沒有什麼感覺，他很平靜的說：「我沒有意見，只要校長認為可以的話。」

問題就這樣解決：這十一個被「遺棄」的學生，轉到健成的班上去，再把他班上的學生轉十一個到范老師的五年義班。

新學期開始了，健成似乎很忙。有幾次，他要我的公民課時間讓給他。我奇怪，難道他也在給學生趕「國算」？他一向不是反對補習的嗎？怎麼現在連我的公民課時間也佔了去？有一次我走去看看，到底他拿這三十分鐘去教什麼。我停留在教室門口，原來他在講故事，這把我弄糊塗了。他知道我的用意，下課後不等我問就先開口了。他說，義班過來的學生程度差，他並不擔憂，他有信心，只要做學生的對他沒有恐懼感，對他有感情，對他信賴，他就有辦法使他們對功課發生興趣，使他們慢慢進步。麻煩的是，這十一個學生常起糾紛，為了一點小事打起架來。他認為這些學生之所以好打架，只是因為對正當的課業失去興趣，學校裏又缺乏適當的運動設備，因之，他們只有以打鬧的方式來求得「過剩精力」的發洩了。所以他必須趕快及時解決，不使這種錯誤的方式繼續擴展。他的辦法是先講一個故事，使打架的學生情緒平靜下來，然後讓雙方說理，再叫其它學生評理，最後由他做評判。

幾個月過去了，健成向我借時間的次數漸漸少了，我問他是不是放棄了他的「評理」工作，而他却笑著拿出一本處理兒童糾紛的記錄簿給我看，裏面分列打架兒童姓名、原因、處理經過、反應及後果等項目。另外還有一張兒童打架次數的曲線圖，從這張圖上可以看出，逐個星期打架的次數在遞減。

我和健成相處久了，對他的長處了解愈深。他是一個深思勤讀的人。放學之後或假日，除了看書，他總愛躺著，兩手捧著後腦杓，眼睛不眨地看著天花板。他曾有過一段失意的戀愛史，所以同事中常有人笑他「舊情難忘」。有時我也不能免俗，拿這個跟他開玩笑。

那個星期天，我看他躺得太久了，要他同我到外面走走，他照樣賴著不動，我逗他說，何必痴情，單戀只有給自己製造苦惱。他沒有生氣，只是說：「你猜錯了，我決不再為那件事煩惱。」

「那你還想些什麼呢？」

「你這個人竟也這樣庸俗嗎？」他坐了起來，就像我的話刺痛了他似的。「一個男人除了想女人，就沒旁的事情好想嗎？」

我看得出他並無怒意，但態度是嚴肅的。

「那麼，你能告訴我，你想的是什麼呢？」

「我想辦一個學校。」他很認真的說。

「你不是已經在學校裏教書了嗎？」

「這是兩回事。我是說，我要辦一個理想的學校。」他微帶沉思，一句一頓地說：「這個學校，廢除年級制度，打破考試枷鎖，著重生活教育，培養兒童個性，發展兒童多方面的才能。我已經想了很久了，預備最近就要把計劃訂出來。同時，你要給我提供意見。」

這真是一個新奇的構想。但我知道他的經濟狀況。我說：「你那裏來的錢呢？沒有錢你能做什麼呢？」

「唉。」他嘆了口氣：「就是差這一點了。」

聽他的語氣，就像是萬事俱備，只欠東風。

「就差這一點？這一點可重要啦！你要知道，沒有錢，就是沒有一切。」

「不，武訓就是一個好例子。」

「中國出現過幾個武訓？現在有錢辦學校的人，只希望學生在升學試場上有好表現，絕不會要你的什麼理想。」

停了半晌，他慢慢地說：「你說的也有道理。不過事情總是人做出來的。我還年輕，羅馬不是一天造成的。」

我沒有話說了，生恐自己太重視現實的見解，會損害他的熱情。

就是在這一次談話後的一個星期，意外的事情發生了。學校舉行遠足，六年級義班與孝班聯合到市區參觀動物園，由級任范老師、辛老師共同率領。當傍晚整隊返校，義班一個名叫王小文的學生，為了回頭跑去撿拾遺失在馬路上的鉛筆盒，一輛汽車從橫裏直衝上來，在緊急煞車的刺耳聲響中，在驚呼叫號的喊聲中，一個瘦長的人影，從人群中飛撲過去，一切僅是發生在剎那之間。當人們驚魂甫定時，健成已躺著失去知覺了。可是，他仍然緊緊地拉著那個血肉模糊的學生的衣角。

從此，健成就離開了這個世界、帶著他的理想，一去不回。此刻，我的耳邊又響起那個學生的話來：「老師，我懂了，辛老師是勇敢的人，可是，他永遠不會回來了。」

原載民國五十三年六月《徵信新聞・人間副刊》。

補註：

這個短篇，為默悼二十世紀五〇年代在白色恐怖期間遭政治迫害的方碩德老師而寫。

方碩德老師福建省雲霄縣人。於民國四十年十月九日凌晨，在台北市馬場町刑場（今青年公園附近）遭槍殺。時年二十五歲。

民國九十五年五月十五日燈下，於台北市辛亥路蝸居。微知識

少年行

一

一年前，我因健康關係，調到這個偏僻山鄉國校的分校。在這一段鄉居執教的平靜歲月裡，阿同、景風、阿桂這三個正在成長中的少年，先後和我生活在一起，打發了不知多少個風雨晨夕。現在，阿同和景風都已離開這兒了；而阿桂有一天亦要離開的。雖然他們和我都相處得很好，但我卻不能對他們有絲毫幫助。我覺得，自己過去的自負，是多麼的可笑，我更感到寂寞與悲哀。

二

下課鐘最後一聲剛落，黃老師的粗喉嚨在辦公室裡響了起來：

「阿同，阿同！」

我隨著他那帶有爆炸性的喊聲，走進辦公室，放下學生作業簿，坐落在那張會吱嗝作響的木板椅子上。黃老師看我一眼，搖搖頭說：

「你看，這傢伙越來越不像樣了。」

「哦，又遲了四分鐘。」我表示同意。

「阿同！——」

這一回，黃老師把聲音提高，尾音拖長。

「寇——嚓，寇——嚓，……」

一聽，就知道是阿同的木屐聲。他穿的那雙木屐，一隻全好，另一隻後跟已磨成薄薄一片了。走起路來，發出不同的聲音。再加上他那慢條斯理的步子，就更顯出「聞其聲如見其人」的特色來。

現在，他那瘦長的身體，晃進了辦公室。

「黃老師，你是叫我嗎？」

「不叫你叫誰？你怎麼搞的？下課鐘又遲打了四分鐘。」

「黃老師，我，我沒有錶。」

「沒有錶？你不會看鐘！」黃老師指指壁上的掛鐘。

阿同那雙小眼睛，跟著往上一翻，朝那個老掛鐘看了一眼。

「我看過了。我肚子痛，我看還差三分鐘，到廁所去了一趟。我不是故意的。」

「你總是有理由的。別的不用說，準時打鐘你總該會吧！連這一點都做不到，你還能做什麼事？」黃老師停頓了一下，兩眼直瞪著他。「如果你不願意幹，我可以跟校長說。」

對一個十五、六歲的孩子說這樣的話，是重了一點。不過，我了解黃老師，他並不是借題發威。在這個分校，他除了擔任級任，還兼負分校的行政責任；管理校工，正是他的職責。只是不巧，碰到阿同，事事漫不經心，常常叫他生氣。就像現在，黃老師向他提出這樣嚴重的警告，他仍只是把那個瘦長的身體扭動了一下，低頭不語，僵在那兒，不打算走開似的。

在這種情形之下，只有我來解圍了。

「阿同，快上課了，你打鐘去吧。」

「寇——嚓，寇——嚓……」他拖著慢條斯理的步子，走出了辦公室。

我看看他那竹竿樣的背影，不禁嘆了口氣。黃老師搖搖頭說：「光長身體，不長腦筋。」

在這個分校，我雖有四位同事，但只有阿同跟我的關係最密切，可以說是「朝夕相處，休戚與共」。放學之後，同事們都回家了，整個校舍像從鬧鬨鬨的蜜蜂窩那樣，一下子落得十分寂靜，靜得像一座古廟。每天傍晚，當落日餘暉漸漸黯淡，在這無邊寂寥的校舍裡，阿同就是我唯一的談話對象了。

現在，繁忙的一天已經過去了，太陽也已西沉。

遠遠地，我聽到阿同從井邊提水回來的慢條斯理的「寇——嚓，寇——嚓」聲。這聲音是很不悅耳的，但卻給我帶來親切之感。習慣地，我走去幫他提水生火，準備晚餐。我看醬油快完了，叫他去買一瓶，順便帶一包老樂園來。他照樣拖著慢步子走了。我連忙趕上，叮嚀他不要在外邊逗留，快點回來。他總算加快腳步了。可是，過了好久，我在校門口張望了好幾次，還不見他的影子。當我把飯菜弄好，這才聽到他的木屐敲著石子路的急促聲。我心裡實在按捺不住：

「阿同，你到哪兒去了？天快黑了，你知道嗎？」

他只把嘴一咧，並不回答我的話。放下醬油瓶，從袋裡摸出香煙。

「咦，怎麼買新樂園？」

「老樂園沒有嘛。」他很有理由的說。

「你不會去另一家問問？」

他停了半晌，扒扒他那茅草似的亂髮，歉然地把嘴一咧。看到他這副傻相，我只有搖頭。

吃飯時，他突然記起一件大事似的叫了一聲：

「老師。」

「什麼事呀？」

「王大發門口有人打架……」

他不說還好，一說，倒引起我剛才等他時的懊惱來。

「嗯，你就是看打架看忘了，是不是？」

他不好意思的低下頭，沒說完的，連飯一起嚥下去。

晚上，我把學生的作業簿批改完畢，覺得有點累，書看不下去了。我看阿同無所事事地坐在那兒抬頭看天花板，左腿擱在右腿上，把那木屐抖呀抖的。我想起上午打鐘的事來。

「阿同，你今年幾歲了？」

「十六歲。」照樣抖他的木屐。

「十六歲啦！你將來打算幹什麼？」

「我不知道。」

「那你打算敲一輩子的鐘嗎？」

「老師，我沒有想這些。」

唉，這真是個光長身體，不長大腦的孩子。

一年前，我和他差不多同時到這個學校。那時，這個學校，剛由鎮上的國民學校的分教室，擴充班級升為分校。單身教員宿舍，還正在趕工，晚上我跟阿同就擠在那貯藏室兼廚房的後面的一間小房裡。

那時，阿同沒有現在高，一頭亂草似的頭髮，一雙木然神色的小眼睛。他給人的是一種懶散的，缺少活力的印象。在我們相處的這一段日子裡，他很少有令人稱道的地方；

尤其是他那漫不經心的「魂不附體」的樣子，常會給人帶來煩惱。就像我們晚上點的電石燈，他很少能夠天一黑就點上的。雖然我也時常提醒他，但他老是在天黑之後，這才忙亂地在石階上「空空空」敲著罐子，倒出昨夜的廢電石。

話雖如此，但阿同也有一個極為難得的長處。就是他很有坐性；你不叫他，他能夠翹著腿坐到天黑。你一叫他，他會隨聲答應；雖然聽到他的聲音之後，還要老半天，才能看到他的影子。但在這冷廟似的環境裡，這也就足以令人安慰的了。

在學校裡，我也唸過心理學；我的職業，使我常年跟孩子們生活在一起。但阿同這種滯遲的，對任何事都缺乏積極反應的特殊個性，卻使我碰上了難題。

我剛到校不久，我們接到校本部的通知，說是督學要來視察，全校即刻進入「暴風半徑」。忙亂中，阿同打破了辦公室的一塊玻璃；氣得黃老師臉都發青，狠狠的罵了他一頓。放學之後我對他說：

「阿同，以後做事要處處小心，不要今天打破這個，明天弄壞那個。黃老師說你，是為了你好，你不要放在心裡。」他沒有回答，也不訴苦，只是把嘴咧咧。這使我覺得奇怪。

「阿同，在家裡，你爸爸常罵你嗎？」

「我沒有爸爸。」他若無其事地回答。

「嗯，你爸爸……」

「媽說，他死了。」

「什麼時候？」

他把頭一偏，抓抓那亂草似的頭髮，眨眨小眼睛。「我上學那年，還是他送我去的。有一次，他和媽吵架，以後就不見了。」

這一晚，我們沒有再談什麼。以後，我也不再問他家庭的事。儘管同事們對他只有搖頭，而我總覺得不能用厭惡的態度對待他。父母婚姻的失敗，對子女的影響是如此的大；在阿同身上，我看到這個不幸的例子。

日子一天天過去，我亦曾努力鼓勵他提起精神，但他那種不可言狀的，心不在焉的習性，總是很難改進。有時，我看他坐著無聊，選幾本兒童故事書給他看；他總是看不了幾頁就放下，寧可瞪著眼睛看天花板。這半年來，他的身體倒長得快，像一根竹竿，又瘦又長。而他的聲音，也變得粗糙沙啞。這正是他生理上處於急疾變化的危險階段。另一方面，他的智慧，仍舊停留在幼稚懵懂的狀態中。正如黃老師說的：「光長身體，不長腦筋。」

其實，說阿同不長腦筋，是不大公允的。我相信，只是沒有什麼東西足以引起他的興趣而已。

那個星期天，我需要到鎮上買點東西，因為自己還有點事情待料理，就差阿同代我去一趟。對阿同的辦事效率，我並不存奢望，他的「早出晚歸」，自是意中事。使我驚奇的是，這天晚上，他竟然破天荒的在燈下「埋頭苦讀」起來，我問他看什麼，他說：

「連環圖畫。老師，好看得很哩！」他的聲音，帶著興奮，這是從來所沒有的。

我心裡一怔，我想馬上阻止他，繼而考慮了一下，我只是說：

「阿同，你的連環圖畫，可不要借給小朋友們看。」

從此，他很少機會看天花板了。天未黑前，也不用吩咐，他就會把電石燈裝得好好地。每個星期天，他總要到鎮上去一趟，換回一套套新的連環圖畫。這給我精神上的負擔，越來越重。我彷彿看見一個心理上、生理上，正在急速變化的少年，因為接觸了不適宜的讀物，可能一步步走上了歧途。

我想，我必須設法誘導他改變方向。但我以什麼來代替呢？我所能拿得出的，僅是一些雖經選擇，但仍然無法引起他的閱讀興趣的兒童讀物，以及少年讀物而已，這使我感到十分為難。那一天，我又發現他的床鋪上有一本印刷紙張插圖都極為粗劣的色情小說。

傍晚，我看阿同蹲在石階上，很專心的在裝電石燈，我叫了他一聲，他抬起頭來：

「老師，什麼事呀？」

「床上的書是你的嗎？」

他點點頭。

「阿同，這種書最好不要看。」

「為什麼？老師。」他的小眼睛睜大。「你不是常常叫我看書嗎？」

「是的。我不是要你看這種書。」

「為什麼？」

「書跟人一樣，人有好人壞人，書也有好書壞書。」

這一次，他搖搖頭。

「老師，壞人警察會抓，壞書怎麼可以賣呢？」

這是個牽涉很廣的，錯綜複什的現實問題。面對阿同這樣一個單純的入世未深的少年，我怎麼能夠一下子說得清楚呢？

漸漸地，同事們發覺阿同變了。

他那雙一高一低的不同聲響的木屐，放棄了；現在，他穿起一雙木底子很厚的棕屐，走起路來一晃一蕩，唯恐他還長得不夠高似的。黃老師對他說什麼，他那種低頭不語的，木然的神色，消失了；他會揚起頭來，那雙小眼睛不停地轉著。有時，我看他偷偷在學抽煙，我很難過的閉起眼睛，只當沒有看見。

現在，星期天到鎮上去，已成為他的例行公事了。而且每次回來，他總多少有點改變。本來，年輕人愛美，是很自然的事；可是，阿同的愛美，卻不尋常。那個星期天，他到鎮上去，直至夜晚我就寢前，還沒回來。第二天星期一，他穿起一件非常耀眼的大紅花上衫，配著一條褲管子像香腸的粗布褲，踩著高底棕屐，提著水壺，晃進了辦公室。在大家驚異的注視下，他的頭低下去了。當他第二次進辦公室時，已經神態自若，並且顯出了一點自得之態了。

每次，我看他雙手扶腰，兩個大姆指套進褲帶紐絆，擺著八字腳，站立在階沿上，昂首朝天的那副神氣；直覺得一盆冷水，自脊背澆下。

學期結束前的一個深夜，我正在結算學生的學業成績；阿同吹著不成腔的口哨，從外邊進來。我不用回頭，已聞得出他身上的酒味。他在我身後叫了一聲：

「老師。」

「什麼事呀？阿同。」我停下工作，等他說下去。

「我不想幹了。」

「你找到新工作了？」他沒有回答。「阿同，這裡的工作雖然不算好；不過我勸你想一想，還沒找到新工作，你暫時不要辭比較好。」

這一次，我的話總算發生效力了。但過不了幾天，阿同終於走了。

那是為了送學生成績簿到鎮上校本部蓋章，就擱了太久的時間，黃老師說了他幾句，他竟兩手插腰，回嘴頂撞：

「你發什麼脾氣？不幹就不幹，有什麼了不起。」

他就是這樣的捲了鋪蓋。我送他到車站。我說：

「阿同，希望你很快就找到事做。我很難過，沒有給你什麼幫助。」

他睜大了小眼睛：

「老師，你待我很好，我也沒有生你的氣。」

唉，他不了解我的意思。是的，他怎麼能了解呢？

三

阿同走了之後，全校老師對他的評語是：

「幹流氓不夠種，當扒手欠靈活，死路一條！」

新學期開始，景風接替了阿同的工作，很快的就獲得了大家的贊許。這顯然是沾了「貨比貨」的光；但景風也的確有令人稱許的地方。不幸的是，他卻比阿同給我帶來更大的心理重負。因為沒有多久，由於命運的安排，我無能為力地，眼看他含著淚水，離開這兒。

景風來的那天，穿的是一身黃裡泛白的學生服。除了簡單的行李，他還背著一個鼓得滿滿的書包。使人注意的是，他那濃黑的眉毛下的一雙憂鬱的眼睛。這在那缺少血色的小臉龐上，特別顯著。從他的眼神裡，可以看得出，這是一個較為深沉的孩子。

那是開學的頭一天。黃老師忙著招呼送一年級新生到學校來的家長，所以由我來告訴景風他所應做的工作。他把行李放在本來是阿同睡的木板舖上，眼睛在小房子裡一轉，在柱子上找到一枚釘子，就把書包掛上。

「你書包裡裝的是什麼書？」我很快的聯想起阿同。

「是升學指導。」他很有禮貌的，正面朝向我回答。

「嗯，你國民學校畢業了？」

「是的，今年剛畢業。」

「考學校沒有？」

「有。」他的蒼白的臉上，突然一紅，聲音帶點淒涼。「我沒有考上。」

從那掛在釘子上鼓得滿滿的書包，到他回答時的語氣與神情，我腦子裡驀地閃現出一群在升學試場上敗陣下來的孩子們的哀傷的臉。我慶幸自己沒有接受校長要我擔任本校六年級級任，而寧願留在這山鄉的分校。

「老師，我該做些什麼事情？」他的聲音很低，恐怕驚動我似的。

我把一日的工作，按時間次序一件件告訴他，並且特別叮囑，要準時打鐘。

我在辦公室坐了沒有多久，景風提著水壺進來。他走近我跟前。

「老師，」他眼睛看著那三個正在跟黃老師說話的學生家長。「不夠一個茶杯。」

「把我這個拿去好了。」

他遲疑了一下，終于把我的茶杯端走。

「景風，你不要忘記，上午不上課，十點鐘集合，舉行開學典禮。」

他看看牆上的掛鐘，點點頭。

集合鐘響時，掛鐘的長短針剛好指著十時正。

學生們叫著嚷著湧向操場，我走在後邊，看到景風拿著畚箕掃帚，走進辦公室。

到校的第一天，景風就給人留下了很好的印象。因為他是接在阿同之後，他的長處，自然更容易為人所感覺到。只有黃老師，還帶點保留態度。當然，黃老師光是在本校，就擔任過三年的總務，在他手下用過的工友不算少了。難怪他這樣說：「慢慢看，頭幾天總是好的。」

這天下午放學，我習慣地幫著做提水生火的工作，景氣卻堅決拒絕了我的幫忙。他說，這是他的工作，而且是能做的工作。他還說我，已經忙了一天，這些事情不能麻煩我。他說得這樣懇切，我只有袖手旁觀。我發現在牆角拐彎的屋簷下，高高地疊著井字形的柴片；我知道，這一定是景風劈的，但我仍然禁不住要問：

「那柴是你劈的嗎？」

他帶著詫異的眼光，點點頭。

我相信，景風一定奇怪我為什麼有此一問。可是他哪裡知道，他的前任常常為了燒濕柴引不起火，而弄得滿面煙灰涕淚縱橫。現在，我面前這個稍嫌瘦弱的孩子，卻很熟練的做起生火、淘米、切菜、清理電石燈的工作來。而他那專心一意的樣子，就像並沒有我這個人在旁邊一樣。第一次，我感到在工作中無法插手的那種失落的感覺。

這晚臨睡前，我到景風的小房裡一轉。他正在翻他的書包。除了升學指導一類的書，還有一張市立中學聯合招生試題解答。我說：

「景風，今天你剛來，早點休息吧。你要是有心讀書，以後的時間還多得很。」

「老師……」他一面收拾書包，一面看看我，像是有話說不出口。

「有什麼事嗎？」

「老師，……，以後我可以請你給我補習嗎？我想明年再考一次。」他微張著嘴，等待回答。

「當然可以，只要我知道的，我一定很樂意幫助你。」

他的蒼白的小臉上，綻露出感激的笑容；連那憂鬱的眼睛，也閃亮起來。我拍拍他的肩膀：

「不早了，你睡吧。」

他送我走過堆滿破爛桌椅的貯藏室，深深地一鞠躬。

「老師，再見。」

這一夜，我不知景風睡得怎樣；但我相信他是睡得好的。他是這樣一個瞪牢目標不肯放鬆的純良的孩子，他的夢一定也是單純的。而我卻不同了，我睡不著，窗外的紡織娘叫得比往常更是煩人。我想到阿同，以及同事們對他下的結論。我又想到景風。他剛來一天，而他的印象卻似一棵生命力旺盛的野草，牢牢的長在我的心頭。

景風到校的第三天，那雜亂的貯藏室，給他整理出頭緒來；進進出出，也不用擔心破爛桌椅的鐵釘鉤破衣服。他還揀出一張缺了兩條腿的課桌，放倒在階沿上，像一個小木匠，敲敲釘釘起來。

「你修這個幹什麼？教室裡也不缺桌子用。」

他回頭神秘地一笑。「老師，現在我不告訴你。」

第一次，我看到他淘氣的表情。

星期天，我要到鎮上買點東西。我想景風到校一個禮拜了，還是叫他去，順便讓他看場電影。可是出我意外，他說：

「老師，我還有事，我不要看電影。你要買東西，那我去好了。」

他既然這樣說，我不好勉強，只好自己去。傍晚回來，他在校門口接過我手上的東西。我看他一臉得意的笑容，本要問他；繼而一想，還是等他自己說吧。果然，飯後他告訴我，要給我看一樣東西。在他的小房子裡，我看到那張缺了兩條腿的課桌，已經修理好，四平八穩地擠在他的床邊。我感到有點歉意，我怎麼沒有想到他也需要一張桌子呢？他看我不響，誤會了我的意思。

「不可以嗎？老師。」

「不，不，這有什麼可以的。」我連忙解釋。「景風，可惜我沒有給你幫一點忙。」

他這才放心地露出笑容。

「老師，你肯指導我升學，比什麼都好啦！」

這使我懷疑，這樣一個懂事聰明的孩子，怎麼會考不上學校？我在那張小椅子上坐下，叫他也坐在床鋪上，我說有話問他。也許是我的態度嚴肅了點，使得他有點拘束。

「景風，暑假裡你考的什麼學校？」

「市立中學。」他惶惑不安地回答。

「考私立中學沒有？」

「沒有。私立中學學費太貴，我讀不起。」

「市中你考得怎樣？」

他停了一下回答：「算術九十五分，」

「你有自信嗎？」

「我對過試題解答。」

「國語呢？」

我這一問，觸痛他的創傷了。他的眉頭緊蹙，憂鬱的眼睛微微下視，聲音帶點顫動。

「作文題目很難，模範作文上沒有；老師也沒有教我們作這樣的題目。」

「你們也猜作文題嗎？」

他點點頭。

「那就難怪囉。」

「不，老師。」他搖搖頭。「題目大家都說難，作文也只佔國語科的二十分。」

「那你怎麼沒有錄取呢？」

雖在燈光下，我仍能清楚地看出，他的蒼白的臉脹紅了，他的頭低了下去。我知道自己失言了，但一時想不出再說些什麼。這使我處在非常尷尬的情況中。驀地我想起報紙曾經刊載過，參加市中聯考，沒有錄取的學生中，有兩千兩百多人申請複查分數，發現有一百二十幾人，評分錯誤。

「景風，參加市中聯考的學生這樣多，計分錯誤是難免的。你有沒有要家裡人申請複查成績？」

「沒有。」

「為什麼不去申請複查？」

他慢慢抬起頭來。從這張過份為痛苦所啃嚙的慘白的小臉龐上，寫出了試場上的失敗，給他的打擊是多麼的巨大。

「老師，我爸爸不知道怎樣申請，他也沒有空。」他那顫抖的又輕又細的聲音，彷彿不勝負荷過量的悲痛。

我真後悔，為什麼提出這樣愚蠢的問題呢？這能對他有什麼用處呢？如果有，那只是使得他對今後的努力，失去信心。我必須要結束這場彼此都感到沉重的談話了。我努力把聲音放得柔和：

「景風，你年紀還輕，遲一年上中學沒有什麼。只要你不斷努力，明年一定可以考上的。你那些模範作文，不要去背它了；重要的，還是靠自己多讀，多想，多練習。以後我會慢慢教你。」

「謝謝老師。明年我一定要考一個狀元。」

這一夜，許多問題在我心中翻騰。從升學考試帶給兒童們的千鈞重負，到景風說的「考一個狀元」的令人吃驚的想頭。我記起，我曾任教過的那個以升學考試出名的學校，就像有一根無情的可怕的鞭子，在鞭撻著老師與學生，不分晝夜寒暑的在埋頭奮鬪；唯一的目的，就是為了在升學試場上要出人頭地。無疑的，這也就是景風所了解的讀書的唯一的目的了。我有信心指導景風作文進步，困難的卻是我如何使他慢慢了解，為什麼讀書？讀書究竟是為的什麼？我知道自己的力量太微弱，但我總希望能盡自己的能力去做。

然而不幸，九月十日的一場颱風，連這樣的一個機會，也被刮走了。

這個被命名為「麗絲」的颱風，行徑詭譎；在接近本省東部新港海面時，突然改變了正面進行方向，轉為西北西掠過北部。她的裙帶所經之處，帶來了嚴重的風災水患。尤其是臺北市的低窪郊區，受災情況更為慘重。黃老師和我，雖曾再三勸說景風，在淹水退後再回家探望；可是拗不過他急切回家一看究竟的念頭。

景風回家三天了，全校老師都在想念他。我更為他的家庭可能遭遇到的災禍而憂慮。第四天上午，我正在上課。靠窗邊一排學生的視線，突然轉向窗外，把我的視線也帶了過去。只見景風一臉的憔悴，臂上纏塊黑布，那身學生服沾滿了污泥。他拖著沉重的步子，一步一步走過操場。

下課鐘一響，我飛也似的跑進他的房間。他正在收拾行李。看到我，兩顆眼淚滾落下來。

「老師，我要回去了。我和黃老師說過了。」

我想問問他家裡的情形，話已到了嘴邊，還是忍住了。我只能說：

「景風，你在這裡工作，對你的家庭同樣有幫助的。」

「不，老師。我還有兩個弟弟要我照顧。」

從他堅定的語氣裡，我彷彿看到他已經長大了。

在車站，我買了車票送他上車。他忽然鄭重其事的，捧起他的書包，送到我的手上。

「老師，這個我用不著了，還是留給這裡的小朋友們吧。」

我竟變得如此笨拙，我連一句話也說不出來。

車開動了，他伸出頭來。含淚向我告別：

「老師，我不會忘記你的。」

四

阿桂，是緊接在景風的腳後跟來的。

黃老師的話不錯。他說，十四五歲考不上學校的孩子，要多少有多少。

阿桂今年十五歲了，看起來頂多只有景風高。但他的身體，卻很結實；滾圓的臉，黑中透紅，中央嵌著一顆塌鼻子，活像糕餅店剛出爐的杏仁酥。他很愛笑，一笑，就露出那副整齊的白牙齒，他走路不是走的，像打足氣的皮球蹦蹦跳。這是一個充滿活力的，健康快樂的孩子。

阿桂來了還沒三天，竟然打破了過去阿同的紀錄，給黃老師刮了兩次「鬍子」。第一次，是把上課鐘打成下課鐘；不過他很直爽的認錯。第二次，為了吹口哨。不知道他從哪裡學的這套本領，邊走邊吹，有板有眼，又響又悅耳，引得課堂裡的孩子們個個向外張望，黃老師不得不提出警告。

「阿桂，老師上課，不准吹口哨。」

「黃老師，下課了可以吧？」

「到房裡吹去！」

黃老師手一揮，他舌頭一伸，蹦出了辦公室。

「調皮搗蛋的小傢伙！」這是同事們對他的評語。

說起來可憐，我們這個分校有四個教室，學生也有兩百出頭；而那個不等邊的小操場，光禿禿什麼都沒有。學生們一下課，沒有什麼好玩，只有亂叫亂嚷，你推我撞，瞎鬧一起。阿桂來了以後，很快和他們混熟了。一下課，孩子們就把他當活動的運動器具，叫他蹲下來當木馬跳。孩子們排成長蛇陣，一個個跑過來，往他背上一拍，跳過去。有的用力過猛，差點使他栽倒。因之，他就用兩手撐住膝蓋，把背弓得高高地；個子小的孩子跳不過去，就從他背上滾落下來，他就高興得拍手大笑。有時，阿桂擺出關老爺騎赤兔馬的姿勢，脹紅了他的圓臉，讓孩子們扳他的腳；人多了，他站不穩了，孩子們就像螞蟻揁蜻蜓，把他抬著跑。

因為這是一個偏僻的山鄉國校，學生的住家很分散，遠的要走三四十分鐘的路程。中午放學，路遠帶便當的學生，留在學校。在午餐前後這段時間，是這些孩子們真正快樂的時間了；只要他們不打破玻璃，不打破腦袋。

那天中午，我正在午睡，只聽到操場上起了一陣「嘿！——唷！嘿！——唷！」有規律的齊呼聲。接著，突然一聲喊，還夾雜著哭叫聲。我正要出去看看，一個學生跑進來說，簡得利的手壓壞了。我連忙出去，只見阿桂手裡拿一根粗繩子；那些跌在地上的孩子們一看見我，一個個連忙爬起來。那個叫簡得利的孩子，噘著嘴，在撫摸自己的手背。原來是阿桂不知在哪兒弄來一根繩子，一個人和這些孩子們拔河比賽，孩子們人數越來越多，他撐不住了，一放手，孩子們統統跌在地上了。我拿起簡得利的手輕輕一動，他嘴一歪，還好沒有脫節，給他擦了點碘酒。我想，要是真的壓壞了，那可麻煩了。

「阿桂，你以後做自己的事，不要跟小朋友們玩了。」

阿桂倒沒有說什麼，只是這些孩子們你看我，我看你。有一個膽子大的就說：

「老師，是我們自己跌倒的。」

阿桂噗哧一聲笑出來。我拍拍他的頭說：

「玩是可以的，可不准捉弄他們。」

孩子們一陣歡呼，把阿桂圍了起來。

我常想，同樣是十四五歲的孩子，差別竟這樣大。阿同不用說了，景風雖然是個好孩子，可是他不大跟小朋友們打交道。只有阿桂，小朋友簡直少不了他。同事們雖說他調皮搗蛋，可沒有絲毫厭惡的意思。他算是最得人緣的了。

可是，當我發現，我班上那兩個由上班留級下來的，出名懶惰而又不聽話的大孩子，在放學之後，竟然服服貼貼的幫阿桂做打雜的工作，使我頗為驚奇。那天中午，我偶然走過貯藏室，聽到阿桂在大聲地說著：

「哼！留級有什麼！城裡的學生一樣的留級。……喂喂，碗擦乾淨放好，打破了那可不行。」

「城裡的老師，會不會打人？」是那兩個大孩子中的一個問。

「打一下有什麼呢？很快就過去了。身體好最要緊，讀書好有什麼用？也不能當飯吃。」

以阿桂的年齡來說，他不應該有這種想法的。我想了解他的這種怪論從何而來。我隨時留意找一個適當的機會，跟他談談。這個機會，很快就來到了。

中秋節那天晚上，我在黃老師家喝了點酒，一時睡不著，端了張椅子在階沿坐下，阿桂蹦跳的腳步聲打斷了我的沉思。他在我身邊一站。

「老師，這兩個月餅給你吃。」

「你家裡寄來的嗎？」我想起他今天收到一個郵包。

「是的。」他自己手裡也拿有月餅，咬了一口。「老師，你吃吃看，是伍仁的。」

我搖搖頭，表示沒有辦法了。我想他家裡環境還好，怎麼不讓他上學？「阿桂，你家裡人反對你讀書嗎？」

「沒有呀！」

「沒有？那你為什麼不去讀書呢？」

「老師，讀書有什麼用？」他把月餅咬了一大口。

「你是不是常常留級？」

他把身子一挺。「我從來沒有留過級。」

這倒出乎我的意外。我「嗯！」了一聲。他以為我不相信，就說：

「老師，我說的是真話，我沒有留過級。你不相信，可以到我的學校去問。」

「不用問了，我相信的。那末，你說說看，讀書怎麼沒有用？」

他揩去嘴邊的餅屑，把手一拍。

「哈，老師，我說給你聽。」他看我很留意的在聽，更為興奮起來。「老師，讀書一點也沒用，讀到中學，什麼事也不會幹；大學畢業了，也賺不了幾個錢。現在我還小，再過兩年，我長大了，我就去挖煤，一個月可以賺兩千多塊，比什麼都強。」

「是不是你考不上學校才這樣說的？」

「嘿！」他嘴角往下一撇。「我才不去考呢！我讀的是就業班。我最看不起那些升學班的，他們什麼事都不做，光知道背書，校長還說他們好。跟人家賽球了，就靠我們就業班出去拼命；贏了沒有話說，輸了，嘿！還要挨罵罰站。真氣死人。」

我不能責怪阿桂不應該有這種想法。他還是一個單純的孩子，但他已經從現實的生活中，建立起一種超過他年齡的見解了。但對從事教育工作的我來說，阿桂的這種見解，是很感到沉重的。

這一夜，我輾轉不能入睡。我似乎覺得有人推門進來，我翻身坐起，原來是阿桂來向我告別。他站在我面前，有我一般高了。他伸出粗壯有力的手，緊緊地握著我的手，使我發痛。他說：

「老師，我要挖煤去了。有空我會來看你的，再見！」

我一驚醒來，窗外的圓月，冷冷的掛在樹梢，夜是沉靜的，連那單調的紡織娘的鳴聲也停了。

是的，有一天，他總歸要走的。

一陣莫名的寂寞，襲上我的心頭。

原載民國四十九年四月《新生報》新生副刊

爺兒倆

挺著大肚皮上三層樓，對金春富金總經理來說，真累！他停下來，扶著扶梯。覺得額頭冒汗，掏出手帕。一愣。手帕上有淡淡的絳色唇痕。他微微側頭，想不起銀鳳幾時用過這種唇膏。翻過手帕擦汗，再繼續往上爬。

終於踏上最後一階，挺直粗腰，走幾步，向右彎，看見紅底白字壓克力的「導師辦公室」的牌子。他走到門口。

「請問，那一位是黃老師？」

好幾個頭從圍牆似的簿本中抬起來。

一個女老師放下筆，站起來，向他點點頭。金春富快步走過去。

「您是那一位學生的家長？」

「我姓金，是金達偉的家長。我一接到信，就專程拜訪老師。」

「金先生，對不起，三勇的導師黃老師在四樓。」

「在四樓？」

「是的，在四樓。」

他頓了一下，說聲「打擾了」，走出去。

「誰的家長，挺神氣的嘛！」一位同事問。

「金達偉的家長。」

「那個金達偉？那一班的！」

「三年級勇班的，就是躲在樓梯口，朝上看林小姐的那個活寶。」

「噢——他呀！」

金春富站在四樓導師辦公室門口，頭往裏探。

「請問，黃老師在嗎？」

導師室裏，祇有靠窗邊的一張桌子有人。那是個剪平頭、滿頭花白的男老師。他慢慢抬起頭來，把滑到鼻尖的眼鏡取下，移開椅子，站起來。

「我姓黃，您是……」

「我姓金，金達偉的家長。」

「金先生，請坐，請坐。」

黃老師拉過一張椅子，再合上作業簿，把桌面稍稍清一下，轉過身來。

「黃老師，我很忙，」金春富遞過名片。「除了台北的總公司，台中、高雄還有分公司。不過，我很重視孩子的教育，所以一接到信，馬上就來。」

「金先生，學校發了兩封限時信……」

「限時信？」笑容凍結了。「達偉出了什麼事嗎？」

黃老師點點頭。

「黃老師，我的業務雖忙，對於孩子的教育，一向是很注意的。」

「做父母的都是這樣。金達偉在家裏還聽話吧！」

「還算聽話。他是老二，他大姊在美國，男孩子嘛，有時候難免任性一點；不過他還算乖，就是星期天，也不大出去。」他看黃老師皺起眉頭，連忙把話勒住，問：「黃老師，達偉到底出了什麼事？」

「是這樣的。上星期一，三年級賢班上音樂課，下課時女生出教室，金達偉硬往裏擠，說是東西忘記在裏面，同時……」黃老師似乎在考慮用語。「同時用手推一個女生的胸部。」

「有這種事？」金春富連連搖頭。「達偉小學時最怕羞，他從不跟女生玩的。」黃老師再度皺起眉頭，激起金春富的反擊本能。「黃老師，你在教育界一定很久了，當然知道環境對小孩子的可能影響。達偉在小學是好學生，上了中學，怎麼會這樣子呢？」

「你說的很對。」黃老師平靜地說。「環境對人的影響很大，尤其是對十四五歲的孩子。」

「是啊！如果說，達偉上了中學變了，這學校教育……」

他沒說下去，只等對方反應。黃老師眼看著他，抿緊嘴不表示意見，只是微微地點頭，然後轉過身去，打開抽屜，卻又停了一下，再推進去，回過身來。

「金先生，你是金達偉的家長，我是他的導師，我們的目的應該是相同的，就是希望他學好。」

「那當然，那當然。」

「金達偉在小學是好學生，我相信。不過小孩子會變，小學生跟中學生，無論在生理上或者心理上，都有很大的差異，所以學校同家庭要密切配合，隨時關心他生活方面的細節。」

「是的，是的。」

金春富很快聯想起那回事。達偉讀小學五年級時，他的級任老師通知他夫婦去學校，說了大堆達偉調皮搗蛋的劣蹟，要求家長在家好好管教。夫婦倆一商量，送了一次禮券、兩次禮盒，一直到小學畢業，都風平浪靜。

「老師說得是。」他連連點頭。「那就請多費心了，我一定會報答你的。這樣好了，黃老師，你府上的地址開給我，我有空，一定到你府上拜訪。」

說完，站起來，伸出手，就像平日在總經理室大寫字檯後邊起立送客一般。

黃老師坐著沒動，表情突然嚴肅起來。

接著，轉過身去，打開抽屜，從卷宗裏拿出一個信封。「金先生，請您看一下。」

信封沈甸甸的，裝的是一大疊照片，有十幾張。有一男一女的，有兩男一女的，全是彩色的裸體照。他很快翻過一遍，抬起頭，一接觸到黃老師的視線，連忙轉開。

「金先生，這種照片成人看還無所謂，對十四五歲的孩子，那比砒霜還毒。」

「是的，是的。」

「請你看這個。」

黃老師遞給另一個信封，他接過，抽出信紙，一看，臉色變成蕃茄醬。看完，停了一下，接著往桌上一摔。

「黃老師，你請我來學校，是存心侮辱我嗎？」

「您怎麼這樣說呢？金先生。孔子都說，食色性也。成人看這種東西，無傷大雅，怎麼說是侮辱你呢？」

金春富受了委屈似的，挺著個大肚子，靠在椅背上。他的樣子，跟上次金達偉被他追問，為什麼被校外的不良少年敲詐時的情形一樣。不過，那時候金達偉是站著的。

「為什麼校外有人向你要錢？」

「我不知道。」他低頭回答。

「同學說你是有名的凱子，為什麼？」

「我不知道」

「你家裏一天給你多少錢？」

「我是拿月費的」

「什麼月費？」

「就是一個月一次拿。」眼睛斜了一斜。

「多少錢？」

「祗兩千塊。」

「祇兩千塊？你還嫌少！」

這一下他沒斜眼，只是把頭轉開去一點。

「好，我要告訴你的家長，不能給這麼多錢，尤其不可以一次給。」

彷彿是擊中要害，金達偉鼓起腮幫子，那樣子，跟眼前這個人的表情，是一個模子裏倒出來的。

「金先生，學校發限時信，是為了……」

「什麼？還有別的事？」

「是的。金達偉已經一個多禮拜沒來學校上課了，照規定，曠課過久，是要退學的。」

「有這回事？我怎麼……」

「金先生，據我所了解的，金達偉這幾天都沒有回家。」

事情竟是這樣，太出人意外了。金春富整個人癱在椅子上。

「金先生，我建議你先到訓導處補辦請假手續，以後趕快把你少爺找回來，小孩子離家久了，容易出事。」

當黃老師送他到門口時，想起一件事，問：

「聽金達偉說，他的月費是兩千元，真的嗎？」

「是啊！我內人怕麻煩，我也認為小孩子從小養成儲蓄習慣也是好的。」

「不行，小孩子錢太多了，反而不好；當然，這是我個人的看法，給你做參考。」

金春富從訓導處出來，學校正好放學，天下著雨。他坐上車，司機發動車子，回過頭來問：「敦化南路？」

他想了一下：「先回四條通。」車子緩緩開出校區道路。

「老劉，快點！」

「好。」

司機一踩油門，喇叭聲像救火車過街，車子疾飛而去。雨點像飛箭向擋風玻璃擊撞，噼哩啪啦！輪子輾過積水，水箭激射。催命的喇叭聲，加上泥水亂濺，嚇得那些頭頂書包冒雨而行的學生，像受驚的兔子，亂竄。

大概車輪輾過窪坑，車身一頓，車速緩了一下，突聽有人「哎呀！」一聲，金春富斜目快速一瞄，那滿頭花白的黃老師，滿身污水。他打鼻孔裏輕輕哼了一下。「豈有此理，老子給兒子錢，也管！」他怎麼想也想不通兒子會離家出走。想什麼，有什麼；要什麼，給什麼。不可能，不可能。回家問問阿翠，他這個月的月費拿了沒有，沒有錢，還怕他不回家。對了，或許到親戚朋友家也說不定，回家先打電話問問看。

煩惱像團亂絲，一理出頭緒，銀鳳的影子緊跟著擠上來。對，要給她一個電話，今天恐怕不能到她那兒去了，房子過戶的事，只有等明天再說。他覺得很累，剛一打盹，喇叭響起，一睜眼，到家了。司機按喇叭，不見有人開門，就下來按門鈴。

「噯！來了，來了！」踢踢踢拖鞋聲，一路敲出來。

「總經理回來啦！」女佣人把頭伸出門外。

「今天老闆不開心，你不要亂講話。」司機說完，回身過去開車門。

金春富在自己家客廳一坐定，一種做主人的意識馬上膨脹起來。

「冷氣開大點！」

「是。」女佣人動作很俐落。

金春富游目四顧，一切還是老樣子，他的視線停留在壁鐘上。

「怎麼？才四點？」

「不不，昨天停電，還沒撥過來。」

他鼻子裏哼了一聲。

「總經理還沒吃飯吧？」佣人小心地問。

「我不吃，你叫老劉到廚房吃點。」

「好。」佣人如逢大赦似地說完轉身就走。

「阿翠！」

「總經理還有事嗎？」

「達偉呢？」

「哎呀！差點忘了。總經理，達偉好幾天沒回家了，學校寄來限時信。」她連忙從信插拿信遞給他。

「妳怎麼不打電話給我？」他眼裏射出怒火，隨手把信摔掉。「妳說！你是死人！電話都不會打嗎？你！」

「打了嘛，」佣人委屈地說，「你給我的電話號碼都打過了，後來打到公司，王經理說，總經理到高雄去了。」

他瞪眼不響，半晌，說：「好了，拿你的記事本來。」

佣人遞過記事本，他在上面寫了個號碼。

「有急事，撥這個。」

佣人接過，擱在信插上。

「收起來，不要亂放。」

他實在累，閉起眼睛養神。佣人回到廚房，立刻活潑起來，三下兩下弄飯給司機吃，自己坐在他對面，兩手支著下巴，問：

「劉司機，這幾天總經理到那裡去了？」

「阿翠，老闆的事，最好不要問。」

「哎呀，哎呀，幹麼嘛！人家隨便問問，緊張什麼？你不說，我猜都猜得到，一定又有新戶頭，是不是？」她把記事本一揚，「稀罕，總經理都不瞞我，你倒……」

「阿翠！阿翠！」客廳裏響起打雷的叫聲。

「噯，來了，來了。」

「達偉這個月的月費拿了沒有？」

「拿了，早拿了！前幾天，他要拿下個月的，我不給，他吵著要打長途電話給董事長。」

「他知道太太那裡的電話？」

「誰曉得呢，我可沒有告訴他。達偉很精靈，說不定真的知道，我沒敢讓他打，只好先給他了。」她邊說邊看顏色。

「算了，算了。」

停了一下，他突然又鼓起眼睛。「阿翠，太太就是太太，什麼董事長董事長的！」

說完，他撥了一個電話又一個電話，凡是兒子可能去的親戚朋友家，都打過了。他搖搖頭。

最後，他撥了一個電話。「是銀鳳嗎？……我是春富……今天晚上我家裡有事……不不不，絕不黃牛……妳聽我說嘛……喂，喂，喂，……」

那一頭把電話掛斷了。他喂了幾聲之後，回頭說：

「阿翠，劉司機呢？」

「在廚房。」

「你告訴他，等一下我還有事出去。」

電話鈴大聲響起，一定是銀鳳，他幾乎搶一般地拿起話筒。一聽，陌生的聲音，說是美國的長途電話。他先是一愣，接著說：「好，接過來。」

聲音很細，卻還清楚。

「我是春富。」

「春富，你在家呀！」

「在家，當然在家。」

「上次你到那裡去了？」

「上次？噢……上次是伊藤的豬木專程到台灣視察業務，本來讓王經理陪他的，王經理出差到高雄去了，我只得自己出馬。」

「那還有好事！去礁溪還是北投？」

他沒有解釋。那頭又傳來責問：「剛才怎麼回事？電話老接不通。」

「公司的事一大堆，白天忙不完，只好晚上談。」

大概那一頭接受了他的解釋，他「好，好」了兩聲，回頭叫：「阿翠，太太叫你聽電話。」

佣人接過話筒，眼睛看看他，他眨眨眼；她點點頭，露齒一笑。

阿翠原是太太的心腹，是她花高薪挖來的。平常他沒注意，剛才見她展齒一笑，醜雖醜，卻有一股年輕女孩子的嬌態。年輕無醜女，老來無美人。想到太平洋那岸的太太，年輕時本來就不好看，現在發福了，兩腮垂下來，像拳師狗，心中泛起一陣厭惡感。

「真的啦，董事長，我怎麼敢騙妳呢！」

阿翠邊說邊用眼睛瞟他。「總經理很忙……剛才是談生意……還有，魏太太的先生……就是那個大西洋什麼公司的董事長打電話來，請總經理過去玩，總經理說太忙，沒有去。」

金春富今天才發現，阿翠不僅善於言詞，臉上竟還有那麼多表情，真是人不可貌相。最後，阿翠遞過話筒，「總經理，董事長要跟你講話。」他接過來，「哦，哦，我知道，我知道……達偉還好……」他本來想說，話到嘴邊，硬吸回去。「他還好……妳自己也保重……好，下次再談。」

放下電話筒像經過一場苦戰，幸而全身而退那樣的疲累欣慰。

「阿翠，倒杯拿破崙。」

他抿了一口，很滿意的樣子。

「總經理……」

「有事嗎？」

「剛才董事長……噢，剛才太太問了好多話，我都照你的……」

「很好，很好。」他遞給她一張綠鈔，「下次來電話，說我到高雄分公司去了。」

佣人雙手接過去。「謝謝總經理，我會記住。」

「告訴劉司機，我馬上要出去。」

佣人正轉身，有人按門鈴「叮噹叮噹叮噹……」很急。

「誰啊？這樣按門鈴！」

「一定是達偉。」

「妳怎麼知道？」

「他都是這樣按的。」

「還不快去！」

「噢！來了！來了！」

金春富擱下杯子，身體坐直，自己的料想不錯，沒有錢了，總會回來的。一想到學校裡的事，胸中就有一股怒火冒上來。兒子一進客聽，見父親鐵青著臉，突然煞腳不前，低頭、轉身，像竹竿插在那兒不動，彷彿父親不開口，他要一直耗到底。他長著一頭亂草堆的頭髮，瘦高個兒，側面輪廓分明，還有那挺直的鼻樑，依稀在那兒見過。金春富下意識地摸摸自己的鼻樑……

那是太久遠的事了。他騎著全車身卡察卡察響，只有車鈴不響的破舊腳踏車，在基隆、台北之間推銷非肥皂。中午太陽大，找路邊大榕樹下歇涼。有時花最少的錢，坐上停在樹蔭下等生意的剃頭擔，從那面花斑的鏡子，照出他的亂髮、輪廓、挺直的鼻子。

那是段苦日子。黃裡泛白的卡其褲，屁股、膝蓋打上厚厚的補釘，還不禁磨。回到家（一張硬板床、一個煤球爐），脫下穿了一天的膠鞋，那臭味，把人燻倒。有事應董事長召，進客廳脫鞋，董事長會問：

「春富，腳洗了沒有？」

「還沒有。」

「免脫鞋，免脫鞋。」

後來，腳踏車換了摩托車，上衣口袋裝著外務主任的名片，在台北、台中、高雄來回飛車。每次見董事長，進客廳時不會再問「腳洗了沒有？」這時他早已換穿皮編涼鞋，而且一定穿整齊了前去接受詢問。

有一次，董事長當著他的面，對女兒說：

「你倒說說看，春富那點不好？有頭腦，又能吃苦，人也長得好看，哦。」

女兒不作聲。

「你說，家世不好。家世，家世有屁用！賴良財的家世真好，艋舺有半條街是他的。現在！賴良財給我端洗腳水我都不要。」

終於，董事長的小姐，做了他的太太。等到老岳丈一去世，太太做了公司的董事長。

商場上的人都知道，他是靠老丈人發達的；同樣的，他們也知道，金春富並不是靠老婆吃飯的人。不過他能有今天，還得感謝老董事長的。而現在，兒子竟這樣不成材，他自己小時候沒有的，他全有，還要離家出走，真是夭壽的孩子！

「這幾天你到那裡去了？」

兒子只把身體動了一下，不出聲。

「你是啞吧？說呀！」

「在王世方家。」聲音像雄鴨叫，刺耳。

「王世方是誰？」

「就是陽明山王媽媽的兒子嘛。」

「見鬼！」他跳起來，指頭戳到兒子的前額。「那一家我沒打過電話？你在學校，丟臉丟到太平洋，你以為我不知道！」

兒子倒退一步，又像被釘子釘在那裡。

「你自己丟臉不說，還寫什麼自白書！」金春富抖著指頭，逼前一步，「你說，你是不是白痴！」

兒子沒再退，卻突然抬起頭來，眼神像兩道箭。他一震，一個巴掌甩過去。

「畜牲，書讀不好不說，還丟我的臉，你滾！滾！我沒有你這個兒子！」

兒子沒退縮，只用手摀住臉，叛逆的眼神迎向父親的怒目。

「我就走。你不要我，媽會要！」

像陣風，轉身射出去。

這一天深夜，敦化南路一幢聳天大廈的一間套房裡，電話鈴一陣緊接一陣響起。電話在床頭櫃上，床上的人早被吵醒，卻懶得去接，她想尋回被打斷的夢。那鈴聲賭氣似地硬不肯罷休。煩！

她拿起話筒，是女人的聲音。

「找誰？」

「找我們家的總經理，金總經理。」

「見你娘的大頭鬼，半夜三更叫魂！」看看床上的男人，癲蛤蟆被人踩了一腳似地仆臥著。叫也叫不醒，推不推不動。「死豬！」一氣，卡達一下，把話筒擱回去。眼皮還沒閉攏，電話鈴吵架般地吼起。她無奈，翻身坐起，用指頭捏住男人的鼻子，大叫：

「春富，你家死人囉！接電話。」

他費勁地翻過身，伸手，拿起話筒，眼睛還閉著。「……是的，我是總經理……」

「總經理，達偉闖禍了，被警察捉去了……」

「什麼？你說什麼！」

「警察局來電話，達偉關在那裡……」

耳朵裡「轟！」一聲，手擎著話筒，遭雷劈那樣僵住了。半晌，他下床摸索著穿衣服。

「你去那裡？」銀鳳閒閒地問。

「警察局。」

她冷眼看他像沒頭蒼蠅似地撞出房去，嘴一撇。

床頭燈捏黑。繼續做她的好夢。

原刊民國六十七（一九七八）年五月九日——十日《中華日報》副刊

彭澤之歌

一

七月十一日中午，高中聯考最後一節考完，西門老師坐計程車回家。剛換好衣服，有人按門鈴，那「叮噹！叮噹！……」聲又急又響，她從陽臺探頭一望，只見郵差的綠色摩托車已飛騎得老遠。

她一口氣跑下樓，從信箱拿出信，一看，是學校的限時信。突然想到同事間的傳言，觸電似的震顫了一下！「是解聘通知嗎？」一年來的經過，閃電般的腦邊掠過。不會的，不可能的。她連忙撕去封口，抽出信紙一看，竟是召開升學輔導會的通知。她像喝汽水過猛，一股氣直衝腦門，賭氣又「登登登……」跑上來。那沈重的腳步聲，大動作的開關紗門乒乓聲，驚動了正在廚裡忙著的西門太太。

「看你，看你，做老師的人了，連走路開門還這樣莽撞。」

「做老師怎麼樣？做老師的就該死啦！」頭也不回，大步踩進她的房間，再轉過身來。「媽，我不要教了，真的不要教了，這個鬼學校。」

西門先生下班回到家，西門太太呶呶嘴，輕輕告訴他女兒在房裡生氣，說是不要教書了。西門先生只說了一句：「讓她去吧。」換上拖鞋到浴室去。當他出來時，太太還站在原地，彷彿被他剛才的話釘牢在那兒。

「唉，你是說著玩兒的吧？這樣有名的學校，旁人擠都擠不進去，你讓她說不教就不教？」

西門先生不急著回答，走過去把沙發上的海綿墊拿開，再坐下去。

「你怎麼一點也不懂你的女兒，她不過是說說罷了。你想，她上課上到七月六日，才把畢業學生送出校門，還要頂著大太陽陪考，誰都會說氣話的。」

「聽她的口氣，這回是當真的。」

「真不真看人心。你看她平時那樣有興頭，回到家不是改考卷、出題目，就是學生長學生短說個沒完。你不說她，她自己會下臺的。」

夜晚十一點，關上電視機，西門太太準備進房，女兒在她房裡大聲叫：

「媽，鬧鐘呢？」

「放假了，還用什麼鬧鐘？」

「明天八點，學校開會。」

「這個鬼學校，怎麼放假了還……」

西門先生連連向太太眨眼，她的話說了一半，硬嚥回去。

第二天，西門老師七點四十分到校，會議室裡已有不少人了。長條會議桌上的那瓶塑膠花，像剛沖過水擦過灰塵，顯得格外鮮紅。今天出席會議的都是三年級的任課老師。有的談論聯考試題的難易，有的批評晚報上試題解答錯誤，也有人問今天為什麼開會，還有的兩個人頭碰頭輕輕聊天。那個外號叫「阿德米基」教數學的艾老師，正在看一份東西。西門老師過去，他欠欠身點點頭，她就在他身旁的空位子坐下，輕輕問：

「有什麼重大的事嗎？」

艾老師搖搖頭。「不知道……大概跟聯考有關吧。」

會議室壁鐘走到八點正。只有「姐妹學校結盟紀念」的大鏡框下的主席位置還空著。做紀錄的教學組長早已把紀錄簿送到出席人員面前，讓大家簽名。本來還有人輕輕談天的，這時也停下了，只有那個吊扇「呼呼呼」發出大吼聲。

八點十分了，八點廿分了。大家你看我，我看你。有人輕輕地問：「通知不是寫八點嗎？」教導主任站起來，走到裡間去。會議室的裡邊，有一條短短的過道，進去就是校長室；再一拐，可以通到人事室。出來時，主任說：

「請大家稍候幾分鐘，校長正跟學生家長通電話。」

西門老師聽音樂老師說過，這個學校有個「循環系統」的笑話，說學生怕老師，老師怕校長，校長怕家長，家長怕學生。現在學生家長來電話，使主持會議的校長跟他長談，一定有重要的事。主任雖然說稍候，也沒人離座位，她也只好默默地坐著等。

終於，會議在八點四十幾分開始。

校長的表情，一臉的嚴寒。他一坐定，先宣布開會宗旨：「今天臨時召開升輔會，目的在檢討本屆畢業班各科教學的成敗。」他把「各科教學成敗」一字一頓加強語氣說出，眼睛從會議桌左邊開始往右掃視一週，又把教學組長送到他面前的紀錄簿翻了一下，數一數簽名人數。

「剛才錢委員來電話，指責本校數學科教學失敗。錢委員是本校學生家長會會長，一向支持本校。他的指責，自有事實根據。」

他停下來，眼睛再一次從左至右掃視。西門老師彷彿覺得校長的視線在她這方向停頓了一下，心中暗暗一驚。她稍轉頭，只見旁邊的艾老師微微低頭，嘴唇閉緊。

「前天上午我在女生考區，第一節數學考下來，好多學生向我訴苦，說許多題目沒有見過，有的還哭著跑出試場。這是本校創校十多年來從未有過的事。現在，就請三年級數學老師先檢討。」

說完，打火機「擦！」的一聲，點著煙，噴出一口濃煙，兩眼穿過煙幕，逐一射向在座的幾位數學老師。西門老師知道，學生最重視數學，也最怕數學，從學生週記上看，艾老師很受她班上學生歡迎。現在看他俯首閉嘴表情凝重的樣子，很替他難過。而在座的其他老師，人人木然地坐著，就像天塌下來，也不會動一下似的。幾個數學老師卻不同了，像受到驚嚇似的。互相看來看去，最後共推艾老師代表發言。過了好一會，艾老師起立發言。

「校長……」他清了清喉嚨：「我在檢討數學教學之前，先說明一下，就是今年聯考的數學題，有兩個特點：一是繁瑣，二是難。」他拿起剛才看的那份東西。「例如有一題填充題『分解因式』：(1+a)2(1+b2)-(1+a2) (1+b)2。它的答案是：2(a-b) (1-ab)。而求得這個答案的演算過程，要經過六個等號，式子排列起來，比題目長七倍；至於難……」

「好啦！」校長左手一揚，阻止他發言。「你要針對問題檢討失敗原因。如果把自己的錯誤推給聯考試題，那是逃避責任！」

一年來，西門老師不知聽過校長多少次訓話，每次都像音樂老師說的，一竹竿打翻一船人。可是她沒有辦法像別的同事那樣，木然無動於衷。她可以為校長的一句好話而任勞任苦，卻受不了他的疾言厲色。剛才艾老師說的是實話，卻被指為「逃避責任」。她看得出來，今天校長是座活火山，火山口正在冒煙。她不禁稍稍側過頭去，只見艾老師怔了一會之後，才接著說：

「校長，本來我想分析聯考試題之後，再提出我個人對改進教學的意見。剛才校長提到責任問題，我想，我應該把前天在考場所看到的情形向您報告。」

說到這裡，他看校長沒有阻止他發言，於是，喉嚨輕輕咳了一下，說：「前天男生考區情形也一樣，下課鈴響了，各試場沒有一個考生出來，題目難是事實。當然，本校學生應該不怕難才對。前天有一家晚報分析數學題，特別提到民國五十年大專聯考的數學題，認為過分難的題目，測不出學生的實力。大家也許還記得那一年大專聯考，數學考零分的照樣錄取……」

「你這話什麼意思！」校長的聲音突然升高，像一個人聽到了最不願意聽的話那樣一臉的怒容。「難道你認為，我們的學生數學考零分也能上第一志願嗎？」

「校長，我不是這個意思，我是說，題目太難，不是我們學校學生成績好壞問題，別校學生同樣考不到高分。」

「今天是本校的檢討會，不談別校！」校長的聲音像打雷，連空氣都震動。「應該徹底檢討教學，學生為什麼不會做？是平時教學偷工減料，或是對本校的升學輔導計劃陽奉陰違！」

他一邊說，一邊把煙蒂插向煙缸邊沿上的空洞，插了幾次沒插進，索性丟進煙缸。那灰白色的煙，兀自頑強地往上直冒，坐在旁邊的 教導主任連忙撿起來，再一按，把它按死。

「校長，您這樣說，我，我……」艾老師臉部肌肉抽搐，喉骨上上下下了幾次才接下去：「關……關於教學，有主任的平時考核，還有學生的週記反映，您可以查。」

說到這裡，他看看坐在校長旁邊的教導主任。原先主任兩眼盯著他看的，這時卻把視線轉開。

「好了！好了！」校長左手又一次向外推。「這不是檢討，完全是推卸責任！這樣，如何能改進教學？」話一停，視線轉到主任身上。「凌主任曾經幾次向我報告，本校少數老師，以大牌自居，不夠虛心。這種態度如何能教好學生？如何能使學生在聯考試場上打勝仗！」

教導主任公雞吃米似的，校長說一句，他點一下頭。校長把話停住，兩眼不停地掃視像冷廟裡泥菩薩那樣坐著的聽眾，鼻孔大聲噴氣。然後抽出煙，教導主任連忙從桌上摸起打火機，「擦！」的一聲湊過去。

「譬如說，像西門老師，」西門老師只覺得兩耳嗡然作響，在座的人，本來人人毫無表情地垂目而坐的，這時都不約而同地朝她看來。「她是本校最年輕的老師，可是她虛心肯學，本屆她教的兩班畢業生，成績就不比有十年以上教學經驗的老師差。」

一年來，西門老師沒有聽過校長當眾讚揚過誰。今天校長以她做例子來貶抑艾老師，她並沒有沾沾自喜，而心中卻為艾老師抱屈。

「我記得我決定請西門老師教三年級時，凌主任還提出不同的看法。而事實證明，我的決定是正確的。」

教導主任稍稍抬頭，目迎從不同方向投射過來的眼光，一一點頭。

「為了本校校譽，為了不使一千多學生家長失望，本校實在不應該再容忍那些不虛心檢討而誤人子弟的老師。」

「校長！」艾老師被火燙到那樣的彈起來。「對您剛才的話，我抗議！」

「我不接受你的抗議！」校長也站起來。「凌主任！」

「有！」主任隨聲站立。

「你帶艾老師到人事室辦理辭職手續！」

教導主任、教學組長站起來勸校長。校長一離開，會議室像颱風遠颺，一下子沉寂下來。

西門老師一個人孤獨地坐著，她只覺得燠熱。剛才的衝突，同事們向她投擲過來的特殊眼神，像強烈的催化劑，使她突然想起去年九月初她來應徵的經過，以及一年來工作上的重負與精神上的挫折。

二

九月初，學校已經開學，西門小姐來應徵。學校通知她上午八點到校長室面談。七點四十分她就來了。一進校門，她還以為自己記錯日子，以為今天是星期天呢。怎麼沒有半點早讀的聲音。大草坪上倒有一部剪草機「彭！彭！彭！……」在剪草。這時，迎面走來一位男老師，大聲叫：「老周！老周！」

推剪草機的工友停下來。「什麼事？主任。」

「早自習時間，剪草機聲音太大，放學後再剪吧。」

「不行，校長下的條子，十二點以前要剪好。」說完，準備繼續工作。

「昨天放學以後為什麼不剪？一定要拖到今天！」

「誰說拖到今天！」那工友半轉著身，雙手仍握住剪草機把手。「昨天放學以後，我們四個工友擦辦公室玻璃窗，打掃廁所，洗地打蠟，忙到半夜還沒忙完，有誰知道！」說完，一轉身，管自己「彭……」推動剪草機。那主任先是愣了一下，接著頭一扭，大步走開，走過西門小姐身邊，眼睛斜了一下。她發現，他臉色好難看。

西門小姐在會議室坐定，剛才草坪上的一幕還在心頭打轉。可是沒多久，她的注意力被四周牆壁上的錦標、錦旗，以及沿牆排列的玻璃櫃裡的金牌、銀牌、銅牌……吸引住了。她站起來欣賞。最後停留在一個大鏡框前。這是個乳白鏤花大鏡框，掛在長條會議桌上端正中牆壁上。鏡框裡邊是金黃色織錦緞底，黑絲絨字的錦旗，樣式很別緻。她不禁細細看起來：錦旗上邊從左到右繡的是「姊妹學校結盟紀念」，下面一行是「中華民國私立青雲中學」，錦旗正中，中美兩國國旗並列，下端是英文字U‧S‧A‧霍斯頓女子中學。

她看得正入神，一個手拿卷宗的年輕小姐從裡邊出來，問：

「你是西門小姐嗎？」

「是，是。」

「校長請你進去。」

在一張好大的辦公桌後邊，鬍碴子刮得很乾淨的校長坐在高背皮轉椅上，左手稍一抬，示意她坐下，一邊翻閱一大疊履歷片。

「西門小姐府上那裡？」

「江蘇。」

「你是政大……」

「中文系畢業。」

「你通過托福考了嗎？」

「我沒有參加托福考試。」

「準備明年考？」

「我不打算出國。我大哥在美國，家父家母年紀大了，我要留下來陪他們。」

校長點了一下頭，彷彿觸動機關，電話鈴緊跟著響起。他伸手拿起話筒。

「喂，……我是校長……唔，唔，……張太太，期考試卷早已封存了……你是老家長了，這樣吧，我想辦法調閱一下，……好，明天你再打電話來。」

掛斷電話，他似乎在考慮什麼，左手食指在玻璃板上輕輕敲著，然後高背皮轉椅一轉，站起來，走到辦公桌右邊靠牆的一個大不鏽鋼箱子前。這箱子有好幾排按鈕，上邊還有一個麥克風。他扳動一個按鈕，亮起燈，再扳動一個，對著麥克風，「呼！呼！」了兩下，說：

「淩主任，立刻到校長室來！」重複兩次，再把按鈕關上。

回到位子，手指在桌面上劃來劃去。西門小姐這才發現玻璃板下有日課表、歷屆學生升學志願統計表、校外比賽優勝紀錄表、教職員出勤考核統計表，還有距離遠的，不好意思伸頭過去看。

「校長，有什麼指示？」

她回頭一看，是剛才阻止工友剪草的主任。

「二年級勇班的理化期考試卷，馬上調出來。」

「期考試卷已經封存了。」

「我知道，封存不是燒燬，總找得到吧！」

「是！找得到。」

主任一回身，差點跟進來的人相撞。校長的視線轉到剛進門的人身上，說：

「艾老師，我正要找你。梅老師什麼時候銷假上課？」

「校長，梅老師的母親昨天剛出院，她請您准她續假兩天，這是她的報告。」

「續假兩天暫准，」一邊說，一邊指頭敲敲那張報告，臉色很不好看。「她要求眷屬補助，礙難照准。」

「校長，梅老師說，她雖然是女性，同樣有奉養父母的責任，所以……」

「你不用說了，這是藉口。她嫌待遇少是不是？」他拿起一大疊履歷片，一揚！「你看，我只要花幾十塊錢登一個小廣告，學士、碩士滾滾來。」

「是的，是的。」艾老師連連點頭。「校長，現在找工作的確很難，不過，事情找合適的人也不容易。」

校長本來有點得意之色的，一聽，臉突然沉下來。「本校核薪有一定的原則，我不接受無理的要求。好了，你轉告她，嫌待遇少，辭職好了！」

說完，往椅背一靠。「哼！事找人不容易！」打火機「擦」的一聲，點著煙。這時他彷彿才發現對面還有人等他問話。他「唉」了一聲：「西門小姐，一般人只羨慕成功的事業，有誰知道成功的背後有多少困難。」她接不上話，只點點頭笑笑。「剛才說到……好，我也讓你了解一下，辦學校雖然不是商業行為，但也必須適應社會需要。本校在升學方面，很能符合學生家長的要求，至於如何做到四育兼顧，那是一門大學問。」

西門小姐發現，校長的目光向她身後看去，她知道一定有人進來了。「你等一等。」這話顯然是對剛進來的人說的。

「校長，我有急事報告。」

他皺了下眉頭。「好，說吧。」

「豐年舞的服裝齊全了，許秀人的那件上衣太短，她導師已經把它放長了。」

「這算什麼急事？」

「還有，音樂老師說，中午是不是再排練一次？」

「當然要！這還要請示？今天來參觀的都是行家，可不是上次的觀光團。」

校長手一揮，那老師鞠躬退出。接著他站起來，走到不鏽鋼箱子前，打開鈕，指頭敲敲麥克風。

「各位老師、各位同學請注意，今天中午各班清潔工作，一律在十二點三十分以前做好，各班導師負責監督。音樂老師、體育老師注意，中午十二時三十五分，豐年舞在大操場再排練一次，由淩主任臨場視導。」

回到座位，「哼！什麼事都要請示……」說著，鼻孔裡大聲噴氣。再看看對面等他問話的人：「西門老師，如果你有機會來本校服務，關於待遇方面，你有什麼意見？」

「我沒有想過這個問題。」她毫不考慮地回答。「校長，我是帶著仰慕的心情來的，我沒有想到這個問題。」

校長盯著她看，不再問話，停了一會，站起來，第三次面對麥克風。

「淩主任，立刻來校長室。」

主任一進來，他吩咐說：「你安排西門老師明天試教。」

三

上課幾個星期來，西門老師每天忙得幾乎忘記時間。辦公室許多同事，她只記得鄰桌一位身材高大的東方老師跟教音樂的蕭老師。

蕭老師不像一般同事那樣冷漠。有空，喜歡找新同事聊天。她的身材嬌小，喜歡穿三寸高的高跟鞋，鞋跟裝了彈簧似的，人還沒到，就先聽到高跟鞋敲著磨石子地的清脆聲。

有一次，她帶學生出去比賽，為了交通車問題，跟教導主任頂撞起來。

「主任，我把話說在前頭，如果你一定叫學生坐公共汽車，擠累了，站渴了，唱不好不要怪我。」

主任隨口說：「坐計程車好了。」

「好，話是你說的。」她認真地說：「如果明天你不派一部校車，我就打電話叫十輛計程車。」

東方老師的位置在她的旁邊，是她的同行，也教國文。她來不久，音樂老師就開她玩笑說：你是不是方向搞錯了，怎麼你的「西門」會搬到「東方」來。

東方老師每天騎一輛載貨用的那種很牢靠的腳踏車上學。早晨在校門口碰到，他總是先舉手打招呼，很有點自由車選手到達終點向歡迎人群揮手回禮的味道。他的前額很高，額頭發亮，跟他剪平頭的滿頭白髮一襯托，給人一種「鶴髮童顏」的印象。

有一次週考之後，因為沒有足夠的時間在課堂上檢討試卷，下課後，有五六個學生進辦公室圍著她，你一句我一句問問題。突然背後打雷似的一聲大喝：

「出去！統統出去！」

西門老師回頭一看，是教導主任，兩眼瞪成胡桃大。學生嚇壞了，她也獃了。

「在辦公室如此吵鬧，成何體統！」手往門口一指：「統統出去！」有個學生嚇得考卷掉在地上也來不及撿，連滾帶跑地逃出去。她怔住了，身體仍半扭著，頭向上抬。她還來不及想該不該說明一下，鄰桌的東方老師放下手中改作文的紅硃筆，身體往前一靠，跟他對面的一位老師說：

「黃老師，你看，西門老師雖然大學剛畢業，年紀輕輕的，卻很有涵養，實在難得，難得！」

教導主任一下子臉脹紅了，表情變了好幾變，結果，帶著一臉的慍色，悻悻地走開。

放學回家，她忿忿地把這件事告訴父親。西門先生安慰她說，教導主任雖然官僚，還好有人仗義執言，總算還有正義。接著，西門先生想起什麼似的問：

「那位東方老師多大年紀？」

「爸，跟你差不多年紀，他身體很好，一點也不顯老。」

「他叫什麼名字！」

女兒說「不知道。」他囑她明天問一下，第二天放學，西門老師告訴父親說：

「爸，他叫東方望，我從簽到簿上看來的。」

「是不是河南人？」

「不知道，不過他有一點山東口音。」

「這就不錯了……唉。」

「爸，你認識他？」

「哦——」西門先生搖搖頭，停了好一會，說：「他當過省立中學校長。在大陸上，那是個很有名的中學，跟南開、揚中一樣有名。後來內調教育廳，擔任主任秘書，並兼省文獻會總幹事。」

女兒急著問：「你跟他很熟嗎？」

「不很熟，那時我在財政廳。這是二十幾年前的事了。」西門先生似乎陷入沉思中。過了好一會，他對女兒說：「你有這樣的同事，應該多向他學一點。」

第三天，教導主任出去開會了，音樂老師過來跟她聊天，問她：

「前天主任為什麼吼你？」

她笑笑搖搖頭。

「你是不是校長親戚？」

「不是親戚。」她奇怪蕭老師為什麼這樣問。「你聽誰說的？」

「是也沒關係，也不犯罪。不過我看得出來，大概不會是。前天他吼你，大家才相信。」

她這一連串話，只聽得西門老師瞪大眼睛發獃。

「這你不懂嗎？你是校長親戚，他會吼你嗎？」

西門老師本來想問問她是不是校長親戚，問不出口，就說：「我看主任對你不錯嘛。」

「鬼囉！不錯。那是看在錦標份上的。」她看對方一臉疑惑，解釋說：「我們學校有三種人他不會惹，一種是校長親戚，他不敢惹，他吼你，證明你不是校長親戚；另一種人，他教的學生聯考有好成績，是屬於大牌之類的，他也不會去惹；還有一種是教技能科的，誰撈的錦標、獎牌多，也算是人物。第一種人是皇親國戚，第二種第三種人，符合老板的要求：升學至上，四育兼顧。你懂了嗎？」

西門老師心裡一直想著，東方老師是屬於三種人中的第一種人呢還是第二種人。可是沒多久，這個謎底自動揭開。

那是在一次教學研究會上，討論完畢，主席請列席的主任說話，主任在話快結束時，突然提出一個問題，使得空氣一下子凍結起來。他是這樣說的：

「最後，有個附帶問題要提出來。雖然是附帶問題，但它的重要性，不！它的嚴重性，不容忽視。」停了一下，看到他所強調的語氣已經收到效果了，才接下去：「最近學校接到學生家長電話，說本校有一位國文老師鄉音太重，要求改進。推行國語，是政府教育政策，本校在國文教學上，怎麼可以有反其道而行的情形呢？希望在最短時間內改進。」

散會了，西門老師還呆呆地坐著。她揣度剛才主任指的是誰呢？除了她是新來的，其他的同事都是老老師了。難道……她從幼稚園開始就唸ㄅㄆㄇ，小學讀國語實小，相信主任指的不可能是她。那會是誰？開會時除了做紀錄的三年級慈班導師端木老師沒有發言，十幾位同事，從他們的發言看，沒有誰帶有鄉音的。突然她想到東方老師，霍地站起來。剛才她沒有注意他的反應，現在有股衝動，很想跑回去看看。想想，不妥當。於是又坐下來。過了一會自覺平靜些了，站起來走回辦公室。一看，東方老師像平常一樣，全神貫注改學生的作文，偶爾在硯台上潤潤毛筆的筆鋒，偶爾手肘撐著桌面，手指搓揉發亮的前額。

隔一天，做紀錄的端木老師把謄好的紀錄給主任看，兩個人起了爭辯，主任的聲音很高，顯然有點激動，最後端木老師說：

「主任，我是完全照你所說的紀錄的，沒有多加一個字，也沒有少寫一個字。如果你認為有必要，請你自己刪改吧。」說完，點點頭，神態自若地走出辦公室。

端木老師有點清瘦，平底皮鞋，配著淺藍色泡泡紗過膝旗袍，很淡雅。她說得一口標準國語，這使得西門老師確信，昨天主任指的不會是別人了。他既然誇大其辭說什麼「反其道而行」一類的話，以後還不知道會出什麼名堂整人呢。她想問問音樂老師，一抬頭，正好她也往這邊看，先是微微一笑點點頭，以後蹬著高跟鞋小跑步過來，坐在東方老師的空位子上。西門老師把開會的事告訴她，話還沒說完，她大聲笑起來：

「知道了，知道了，你還當它是大新聞！」

西門老師吃了一驚，一看，還好，主任不在。

「蕭老師，你看會不會是故意整人？」

「那還用說嗎？」

「他說是家長打電話來的」

「你別聽他胡說了！」音樂老師舌頭在嘴裡打拍子似的清脆的響了一下。「你怎麼這樣老實？私立學校學生家長是顧客，顧客永遠是對的。所以老板把學生家長的話當聖旨。他把這法寶祭起來，誰能招架？」

「那怎麼辦？」

「這倒不用操心，他扳不倒東方老師的。」西門老師直搖頭，她補充說：「老闆很敬重東方老師，時間久了，你就會知道。」

「噢！噢！」

「你知道嗎？我們學校還有一位老師，也很受老闆器重。」

「那一位？」

「端木老師。」

「就是跟主任頂撞的那位。」

她點點頭。「她是模範老師，全勤紀錄的保持人。她來學校六七年了，沒有請過一天假。就是身體不舒服，她也撐著來上課。你慢慢看，我們學校還有好幾位老師，都很不簡單。」

說完，她站起來就走。走了兩步，又回轉來說：「你知不知道，以前那位主任離開時，校長本來是請東方老師做主任的；他沒接受，所以才輪到李蓮英的。」

「李蓮英是誰？」西門老師很詫異，怎麼又跑出個李蓮英來。

「當然是指凌主任囉！」她彷彿很開心似的笑起來。「你看他在老闆面前那副樣子，像不像魏甦演的李蓮英？」

四

十月二十五日光復節，晚上提燈遊行，三年級慈班領隊端木導師，感受風寒，接著心臟跳動不規律，在教室上課暈倒，住進臺大醫院。她兩班三年級的課，教導處排一班由西門老師暫代。本來已夠忙的她，更是喘不過氣來。一個星期多上六七節課還不要緊，多改五六十本作文，那是很沉重的負擔。再加上多一份教材的課前準備，要花去大半個星期天。

那天在三慈上課，講中國文字的構造原則，說到中國文字含有形、音、義三個特質。坐在前排當中的一個學生舉起手來，西門老師問她有什麼問題，她卻跑過來在黑板上寫了「袪，祛」兩個字，然後回到座位，說：「老師，這兩個字是同一個字嗎？」全班學生都睜大眼睛看她，她心中一跳。本來她也懂得，學生問的問題不能回答，她可以這樣說，研究之後下一節課告訴大家。不過今天這問題還能回答，於是就說：

「不是同一個字。這兩個字，字形相似，讀音相同，字義相異，袪是名詞，作衣袖解；祛是動詞，作驅除解。」

她一進門，看見主任坐在校長對面。校長比一比手勢，示意她坐下。

「西門老師，」她心中「通！」一跳，不知下面說的是什麼。而校長偏又不接下去說，只是用眼睛盯住她看。等她深深點一下頭，才說：「我決定把端木老師的課務跟職位交給你。你原來的課另外排給別的老師。」他不讓她開口，也不讓她有考慮的餘地。「新進人員擔任畢業班導師，在本校是創舉，在你是一種榮譽，也是一種考驗。」

「校長，我恐怕……」

「不要說恐怕了！」他左手向外一推，眼睛斜了主任一下。「剛才凌主任就說了好幾個恐怕了，恐怕這個，恐怕那個。我信任你有足夠的能力挑起這個重擔。」

他似乎在考慮什麼。左手食指輕輕敲著玻璃板。跟著打開抽屜，拿出一個信封，抽出信紙，往她面前一推，點點頭說：「你看看，這是對你的評語。」校長露出難得的笑容。

她一看，上面寫著兩點：第一點是對她上課的批評；第二點是這樣寫：我們全班歡迎西門老師做我們的導師。下面簽名是陳文玉。陳文玉不是三慈的班長嗎？她抬頭看校長，校長把信紙往主任面前一推，「你也看一看。」視線再轉到她的臉上。「對於你的能力，我有信心，我從來不會看錯人的。」說完，表現出解決疑難問題之後的那種悠閒神態，點著煙，往高背皮轉椅一靠。「你要相信自己，經驗不是天生的，只要肯學，沒有做不好的。」

「校長……」主任把信紙還給校長。

「還有問題嗎？」

「沒有，沒有……我是問，西門老師的課什麼時候調？」

「今天就調，明天就上。」

主任應了聲「是！」走到門口，校長把他叫住，交代說：「你把三年來的聯考國文試題，檢一份給西門老師。」

五

自從搬到三樓導師室，西門老師感到精神上的壓力越來越重。原因是她教的兩班，一連幾次週考，在九班三年級中，名次都排在最後。

她曾經請教同辦公室另一位教三年級國文的劉老師，而他卻說：多教幾年，自然能教出好成績來的。而教導主任幾次跟她提到這個問題，要她好好檢討改進。而最近一次的語氣，就像用針扎人似的令她難受。主任說：

「西門老師，你教的兩班成績一直落後，我跟你說過好幾次了，怎麼一點也不改進？你應該謙虛點，向有經驗的老師請教。」他看看旁邊的劉老師，接著說：「像劉老師，經驗就很豐富，你應該隨時向他請教。你要知道，校長很看得起你，你要拿點好成績出來才好。」

那劉老師卻接口說：「主任，西門老師沒有教學經驗，能教出這個成績。算是很不錯了，你不能再要求什麼了。」

這一天比一年還長。好不容易挨到放學，回到家，她躲在房裡。吃飯時媽媽叫了好幾次才出來，看她一臉倦怠、懊喪的神情，就說：「不要教算了，不要教算了，再這樣下去，連男朋友都找不到了。」

飯後，西門先生踱到女兒房間，對她說：「你教學認真，學生也用功，怎麼老是考不好呢？這裡邊一定有問題，怎麼不問問東方老師呢。」

「這怎麼好開口呢？」女兒懶懶地回答。

「上次你不是向他請教過問題嗎？」

「這不同嘛，自己的學生考不好，怎麼好意思問人家呢。」

話雖然這樣說，第二天她還是下樓找東方老師。不過沒有進辦公室，只是在門口轉一轉，音樂老師跑出來，問她有什麼事嗎？她笑笑說，沒什麼事。下午再下樓來，一看主任不在，連忙進去，坐在她原先的空位子上，一口氣把憋在心裡的話統說出來。東方老師先是側著頭聽，繼而皺起眉頭，左手肘撐著桌面，手指搓揉發亮的前額。嘴裡「噢，噢，」應著。聽完了，微微搖頭，停了老半天，問：

「命題有沒有超出教材範圍？」

「沒有……不過有些題很冷僻。」

「能不能舉個例子？」

她想了想，說：

「這次週考，有一道題出自課文後邊的註釋：去日苦多。如果考註釋，學生自然會答。可是改為填充題，問這句話見於誰的作品，答案是這個注釋後邊的附註：『見於曹操的〈短歌行〉』。結果學生答不出來。」

她一邊說，一邊看看東方老師，只見他眼睛盯著桌面，鼻孔裡輕輕「哼」了一聲。

「還有一道題，解釋『言之憮然』的『之』字。課文後邊沒有註釋，不過我在課堂上把『憮然』作過補充解釋，沒想到考這個短語中的『之』字，結果學生也考不出來。」

就是這類捉迷藏式的題目，使得她對自己的教學能力失去信心，叫她日夜心情沉重，連做夢也常被這種不知道從那個方向冒出來的冷題驚醒。

「噢，原來這樣。」東方老師抬起頭來，面對著她，說：「你研究過高中聯考的命題方式嗎？」

「沒有。……我記起來了，那天校長吩咐凌主任拿聯考國文試題給我，我一忙忘了向他拿。」

「不要緊，我收集了近三四年的聯考試題，明天帶來給你。剛才你說的兩個題目，是冷僻了一點，不過命題方式是不錯的，符合聯考試題的模式。你要知道，聯考命題方式影響學校教學，聯考怎麼考，老師就怎麼教，學生就怎麼學。你下點功夫研究。週考考不好沒有關係，只要校長室的抽考考好就行了。」

她把東方老師的話牢牢記住，花了好幾個晚上細心研究分析聯考試題。最後她發現課文內容命題的機會倒不很多，課文後邊的「作者」、「題解」、「註釋」卻是命題取材的主要來源。

終於，長時間來她所擔心的國文抽考，在第十七週週會時舉行。時間是臨時宣布的，題目是請校外人命的，試題彌封，考試座位混合編排，閱卷、評分、統計成績由教導處負責。於是，這一週的生活，成為一種煎熬，她希望抽考成績早點揭曉，卻又擔心自己教的兩班都落在後頭。雖然學生反映說考得不錯，可是誰能保證別班不考得更好。

直到星期六教導處還沒公布成績，星期天就成了「最長的一日」了。作文改不下，功課無心準備，連「名片欣賞」也沒情緒看。星期一一大早就醒了，頭昏昏沉沉。鬧鐘大聲響起，她全身癱瘓似的起不來。直到媽媽進房，一看她的臉色，吃了一驚。

「那裡不舒服？」媽坐在床沿，摸摸她的前額。

她真想賴著裝睡，看媽這樣焦急，只好撐著起床。媽勸她請假休息，她還是勉強上學校去。

早自習時間，導師室擴音器「噗！噗！」了兩響，跟著響起校長的聲音：「西門老師請來校長室。」

她站起來，突感地在動，連忙用手按住桌沿。別的同事轉頭看她，那劉老師笑笑說：「校長召見，一定有好消息。」她實在疲累，只當沒有聽見。

當她在校長室大辦公桌前一坐下，校長問：

「你的臉色不好，不舒服嗎？」

「沒有，沒有。」

校長點點頭，看看攤在他面前的一份東西，又看看她。「西門老師，這次抽考，你教的兩班成績還可以，三慈排名第三，三懿排名第五。」

她全身一陣麻。那年參加大專聯考，收音機播報錄取名單，當她聽到自己的名字時，就是這種感覺。校長說得很清楚，但是她還不敢相信似的，只是呆呆地看著他。

「這是教導處的統計……」校長把那份資料往她面前一推，「凌主任曾經向我報告，說你教的兩班成績不好，現在事實證明，我的決定……」

校長話未說完，她「哇！」的一聲哭出來，又忙著用手帕摀住嘴，眼淚卻掩擋不住。

六

忙碌的日子彷彿長著腳，跑得飛快。教室黑板上寫著距離聯考的天數，先是三位數，接著是二位數。

現在，西門老師每天五點半起床，轉了兩趟車，到學校正好趕上七點三十分的監考，展開一天中忙碌生活的第一個回合。以後緊跟著上課、指導學生複習、命題、改考卷、算成績、排名次、檢討試卷。如果發現試卷上有多數學生答錯或不會的題目，再加強講解、複習，再度換方式命題，一定要使每個學生都能答對為止。

七八週的總複習，學生是日夜苦讀，老師是盡其所學，很明顯的，各科模擬測驗成績，一次比一次高。這是唯一的安慰，因為辛苦總算有了代價，聯考試場上的勝利多了一分保證。跟著畢業考試舉行過了，集體報名的手續也辦好了。七月初，學期結束，暑假開始。全校除了上電視表演的學生每天早上來學校排演外，還有九班畢業生，照常七點半到校，做聯考前的「最後衝刺」訓練。

七月六日上午，西門老師正在教室為學生講解試題，忽聽到高跟鞋敲著磨石子地的清脆聲，由遠而近，她一轉頭，音樂老師站在教室門口，一臉的嚴肅，向她招招手，她連忙出去。

「東方老師辭職了，你知道嗎？」

「我不知道，為什麼辭職？」

「聽說，凌主任通知他，說是資格不合，叫他去受訓，補修教育學分。」

「老天！有這樣的事！」

……………

一聲驚叫，她又跌回現實。看看四周，會議室只剩她一個人了。她無法想像東方老師聽到凌主任說他資格不合時的表情，但是剛才艾老師一聽到校長要他辭職的反應，她是看得清清楚楚的，那是極度的難堪、屈辱與憤怒。

她微微顫抖起來。她想，大概病了。她慢慢站起來，這才發現會議室的吊扇還在猛轉，她走過去把它關掉。扇葉子停住不轉了，可是她內心的寒意卻越來越濃。在會議室來來回回走了好幾趟，最後她咬咬牙下定決心，走進校長室。

校長在整理公事皮包，一看是她，問：

「還沒回家，有事嗎？」

「校長，我是來辭職的。」

校長放下公事皮包，往高背皮轉椅一靠，停了半天，冷冷地問：

「你要辭職？」他的頭一側，眼睛像兩道箭，定定地看著她。「西門老師，你該知道，你是本校最受禮遇的老師。儘管凌主任對你不滿意，儘管有些同事對你有閒言，但是我從不改變我對你的看法。」

「謝謝校長，這個我知道。」

「你知道就好，你仔細考慮考慮吧。」

「校長，我實在是身體不好，需要休息。」

她的確疲累不堪。窗外雖然是盛夏耀眼的陽光，而她卻感到陣陣寒意。

「這樣好了，」校長的語氣緩和下來：「暑期補習班不排你的課，在家好好休息。」

校長這樣說，不好再堅持了。

出來時，她心中做了最後決定：辭職書掛號寄來。

原載民國六十五年《中華日報》副刊。六十六年為《華副小說選》第二集入選作品之一。

十步芳草

「這算什麼彩色嘛！素芬，你來看看，你的寶貝同學的臉像關公。」

自從買了彩色電視，每晚明達總要抱怨幾句。

「明天打電話叫他們派個人來看看。」這是素芬的標準答案，人可沒離開廚房。

「我是不要這個牌子的，都是你。」

「怎麼又怪我呢！你也同意的。」

「你看，你看，什麼鬼顏色，土死啦！」

他拿起報紙，在眼前一擋。素芬廚房裏忙完出來一看，老天，那畫面像幼稚園兒童的蠟筆畫，黛莉的臉竟像馬戲團的小丑。

黛莉是素芬的藝專同學，原在中學教書，現在是電視紅星，又唱又演。平時素芬談起她，總是嘴角一撇：「她呀！在學校裏是有名的十三點。」

於是，明達乘機逗她說：「別說啦，十年風水，現在她在南部登台唱一天，抵得上你一個月的薪水。」

「誰稀罕！」

這話可沒半點醋意。素芬教了十幾年書，從沒想過改行。她的同學有做製作人的，有做編導的，有主持節目的，她要改行，機會不是沒有。

現在，兩個人各做各的，一個看報，一個看電視。

「托！托！托！」有人輕輕敲門。

三夾板的門，厚度看似可觀，當中卻是空的；所以即使輕輕敲，也有四聲道立體音響效果。

「誰呀？」素芬回過頭來。

「托！托！托！……我姓谷，三樓的。」

門外響起蒼老的音域很寬的男人聲音。明達丟下報紙，小跑過去開門。

站在門外的，是一位穿深藍色直襟短襖的老先生。滿頭銀絲白髮，梳得很整齊，眉毛也是白的，一字長壽眉。

「請進！請進！」明達殷勤地往裏讓。

素芬連忙站起來，嘴裏緊著叫：「不用脫鞋！不用脫鞋！」

老先生一進客廳，兩手抱拳，舉過眉頭。「劉先生，劉太太，打擾！打擾！」

「那裏，老伯請坐，請坐。」素芬跟老先生的小姐是前後期同學，她把老先生當長輩看待。

「說什麼打擾，您老大駕光臨寒舍，蓬壁生輝！」

素芬白了他一眼，嫌他說話太油。

「昨晚劉先生、劉太太有應酬是吧？我來過。」

「那真對不起，」素芬說：「也不是什麼應酬，明達的一個朋友結婚，是明達作的媒。」

「什麼作媒，是介紹。」明達嫌她用詞欠雅。

老先生笑起來。「做媒也好，介紹也好，反正是一回事，是好事。」

「夫妻合得來是好事，合不來，吵吵鬧鬧，媒人就有得受了。明達就喜歡捉個蝨子往頭上擺。」說著，她瞅了明達一眼。

「劉太太，話不能這麼說。不做中，不做保，不做媒人更加好。這是古話，現在應該改成能做媒人真是好。這一點我是支持你先生的。」樂得明達張嘴笑，老先生拍拍他的肩膀。「劉先生，看起來現在什麼都講新潮，只有婚姻反而復古了，媒人這一行，恐怕將來還有前途。」說著說著，一邊往短褲口袋摸出錢來。「只顧說笑，差點忘了正事。這是九十元，是上次洗水塔換浮球的錢，你家墊的，三家分攤，一家九十元。」

他把錢遞給明達，明達不接，看看素芬。嘴裏嚷著：

「小事嘛！小事嘛！」

「唷！不算小事。你們越不計較，我越承擔不起。」老先生硬把錢塞給明達。「上星期你太太向我提起修水塔的事。我告訴她，錢已經給你了。後來想想，不對呀！我就寫信給我小三，問他錢給了沒有。他在服兵役，上星期休假回家，我交代他送錢上來的。昨天接到他的限時信，說忘了給。你看，現在的年輕人。所以特地來說明一下。」說完站起來，兩手抱拳。「真是抱歉！真是抱歉！」

說話時，老先生一直是眉開眼笑的，但是他的誠懇真摯的態度，倒叫他夫妻倆過意不去。老先生離開後，素芬說：

「是吧！老先生是什麼人，還會賴幾十塊錢。」

「誰說他賴？我也不是三歲小孩子。這裏幾家，誰不尊敬老先生，夫妻嘔氣，鄰居吵嘴，老先生一句話，沒有誰不聽的。就是小偷來了，也不會撬他家的門。」

「好啦，好啦。我只說一句，你却倒出一籮筐。」

她過去打開電視機，畫面上閃了幾閃，慢慢穩定下來，映出週末名片預告：「黃昏之戀」。

「明達，你們所裏小王，是明天結婚嗎？」

「不是，下個星期六。」

明達覺得奇怪，平時有機會，素芬老是笑他喜歡替人做媒，今天怎麼關心起小王的婚期。「你問這個幹什麼？你又不是媒人。」

「我想，明天你若不在家吃晚飯，我就不買魚了。」

現在，他明白素芬的意思了，不過他還是裝不懂。

「週末不加菜已經夠省了，連魚都不買。」

「明天，少達回來，他不吃魚。」

「這——樣。唉，世道變了，兒子第一。」

「他一個禮拜才回來一次，學校的伙食又不好。」

他看素芬這樣認真，不覺好笑。「是是，民主家庭，兒子至上。我呀！真是生不逢辰。」

「越說越不像話了，誰虧待你啦！」

她過去轉電視台。「這廣告討厭死了！」

「素芬，我說歸說，你聽歸聽，好不好。你想，我做兒子的時候，父親至上。吃飯了，父親未到，小鬼誰都不敢先動。現在可好，我熬到做父親了，父權大落，兒子至上，這不叫生不逢辰叫什麼？」

「你別發牢騷了，明天我買魚又買肉，水陸並陳，你沒話說了吧。」

「問題不在這裏。總之一句話，現在做老子的，實在太沒幹頭，又不能辭職。」

說完，往椅背一靠，像是吐了一口陳年寃氣，不覺自得起來。

「你完了沒有？」

「還有一點，不過是題外的話。」

「那我只好關電視機了。」她回過頭來，想把他的話堵死。「你題內的牢騷已經一大卡車了；再加上題外的，請你明天叫貨櫃車裝吧，我不要聽。」

「不聽可惜，我想了十幾年才想通的。」他越說興致越好，索性又坐直來。「你想，我做學生的時候，敬老尊賢；社會賢達，十分當令。現在我的年齡到了社會賢達之境，哈，又輪到青年才俊出鋒頭了。你想，這不叫生不逢辰叫什麼。」

素芬知道他的脾氣，越理睬，他越老來瘋。就管自己看電視。眼睛雖在看，想到他的怪論實在叫人討厭，於是她又回過頭來。

「明達，你學什麼的？」

明達知道她平常鬪嘴的戰術。現在她採取主動，不得不防著點。他從報紙上抬起頭，看看她。

「太太，你嫁給我以前，你家裏早就調查得一清二楚了。怎麼？孩子都上中學了，你還要複查？」

「你少油嘴。」心想，做小姐時，就因擋不住他的油嘴，才點頭的。「你學的是農，做的是研究工作，學以致用，你還有什麼懷才不遇的？三樓的谷老先生，在大陸上是社會賢達，又是立法委員，還不是跟我們一樣住公寓。還不是自己燒飯做菜。」

素芬抬出谷老先生，就像龍虎山張天師的符，把他鎮住了。於是，一聲不吭拿起報紙。報紙上寫些什麼，他一點也沒看進，心裏却想到第一次看到谷老先生的情形……

那時候，這裏還是荒郊。前面是稻田，視域遼闊。右首是和平東路三段，遠遠近近緊挨著破舊低矮的瓦房。左首靠山，是臺北盆地的邊緣。套句新聞用語，屬於未開發地區。夜晚八、九點，這兒能聽到的，只是蛙聲嘓嘓，蟲聲唧唧。一排孤寂的四層公寓，幾十戶人家，早已各自關起門來，把黑暗推出窗外，除了偶然傳來一聲兩聲「遠山含笑……」黃梅調，沒有車聲、人聲，真靜。

有時朋友問起：「你住在那兒？」他一報上地名，對方馬上接口：「喔，靠近六張犁公墓。」接著尷尬一笑，彷彿出言不慎似的。不過六張犁公墓，真是有點名氣，報紙新聞，不止一次登過警察深夜在六張犁公墓捉賭抓私娼。公墓在山區，有一條可以行駛靈車的山道，時常有送殯的車隊開過，嗩吶的「嗚啦！嗚啦！……」聲聽了叫人發毛。

如果不挑剔，好處可也多著。無論白天黑夜，沒有噪音，也沒有空氣污染。傍晚落日將沉，看著玫瑰大紅的落日的艷麗色彩，令人陶醉。有時還可以欣賞欣賞在爛泥塘的水牛打滾，很有點鄉村野趣。

那天傍晚，他跟素芬正站在陽台上，忽然看到一輛黑色大型轎車，在那還未鋪柏油的道路上顛顛簸簸開過來。他指給素芬看。

「那一家的？這麼豪華的大轎車。」

「大概是來看朋友的。」

車子在門口停住，出來一位老先生。雖然是在四樓向下看，還可以看得出來，他的身材高大，滿頭銀髮，一身筆挺的黑色西裝，顯得氣派。跟著下來的是位年輕小姐，提著一個鼓鼓的黃色大皮包。再看看他的動作，大概是跟司機或朋友說話。

「噢，是三樓鄰居。」素芬輕輕地說。

「你認識他？」

「有一次在樓梯口見過面。」

這時，老先生向車窗裏擺擺手，以後站直身體往上看。他發現有人在看他，就伸直手打招呼，素芬也伸出手搖搖，同時手肘碰碰明達，他有所悟似的也伸手搖搖。

「老先生姓什麼？」

「姓谷。」

「很有氣派，做什麼的？」

「不清楚。」

「咦，你不是見過嗎？」

「神經。你第一次跟人見面，就問他的職業？」

隔了幾天，在飯桌上素芬告訴他，老生先是立法委員，那年輕小姐是他的女兒。

「哎呀！你真的做過戶口調查了。」

「你不聽就算了。」

「聽聽，你說嘛。」

「下午下班，在三樓碰到谷小姐，她忘了帶鑰匙，我請她進來坐。」

「是這樣，我還以為你真的跑到人家家裏去問呢。」

「你少神經！」

看她這副嬌嗔樣，想起她做小姐時愛生氣的模樣。一邊用筷子把魚骨挾進碗裏，又問：

「谷小姐有對象了沒有？」

「你的老毛病又來了，又想替你的朋友做媒了。告訴你，人家還年輕，不會嫁老頭子的。」

說了，忙瞅他一眼，見他沒惱，忙說：「她是么女，她的大哥二哥在美國，都成家了；她三哥在中興大學讀農，跟你同行。」

「什麼系？」

「植物病蟲害系。她自己讀藝專，今年二年級。」

「這下可好，又是鄰居，你又是她的老學姐，應該多照顧點。」

「照顧誰？」

「谷小姐呀！」

「少來！人家父親是立法委員，還要你照顧。」

說完，收起碗筷。說：「今天輪到你洗碗。」

他「好」了一聲，又補上一句：「你的記性真好。」

她笑笑。「嘿！我還不到健忘的年齡，你也不用裝老糊塗。」

「什麼？坐四望五的人了，還用裝嗎？」

他洗著碗，問：「三樓谷先生七十歲了沒有，怎麼不見老太太。」

「七十多了。谷小姐說，她母親六七年前去世了，煮飯燒菜都是她父女倆合著做的。」

她彷彿發現什麼，笑起來。說：

「明達，比起谷老先生，你還是青年才俊，以後洗碗不要再皺眉頭了。」

他算是體貼太太的。既然夫婦倆都做事，分擔點家事也是應該的。他最熱心整理房間、倒垃圾、掃地、拖地。有時興起，從四樓到一樓，把樓梯掃得乾乾淨淨。有一天下班，發現很髒的樓梯已經有人掃了。心裏想，一定是四樓對門王家。上次他掃時，王家夫婦正好從外邊回來，王太太說：「劉先生，你掃地呀，好，好。」王先生在後邊跟著上來，說：「唉！不好意思，不好意思。」

他一進門，就大聲對素芬說：「對門的懶人被我感動了，今天把樓梯掃得清潔溜溜。」

「你做夢！」想不到素芬澆他一盆冷水。「三樓到一樓是谷老先生掃的，四樓是我掃的。」

她想想還有氣，索性把水籠頭關上，停止洗菜。「你看有多惡劣。我回來的時候，聽到樓梯間有人說：『真不好意思，真不好意思。』上來一看，原來是老先生彎著腰在掃地。」她厭惡地朝對門呶呶嘴，「我聽到那個女的還說什麼老先生喜歡運動。」

明達一邊換拖鞋，嘴裏罵：「可惡！可惡！」忽然想到一件事，說：

「你看這樣好不好，這個星期天，我到每家說一說，公共樓梯，大家輪流打掃。」

「好了，好了，誰要聽你的。」

「不是誰聽誰的，公共衛生嘛，總要有人管，年輕人不掃門前雪，倒叫老人去彎腰，怎麼說得過去呢。」

話說在情理上，她只好讓他去。繼而想想，還是覺得不妥當。就說：

「明達，你還是不說的好。」

「為什麼？」

「怎麼輪流法呢？難道你叫二樓的往三樓四樓掃嗎？算了，髒了就掃，反正累不壞人。」

「嘿！氣人！氣人！」

他大聲拍著沙發扶手，竟把自己嚇了一跳。

正在看電視的素芬吃了一驚，回過頭來。

「你怎麼啦？看報紙也會發脾氣。」

「喔，喔。」他不禁失笑起來，這一想想到那裏去了。「新聞報過了？」

「剛報過。你是不是做夢跟人吵架？」

「沒——有。」

「剛才氣象報告，有遠洋颱風警報。」

「什麼？十一月了，還有颱風？」

「千萬不要來。氣象局說，這叫冬颱，比平常的還厲害。」

明達沒有領教過冬颱，不過他還記得去年那個叫「伊芙蓮」的潑婦，在宜蘭登陸，卻把臺北市淹成水鄉澤國。

「伊芙蓮」原是中度颱風，在恒春東南方八百浬海面忽然撒起潑來，變成強烈颱風，每秒風速六十公尺，向西北西方向進行。根據氣象報告，有一道蒙古高氣壓，由西北向東南延伸，「伊芙蓮」接近臺灣海面時，可能轉為西北北，在臺灣外海掠過。想不到她在本省外海轉為西北北方向之後，却又突然扭頭，直撲本省。

夜晚十時，「伊芙蓮」中心在蘭陽平原登陸。那呼嘯吼叫的風聲，一陣緊似一陣，動天搖地而來，有一種把大地的所有一切席捲而光的恐怖氣勢；那狂暴的驟雨，簡直像是有巨神在半空用至大無比的水桶向人間傾潑。整個臺北市沈沒在無邊的黑暗之中，任由風雨鞭撻。

明達一手亮電筒，一手用布堵塞進水的窗縫，又用長鐵釘釘死迎風的窗戶。

「快來！快來！明達，廚房進水啦！」

他趕過去，水是從後陽臺灌進來的。他叫素芬用力頂住門，慢慢開一道縫，讓他側著身擠出去。後陽臺成了游泳池，漂浮著樹枝、樹葉、野草。排水孔被野草堵死了。他連忙蹲下，七手八腳把草扯開丟掉，再用菜籃倒蓋排水孔，素芬遞出那塊厚重的木頭砧板，壓住菜籃。接著混水摸魚似的把樹枝、葉片、野草拋出去。

廚房水患平息了，他也差點昏過去。素芬忙著把濕淋淋黏在他身上的衣服剝下來，擦乾身體，給他換上衣服。剛睡下，「碰碰碰……」有人大聲敲門。他坐起來，素芬把他按倒，自己去開門。他聽到三樓谷小姐的聲音：「一樓簡家淹水了，二樓兩家門敲不開，現在東西往我家搬。我爸爸說，能不能請劉先生去幫幫忙。」

他跳起來往外跑，跟谷小姐點一下頭，「登登登……」飛下去。簡家讀國小的小女孩，畏畏縮縮地擎著風燈，簡太太背上背著孩子，一手提箱子，另一隻手提棉被，費力地往上爬，谷老先生跟著也提著一隻沈甸甸的大箱子挨上來。看到他，那長滿壽斑的寬臉突然開朗起來。「好，好，在一樓，在一樓。」

水已經滿到樓梯上來了，看樣子漲勢正旺。簡家讀國中的男孩子跟他父親抬著冰箱，踩在水裏上不來。他連忙下去，蹲下來，三個人螞蟻扛蜻蜓，哼哼哈哈地總算把冰箱抬到二樓轉上三樓的樓梯口。

「可以了，可以了，就放在這裏。」簡先生直起腰拉著明達的手，連連說：「真多謝！真多謝！」

這一夜的風雨真狂。直到天快亮，才漸漸停歇下來。明達起來打開窗子，眼前一片汪洋。這座孤零零的四層公寓，彷彿超載的巨輪，擱淺在大海的暗礁上。

「完了！完了！」他大叫起來。

素芬緊張地問：「什麼事？什麼事？」

「試驗所剛培育好的新種草菇泡湯了！」

「我當什麼事，給你嚇死了。」

「什麼事？五個月的心血，老天！」

風雨同舟。經過這一場颱風，三家成了遠親不如近鄰的好鄰居。一樓簡家，本來對他們冷冷的，見面也不大打招呼。現在，親切得不得了，碰到拜拜什麼的，一趟一趟來請，那誠懇的真情叫人無法推辭。每次去叨擾，三樓谷老先生父女有時也在座。這年的除夕夜，簡先生夫婦來辭歲，硬塞一個大紅包給少達。十一點了，素芬叫他到谷老先生家辭歲。他先帶少達到樓頂平臺放鞭炮，以後把衣服穿整齊走到谷家門口正要敲門，聽到老先生在屋裏跟人大聲談論：

「……你們所說的彈性外交，違背國策，損害立場。國策不能改，立場不可變。……」

這麼晚了，還有新聞記者來訪問。想想不好進去，就先回來。素芬卻怪他說，就是有新聞記者採訪，進去辭歲也沒有什麼不禮貌，或許是跟朋友聊天也說不定。說的也有理，快十二點了，明達再下來。客人似乎還未走，老先生的語氣沒有剛才那樣激昂了。

「……你們來信，請我出國小住。你們的孝心，我很感謝……論理，父親對兒子不必如此說話；但是世道衰微，倫常不振，你們有此孝心，我的確感到十分安慰……不過，你們的用心，我不能接受。」

明達一時弄不清楚，怎麼老先生跟兒子在說話。

「親愛的孩子們，你們想一想，朋友相交，也要講道義，在朋友遭遇困境時，我們也不能棄而不顧；更何況是我生活了七十三年的祖國，當他面臨橫逆之際，我能罔顧大義，偷生異域？……」

明達忽然大悟。老先生給他在美國的兒子作錄音談話。

「其實，臺灣目前的處境，並不是你們所想像的那樣。你們所想像的，只是受各種外在因素所扭曲的幻象。孟子說：『生於憂患，死於安樂。』我深信，天助自助。唯自助，才能自立；唯自立，才能自救。……夜已深，我的話到此為止。現在是農曆十二月除夕夜十二時，外邊的鞭炮聲，早已連天響起，正好做我錄音談話的背景音響，希望你們播放時能聽得出來……」

明達愣在門外，思潮起伏。多少年來，似乎直到此刻，他才認識到他所從事的工作的真正意義……………

「好！高論！高論！」他連連拍著沙發扶手。

正在看電視的素芬，又一次回過頭來，眼睛定定地看著他。

「明達，今晚你怎麼啦？又捶又叫的！」

「喔，喔。」

「是不是又在做夢？」

「沒——有。」

他站起來。今晚坐得太久了，要走動走動。

「少達明天回來，我們帶他看場電影吧。」

「好，太太，一定遵命。」他高興地回答。

原載民國六十五年的中華日報副刊。
後被選入六十六年元月十六日出版的中華日報甲種叢書之二十八的「玫瑰襟花」短篇小說集。

吉屋招租

紅紙上寫黑字的「吉屋招租」的大牌子，早晨上班時擺在門口，下午下班拿進來，快兩個星期了，鄰居見面問：「還沒租出去啊？」

一聽，就有「呆貨」脫不了手的那種不是味兒的感覺。咬咬牙，花了一百二十元，登個小廣告試試。

第二天星期六，整上午一直忙學期結束的事，下班已過了十二點，這才想起招租的小廣告不知道管不管用，真想來個縮地之法，一步到家。

平時回家，一按門鈴，妻就會開門，今天，鈴響了好幾下了。卻不見動靜。掏出鎖匙開門進去，只見妻手拿電話筒，斜靠在沙發上：「是的，月租二千八，三房一廳……地址是和平東路三段，一百九十六巷……」

放下電話筒，妻做出看連續劇出現廣告時的那副閉目養神的神態。

「怎麼啦，那裏不舒服？」

「累死啦，一大早到現在，就一直陷在這裏……」

話未說完，電話鈴響起。「我不接了，你來。」

拿起電話筒，是租房子的。我有問必答，對方問地址，我照說一遍。

話筒剛放落，那鈴聲像過份疲勞情緒惡劣的人被觸怒似的又大「吼」起來，我拿起話筒，這次是女的，問完了加一句：「和平東路三段在那裏？」

「在六張犁。」

「六張犁在那裏？」

這可不好答。

「這樣好了，你坐十五路公共汽車……」

「我這裏沒有十五路的，你那裏還有幾路的？」

又是個難題，平常上班，我是走小巷穿過台北醫學院到學校的，很少跟公共汽車打交道。這裏雖然還有大有的、欣欣的，卻記不得是幾路。

「對不起，我說不上來，火車站對面有十五路。」

總算把她應付過去了，回頭問妻：「飯好了沒有？餓死了。」

「飯還沒煮，菜還沒買，連地都還沒掃。」

電話又響，我不接，讓它吵。

「怎麼？你才接兩個電話就累了？」

「讓它響一下沒有關係的。你快煮飯，我真的餓死了。」

「好好，你接嘛。你不接，人家還以為是空號，尋開心的呢。」

「我發神經，花一百多元尋開心。」

「房子租不出去，你急；想租的人，電話接不通，不急嗎？」

想想也有理，拿起話筒，這一位大概是「老房客」，問過坪數、房間數、廚廁設備、租金，最後問：「幾樓？」

「四樓。」

「熱不熱？」

「現在不熱，夏天熱，不過晚上涼快。」

「我最怕熱，房租能不能少一點？」

哼，怕熱，裝冷氣，嫌貴，住違章建築。

「房租不能減少，外加押金兩萬。」

個把頭伸進來。

「我先到！我先到！」

「小三！小三！別推小妹，聽見沒有？」

乖乖，誰家帶了大隊人馬串門子；我以為他們走錯地方哩，幾個孩子擁在門口，有兩

「你家的房子出租嗎？」站在孩子們後邊的一位太太問。

我點點頭。

「進去！進去！」她一邊推孩子，一邊牽著一個剛會走路的小女孩踏進來。

小鬼們一哄而入，卻又突然安靜下來，傻愣愣地用烏溜溜的眼睛看我。那最小的女孩躲在媽媽身後。

「小三，你下去看看，你爸爸怎麼還不上來？」

叫小三的孩子「登登登……」跑下去，我請她坐，她看看孩子們，仍舊站著。

「我要等我先生上來看房子，他在樓下停車子。」停車？自用車還是遊覽車？「我先生是開計程車的。」她解釋說。

她先生上來了，年紀似乎比她大得多。臉上的皺紋又多又深，像雕刻刀刻的。身體看起來倒是結實，粗粗壯壯的。孩子們見父親上來了，膽子變大，就不安份了，互相打鬧叫

嚷，兩個大的還想往裏邊跑。

「不要吵！」

這父親很有權威，一喝，頓時安靜下來。

他們看過房子，那太太嫌兩間小房間太小，她先生說：「可以了，可以了，搭兩層舖就不小了，你嫌小，人家還不見得樂意租呢。」

「有什麼不樂意的，又不少他們房租。」她自己一個人嘀咕著。

「沒有什麼不樂意的。」我說，「你太太說得對，只要按月付房租，那有不樂意的道理。」

「那就好。」她先生說，「我們要租你的房子，押金能減少一萬嗎？」

「押金可以商量，只是房子剛剛租出去了。」

夫妻倆你看我，我看你，我解釋說：

「就是剛剛下樓的兩位小姐，只差幾分鐘，真對不起。」

他們一走出門，丈夫就埋怨：「叫你們不要來，不要來，偏不聽！」

太太不服氣：「有什麼了不起嘛，房子多得是。」

電話鈴又響，我真的懶得去接。

妻買菜回來問：「看房子的滿意嗎？」

「你問那一位？剛才來過兩三起了。」

「那兩位小姐？」

「她要帶她媽媽來看看再訂約。」

吃麵時我仍守在電話機旁，一邊吃一邊接，麵越吃越多，加了兩次湯，結果還變成「拌麵」。

叨天之幸，電話忽然「啞」了。正閉目養神，有人敲門，進來一男一女。男的大概事業順利，一副富泰相，前額已禿，穿的卻是方格花呢西裝，打紅花寬領帶。引人注目的是他的長鬢角下端，倒捲起來，像公雞打鬥時豎起的頸羽。他身邊的小姐，很清秀，文文靜靜地倚著他。

他們看過房子，回到客廳，我請他們坐。

男的直說：「太簡陋，太簡陋。」還搖著頭。「牆壁不平，門窗是柳安木的，怎麼能住。」

看樣子，他就要拂袖而去。他身邊的小姐看看我，又看看他，輕輕說：

「房子是不好，不過，倒還清靜。」

「哦，」他點點頭。「就是這點可取。」

他像突然改變了主意，問我：

「這房子是你自己的嗎？」

「我不是二房東。不過房子不是我的，是我太太的。」

「我再冒昧問一句，這房子你們為什麼不自己住？」

幹啥？聯邦調查局來的！

「我們要增加人口啦！」

他看看我，又看看我太太，之後跟身邊的小姐對視了一下。

「我兒子當兵快回來了，馬上要結婚了。」

他點點頭。「你看怎麼樣？」他徵求小姐的意見，她點點頭。他說：

「押金不要，電話留用，一個月我付你三千二百元，」

「押金一定要，電話可以留下，另加兩百。」

他又跟身邊的小姐輕輕說了幾句，掏出皮夾，說：

「一切依你的條件，我先付一千元定金。」

「對不起，剛才有位小姐要我保留兩小時……」

他忽地變了臉色。我連忙解釋：

「如果你不相信，請在這裏等，到時候她不來，一定租給你，像你這樣的房客，人口簡單，打燈籠也難找。」

他想了想，掏出名片。「這樣好了，到時候她不來，你打電話給我。」停了一下，又把名片收起。「我看這樣吧，現在是……快兩點了，到時候我打電話來。」

客客氣氣的把他送出門。妻問我：

「你怎麼知道他人口簡單？」

「人看表情，魚看眼睛。你看不出來嗎？他想在這裏『蓋違章建築』。」

「到時候那小姐不來，租不租給他？」

「我寧可空著。」

快四點了，那圓臉小姐人沒來，卻來了電話，連連道歉說：

「對不起，對不起，我媽媽說，六張犁靠近，靠近……」

「靠近什麼？靠近大馬路？」

「不，不，我媽媽說靠近公墓，所以，所以……」

我住了快十年了，從沒想到這些，反正要租房子的像潮水，沒關係。

電話仍然不斷，看房子的人進進出出，有嫌四樓熱的，有嫌押金大的，有嫌房租貴的，也有什麼都不嫌，而我憑直覺加以婉轉拒絕的。妻笑我說，又不是選女婿，幹嘛挑精揀肥。真是婦人之見，穿著的褲子，住著的房子，要是撒賴，閻王老子都沒辦法。

五點多了，人都快累倒了。正陷入絕望中，進來一個年輕人，看名片，是一家學院建築系的講師。我暗下決心，只要他不嫌房子，押金少一萬都幹。

這年輕人說話很坦誠。他說，剛成家，雖然夫婦倆都做事，還沒有積蓄，租金貴的住不起，這房子正合適，他要租。不過，他要求保留一個小時，陪他太太來看一下。我猶豫了一下，妻搶著說：「可以，可以。」

我說：「到時候不能來，用電話通知一下。」

「一定來，一定來。我請她來看看，只是表示對她的尊重。她一定喜歡這房子的。」

他走出去又回過頭來。一再說，一個小時之內。他一定來，我保證說，看在同行的份上，就是有人用鈔票砸我，也會等他一個小時。

妻在陽台上告訴我，這年輕人騎摩托車騎得好快，看樣子，他真的喜歡這房子，接著她又大聲跟誰說話：

「是的！是的！是這裏，請上來，請上來。」回頭對我說：「又有人來看房子了。」

進來的是位年輕小姐。一邊喘氣，一邊用手帕擦汗。連連說：「好難找，好難找。我在附近轉來轉去，頭都轉昏了。」

妻陪她看房子，有說有笑，談得很投機。她很滿意後陽台面對青山，空氣好，視域寬。當我告訴她有一對年輕夫婦一個小時內來訂約，她傻了。妻告訴她還沒付定金，她忽然理直氣壯起來：「沒付定金，不能算數，我先付定金，他就沒話說了。」

「定金不能收。」我說，「如果你沒事，請在這裏等。」她說：「反正走累了，休息一下也好。」她一面看我接電話，一面跟妻聊天，說她二月裏結婚，未婚夫在國中教書，她自己在一家公司打字。這房子不大不小，正合適。她看我剛放下電話筒，鈴聲緊跟著又響起來，說：「哇哈！租房子的這麼多！」

這電話是那位年輕講師打來的，說他的太太看電影去了，要求再保留兩個小時，同時一再說，一定要租，一定要租。我問妻：「怎麼辦？要不要等他？」

那位小姐搶著說：「兩個小時後才決定？我現在就決定，當然我優先。」

妻問她：「要不要請你未婚夫來看看？」

「不要，不要。我看中意的，他不會反對。」

妻對我說：「我看這位小姐人不錯，就租給她算了。」

我考慮一下，對講師說：「兩個小時後如果還沒租出去，一定租給你。」

妻歡歡喜喜把小姐送出門，在樓梯間兩個人還有說不完的話。我整個人陷在沙發裏，不能動了。

原載民國六十七年七月二十六日《聯合報》副刊

龍王劫

芒種剛過，太陽卻比三伏天的還毒，老母雞張開嘴巴，喉頭咕嚕咕嚕亂抖；癩皮狗躺在背陰的牆腳下，像隻破麻袋，踢牠一腳，也只是用無神的眼睛看看你，都懶得動一下。

真是劫數。自從清明那天下過一陣小雨，龍王爺偃旗息鼓不管事了，五六十天下來，滴雨不下。天空藍靛靛的，像蒙著一疋大青布，不沾一絲雲彩。太陽是個浸過煤油猛燒的大火球，大清早從蛤蟆山頭一提上，就性急地發起威來，火撲撲地烤著大地，打赤腳走在青石板上，準定燙出水泡來。

划航船的長腳來，站在洞橋頭樟樹下的土坡上，兩眼呆呆地看著擱在對岸的船。「晒成柴了！」他自言自語，搖搖頭。他等下雨，等下一場大雨，河裡有了水，就有生意做了。日等夜等，河水都等乾了，再不把船拖過來，只好當柴燒了。

頭頂的太陽威勢正猛，濃密的樟樹蔭，竟擋不住金箭般投擲過來的太陽光線，照射得長腳來一身斑斑點點，變成花豹子。他想走落河，走過河床，把擱淺在對岸大埠頭的船拖過來，停在樟樹蔭下。這得費多大力氣！他懶得動，一屁股坐落在土坡凸起的一塊石頭上。

船是長腳來的田，風調雨順的日子，河水滿滿的，他的船早上開航，載著十來個人划到城裡去，下午日頭偏西，再原班人馬載回來。日子過得很牢靠，一家幾口肚子填得飽飽的，不比靠天吃飯的種田人家差。而划航船的長腳來，在青山莊也有點名頭，女人們想買點臙脂花粉，洋布洋襪什麼的，男人怕費工夫上城買東西，都託他代買代帶。長腳來也會從中佔一個銅板兩個銅板的小便宜，不過他的心腸不算狠，不會叫託他的人過分心痛。

可是老天一發怒，百姓就吃苦。這種日子什麼時候才會過去？長腳來大聲拍手掌，把停在腳踝爛瘡上吸濃血的蒼蠅趕開。他的兩隻腳踝上，生的是積年老瘡，冬天，收斂點，結起厚痂，有時不當心碰破，流點血水；一到夏天，可就大開張，擴展地盤。腳踝四周的皮都變成黑黑亮亮的了。荒年的蒼蠅也餓得慌，長腳來只得連連用手去拍，只是一隻都沒拍到。人窮，連蒼蠅都趕趟兒來趁火打劫。他想，該到回春堂後園，摘些白丁冬（註一）葉子搗爛了來敷。他手一停下，那頑劣的蒼蠅打一個圈又停在原地。長腳來又狠狠拍一下巴掌，還是沒拍著，就站起來，跟誰賭氣似的一直走落河底。他揀河床凸出水面的地方走，走過河心，水還不到小腿，有點燙。看看兩邊的岸，高過他的頭頂。往上游看，從大青溪衝下來的石子，在上游拐彎的地方沈積成的石子灘，像座大山丘。那石子灘，往常日子冒出水面饅頭似的一塊，女人們在灘上漂布，把烏鰍般的白布，漂得閃白。太陽下山了，孩子們蹶起穿開襠褲的屁股。在上邊捉蟋蟀。想不到水面下是這樣大的大石丘。長腳來信不過自己的眼睛似的狠狠地盯了一眼，就小心地走向對岸，雙手扒著船尾往回拖。

他咬緊牙，兩隻缺少肌肉的長臂，青筋暴起，只聽得輕輕「喀喀」一響，船被移動了。見鬼，這樣重。平常坐十來個人，再裝些貨，划起來嘩啦嘩啦的，空船竟拖不動。他蹲下馬步，嘴裡一聲聲吆喝，一點一點拖過來了，結果船底下又發出「喀喀」一大聲，不動了，大概擱在大石頭上了。汗水從他額頭直淌。

「長腳來，你跟水鬼打架！」

樟樹下有人叫，他直起腰，回頭一看，是烏皮金。

烏皮金坐在樟樹根上。樟樹根像怒龍張爪，爬出地面，因為長年有人坐，變成光皮。烏皮金是他同行，不過划的是小划了，青山莊人叫「小蛙溜」的。小蛙溜頂多坐三個人，是「包船」，有錢人坐的，獨來獨往。有急事，大黑半夜，只要錢出夠，烏皮金照樣把睡鬼趕跑，不皺一下眉頭，把人送到城裡。

「烏皮，來幫一下！」

「算啦！算啦！只能燒洗腳水囉！還拖什麼鬼。」

長腳來知道烏皮金的脾氣，本來就不該求他。凡事不求人，他猛吸一口氣，使出吃奶的力氣，狠命再拖，竟是蜻蜓搖石柱，動它不得，他不相信似地搖搖頭，他忘了吃了一個多月的蕃薯絲粥，不長力。他伸直腰，把兩隻長手臂伸屈幾下，一眼看到老遠姜家三兄弟，從田裡扛水車、水車架回來，姜家是青山莊最後把水車扛回來的一家。水位猛下，車上來的泥水，經過田溝都漏光了，只得放棄，有些人家索性連水車都懶得扛回來。現在三兄弟走上洞橋，從河底看上去，像在雲端裡。好，救星來了。

「阿松，幫幫忙！幫幫忙！」

阿松是老大，他叫兩個弟弟先把水車，水車架扛回家，他自己把鋤頭、茶壺擱在樹下，扯下腰帶上的汗布，一面擦汗一面對烏皮金說：

「烏皮，你真坐得住，去幫一下，也晒不死你的。」

「你高興你去，他自己懶骨頭，怪誰！」

「同行是冤家，你不幫忙，也沒錯。」

「阿松，你說話少放辣椒。」烏皮金站起來，因為平白被挖苦，不甘心。「他的兩尺四，搶不走我的生意……」

阿松不理他，管自己下坡。烏皮金跟影子吵架似的沒有反應，沒好氣一屁股又坐下來。吃飯怕嘴多，幹活嫌手少，一個船頭，一個船尾，兩個人三下兩下就把船半抬半拖的弄過來了。

現在太陽西偏，威勢稍殺，樟樹下慢慢熱鬧起來了。那些個一個人吃飽全家飽的光腳羅漢，還有在家呆不住的未成家的「牛犢」，一個個摸到樟樹下來乘涼閒磕牙。談的還是陳年老話：再不下雨，會鬧旱荒，大荒年，會餓死人。說的人沒勁，聽的人也懶懶散散，有一搭沒一搭的，溫火炒豆子，響一下停一下。後來走來一個人，綽號叫包打聽的，帶來大新聞，才把樟樹下缺少活氣的人群，攪得興奮起來。

「我有個大新聞，剛剛聽到的。」包打聽說。

「什麼新聞？你說嘛。」有人閒閒地問。

「我聽保正說，明天求雨。」

「求雨？飯都沒得吃了，誰出錢？」

本來三個兩個閒磕牙的也圍過來了。包打聽兩眼四周一掃，把聲音提高。「自然有人出錢，我們前莊的仁大房做頭家；還有，後莊侯家的二房侯壽幫襯。保正就要跟他商量去。」

「去你的傻蛋，侯壽是銅算盤，要他出錢，比脫他褲子還難。」

聽的人一陣鬨笑。烏皮金站在樟樹根上，用不屑的口氣說：「做夢！包打聽，你真做夢！」

「你不信拉倒，又不是叫你出錢。」

「也難說，銅算盤那樣老還沒兒子，這次肯做好事也說不定。」阿松也站起來，故意跟烏皮金頂槓。「你說，是不是，長腳來。」

長腳來沒心思跟烏皮金磨牙，因為他的膿瘡又被蒼蠅叮了一下，懶得彎腰去拍，只是跺跺腳。「龍王爺也倒楣，三年沒人燒香，有事了，去求他，恐怕不管用。」

「真的。要是五通爺管下雨，求他一定管用。」

說到五通爺，大家轉過身，朝五通殿看去。樟樹下的五通殿，雖是豆腐乾似的一個小廟，卻是有威名的神道。小殿兩廂，兩棵百年來的老樟樹拱護著，半夜三更走過，黑洞洞的樹蔭下，有人聽到鐵鍊抖動的聲響。青山莊人求神問卦，驅凶收驚，五通爺十分顯靈。殿前粗石疊成的大供桌，桌面磨得光光的，香火可鼎盛著。

「唉，可惜五通爺不管下雨。」

這一聲嘆，像兜頭冷水把那由包打聽挑起的談興澆息了一半。長腳來覺得沒味，正想回家，卻看到媒婆劉大嬸老遠用大蒲扇向他招手。

「阿來，阿來，我正有事找你。」

長腳來看她走路的樣子，很像戲台上法門寺裡的劉媒婆，跟他開玩笑說：「大嬸，明天不開航，你買臙脂，叫烏皮帶吧。」

烏皮金高興著拍掌說：「大嬸，你越來越俏了。你買臙脂幹麼？你要嫁人啦！」

劉媒婆用大蒲扇一指。「你娘嫁人哩！我買臙脂給你娘做陪嫁，讓你做拖油瓶，你這個小鬼頭！」

劉媒婆的嘴像尖刀，把烏皮金捅得回不出話來。她得意地再用蒲扇指指長腳來。「我有事先到後莊去，再來找你。」說完，撒開大腳，趕集似的走了。

「長腳來，劉媒婆替你女兒做媒嗎？」

「見鬼，阿來的女兒還沒出世呢。」

「那準定是替阿來嫂做媒。」烏皮金找到機會，想把輸給劉媒婆的面子扳回來。

長腳來真想刮他一個耳光。不過，今天沒精神跟他鬥，就管自己走開。

他家住在巷底。這條冷巷是雞鴨活動的場所，還有一條臭水溝，平常冒著烏黑氣泡泡，有許多小蟲子在臭水裡翻上翻下。現在水乾了，爛泥晒得比石頭還硬。人一進巷，蒼蠅貼地亂飛，人一過，又停歇下來。

家裡很靜。老婆不在，大頭、二呆也不見鬼影，只有最小的三毛光屁股躺在泥地上，一隻手攀住大腳趾想用嘴去啃。三毛兩歲了，還不會走路，手腳細瘦，肚子卻像大南瓜。他看見父親，一滾坐起來，張開手要抱。長腳來不理他，頭往裡一探，灶間裡沒人，進房一看，床上亂堆著衣物。這女人死到那去了？又繞到屋後，稻草搭的豬欄，散出強烈的酸臭味。欄裡的豬聽到腳步聲，長嘴巴伸出矮柵欄，「喃喃喃」猛叫。這條豬也可憐，瘦成皮包骨，深凹的小眼，滿是眼屎。牠看沒有東西倒給牠吃，就用長嘴巴「澎澎澎」搗柵欄門。長腳來用腳掃了柵欄一下，嘴裡罵：「瘟豬！叫魂！叫！」心想，反正沒東西餵，不如賣了。回到屋裡一坐下，正好老婆進門。她一手提一筐野菜，一手挾一捆枯樹枝，滿身汗水，連衣服都黏在身上。三毛一見媽回來，「哇！」一聲拉開嘴巴大哭起來。阿來嫂放下東西，抱起孩子，擰掉他的鼻涕。看看丈夫坐著不動，像冷廟的泥菩薩。就說：

「蕃薯絲乾快光了，你去想想辦法。」

「省點吃嘛，煮稀一點。」心裡卻想著如何跟老婆開口賣豬。

「煮稀一點！你只曉得撈乾的吃，叫我們喝湯。」

她用手指輕輕撥開三毛頭上被癩瘡黏牢的頭髮。稀黃的頭髮，一綹綹被膿水黏著。

「跟你說多少遍了，叫你到回春堂摘白丁冬，你都不去，只蹲在家裡等天上掉下金元寶。」

「好，好。」他看看自己腳踝淌膿水的爛瘡。「明天一定去摘。」說著，把頭伸過去，放出笑臉，試探著說：「大頭的媽，你看這樣好不好，人都養不活了，還養什麼豬……」

「不用說了！」老婆不等說完，把孩子往地上一放，瞪眼看他。「你要賣豬，賣我好了！豬不吃你的糧，我會挖野菜餵。」

聲音一大，把挺著南瓜肚坐在地上的三毛嚇哭。

「我們不能坐著餓死呀！」

「坐著餓死？坐著當然會餓死！平常日子你除了划船，什麼事連手指頭都懶得伸一下。」

她再把孩子抱起，放在膝蓋上用衣角擦他的眼淚。

「阿來，你是男人，你總要想辦法。你常說城裡棧房的掌棧對你不錯。你進城去，請他給點事你做。」

長腳來呆呆坐著不動，像段木頭。老半天，她氣消了點，把聲音放低。

「你不想辦法真的不行了！就算把豬賣了能吃多久？」

「唉！你不知道城裡人……」

話沒說完，外頭有人叫「阿來！阿來！」出去一看，沒想到，竟是保正。

「阿來，你在家正好。劉媒婆說，你在樟樹下，跑到樟樹下，你又不在。撈屍一樣，總算把你撈到了。」

長腳來還沒開口，她老婆趕出來問：「保正叔，找我阿來有事嗎？他正閒著呢。」

「有事。明天求雨，叫阿來抬鑾轎。」

「我說嘛，會有什麼好事找我。我沒田沒地，求雨關我屁事！」

想不到長腳來回得這樣絕，保正一氣，就罵：「長腳來，你是人總要說人話！你沒田地，總要划船吧！不下雨，你在陸地上划？」罵完本想回頭就走，又想該把話說明，又站住，眼睛看了阿來嫂一下，手指著長腳來。「爛腳來，你說找你沒好事，跟你明說了吧，抬鑾轎是有米的，別人想抬都抬不到呢，我不看你老婆孩子可憐，誰要到處撈你的屍！」

不等丈夫開口，阿來嫂搶上前頭，連連賠罪。「保正叔，保正叔，青山莊的人，誰不知道你是好人？吃自己的飯，幹地方上的事。請你不要怪，阿來他餓昏了，說話顛顛倒倒。我明天會叫他去的。」

好話一聽，保正心軟了。他想，這女人前世不修，嫁給爛腳來，真是一朵好鮮花，插上爛茶渣。如果給她吃好穿好的，怕不比仁大房大奶奶更標緻。氣一消，說話就沒那樣大聲了：

「阿來嫂，求雨是地方上的事，打鑼打鼓的，吹長號嗩吶的，背旗子幡兒的，還有端香爐打炮的，全是白活，只有四個抬鑾轎的，一人一天一升米，還有茅老道做法事，一天兩個銀角子，再加三牲祭禮，這些開銷，都是仁大房出的。你叫爛腳來捉摸捉摸，不幹，有人搶著幹！」

「幹，幹，就是沒有米也應該幹。」阿來嫂滿口答應。「不知明天什麼辰光到龍王廟？」

「雞二啼，先做法事，太陽一上蛤蟆山，鑾轎就出巡。先巡後莊，再巡前莊，以後出莊，巡到孫家集交界半路亭再回鑾。」

長腳來一聽就皺眉頭。「抬到半路亭幹什麼？」

「怕遠你就不要抬。這是仁大房的意思，讓龍王看看稻田，好叫他發發慈悲。」說完，看也不看他一眼，對阿來嫂說：「天放亮就叫他去。」

保正一走，阿來嫂也懶得埋怨丈夫，管自己在灶間忙切野菜，忙用吹筒吹灶洞。剛撿的柴不是全乾的，亂冒煙，薰得她直流眼淚，耳朵卻聽到外頭兩個兒子光腳板拍在泥地上的噼啪聲，一路響進來。

「你兩個童子癆，也曉得回家！」

長腳來憋著的氣，找到出路，吼聲像打雷，把坐在他膝蓋上的三毛嚇得拉開嘴巴窮嚷。剛進門的大頭、二呆被雷劈的那樣，站住不敢動。

阿來嫂在灶間伸脖子一看，二呆的開襠褲撕裂成條，猴子臉上的荸薺眼，看看父親又看看大頭。大頭光著上身，皮膚比泥鰍還黑，上衣包著東西捧在手裡。

「過來！過來！」

大頭有經驗，這是挨打的信號。一嚇，兩手一鬆，上衣包著的東西，骨碌碌滾成一地，全是缺少水份的小毛桃，乾癟得像風棗；還有一顆兩顆像老太婆奶頭似的楊梅（註二）。長腳來一聲輕喝：「揀起來！」兩個小鬼聽到大赦令似的立刻蹲下，兩手連忙亂摸。

阿來嫂見風雨過去了，正要把脖子縮回，忽見門外人影一閃，進來一個人。一看，是前莊後莊到處串門子的劉大嬸。回頭忙把灶洞通一通，走出來。長腳來還是懶懶地坐著不動。劉大嬸朝地上看：

「哈啊！這麼多小毛桃。」

「揀人家採剩的，小鬼頑皮死了。」阿來嫂忙招呼。「大嬸，坐坐。你找我阿來有事嗎？」

「不能生吃，叫你娘洗了用鹽醃來吃。哈！還有楊梅，呵呵，那不能吃的！」這是對孩子說的。「你兩個兒子很能幹，這樣小會打點自己的肚子了。」說著，眼睛上上下下打量阿來嫂。「事情是有一點，不知阿來要不要聽？」

「什麼事？只要有米，做狗爬都行，總不會叫我在地上划船吧。」

「不叫你做狗爬，也不叫你陸地行舟，只要你願意，包你吃飽肚子坐在家裡抖二郎腿。」

「有這種好事？」他把三毛遞給老婆，屁股移開一點，拍拍板凳，讓劉大嬸坐下。灶間裡兩個小鬼搞得乒乒乓乓的，阿來嫂進去，把小毛桃放在木盤裡用水洗。二呆伸手抓一個張口咬，被她劈手奪過去：「醃了再吃！」再把烏乾的楊梅揀出來丟進灶洞。

劉大嬸看阿來嫂進去了，就說：

「是這樣的，阿來，人鬥不過天，荒年餓死人是有的。後村銅算盤沒有兒子，他想……」

「他想怎樣？賣兒子我可不幹。」

劉大嬸眼睛盯住長腳來，心想，說硬話不費力，再個把月不下雨，你這個爛腳來，怕不倒過來求我。

「你想到那裡去了！誰要你兒子。」聽她的口氣，好像長腳來的兒子不值一個銅板。「阿來，我說話直籠統，醜話不穿衣。你的三個兒子，讓銅算盤挑一個，他都不會要的。你沒聽說，他家大房想了好幾年，想把小兒子過繼給他，他還不要呢。」

這是真話，長腳來倒也不生氣。「那他要怎麼樣？你說好了。」

「好，那我就說了。」她狠狠點一下頭。「是這樣的，他想叫你老婆到他家去。」

「這倒新聞了，銅算盤荒年雇佣人。」

「他雇什麼佣人？他看你老婆有福相，替他生個兒子。」

長腳來一時會不過意來，他老婆卻從灶間衝出，手指頭一直伸到劉大嬸面前：「你沒事不要找我阿來尋開心。銅算盤想兒子，你去替他生好了！」

這一下長腳來懂了。腳一跺虎地站起來，把劉大嬸嚇得上了彈簧似的蹦起來。長腳來個子高，劉大嬸只到他胸口，他真想一拳把她捶扁。「你替他生！你替他生！」

夫妻倆的火氣都很大，劉大嬸轉身就溜。溜到門口，又轉過身來。

「你倆夫妻聽清楚，茅老道說，火神爺下凡，會把地上的水燒乾，要餓死一半人。銅算盤看你老婆大臀雞能下蛋，幫他生個兒子，一年兩載還給你，不少她半根汗毛。窮人不跟天鬥，想通了再找我。」說完，轉身撒開大腳，一下子就走出巷子。

夫妻倆氣得直瞪眼。灶間裡可打起來了，二呆兩手抓兩個毛桃，大頭一巴掌打過去，二呆嘴裡也塞著毛桃，哭不出聲音，只是乾嚎。阿來嫂趕緊進去拉架，長腳來粗著喉嚨吼：「再吵！再吵都不准吃！」

這一夜，長腳來睡不穩。想到劉媒婆叫他租老婆，又氣又惱，可是肚子不聽話，不塞點東西硬是不行。能借的都借了，能賒的也都賒了。再不下雨，真的挺不住了，就算明天下大雨，河裡有水，誰還有閒錢坐船進城？阿來嫂被他唉聲嘆氣吵醒。其實，她也沒睡著，想到明天他還要抬鑾轎，忍不住就說：

「愁也沒用，船到橋頭自會直，好好睡一覺，明天才有力氣抬轎。」

長腳來翻過身，臉朝向她。「我是划船的，我不相信船到橋頭自會直。你去划，船就會撞到橋柱上。」別的時候，老婆的話往往比他有理，說到划船，誰比他在行？「大頭的媽，再不下雨，真會餓死人的。」

「不是我埋怨你，阿來，誰叫你平常有那麼多怪想頭，什麼錢多怕鏽，米多怕蛀。現在可好，三個小鬼餓得不成樣子了，你總要想想辦法。」

「什麼辦法？你真要我在地上划船，那也要有人坐啊！」

「你到城裡找掌棧的看看嘛。」

「城裡人翻臉無情，他用到你，才對你好，你有事求他，臉色就變了。」

「你沒求過他，你怎麼知道？」

這件事不止談過一次，每次長腳來都用同一句話結束：「唉，跟你說也說不清楚。」說到這裡，兩個人都說不下去了。二呆卻叫起肚子痛，雙手摀住肚皮，翻來翻去。長腳來說他毛桃吃多了，阿來嫂只得起來讓他拉，又給他揉肚子，又忙燒開水給他喝，折騰了半天，剛讓他睡下，就聽到雞叫，反正睡不著，就起來煮飯，長腳來忙著叫：

「大頭的媽，煮乾點，喝太稀光拉尿。」

「知道了，你好好睡一下。」

「今天有一升米，晚上煮乾飯吃。」他對走到房門口的老婆說，聲音裡透著快樂。

「你呀！人家斗米興，你有一升米，就抖起來了。」

這一天，是青山莊的大日子。天邊最後一顆星星還沒隱去，龍王廟就咚咚鏘鏘鬧起來。那炮聲「轟！轟！轟！」一連三響，停一下，又是三響，把全青山莊都轟醒。打炮的單眼六，是有名的炮手。遠遠近近幾十里地，有人家做喪事，地方上迎神賽會，打炮工作都由他包辦。單眼六調火藥有訣竅，三個炮眼灌火藥不用秤，分量一樣，所以每一響都是一樣的聲勢。今天他白幹，照樣賣力。炮一響，求雨道場就開始，大鑼大鼓聲擠出龍王廟，撲向青山莊。

龍王廟座落在蛤蟆山腳。廟後大山巖邊，撐著一棵老年五爪松，樹幹粗大，兩個大人拉手合抱不住，樹身卻不高，就像長到半空，上頭壓著一塊千斤大鐵板，硬叫那些虬龍伸爪的怒枝，向四空飛爬。濃密的松蔭，像巨傘，把龍王廟遮蓋得照不到陽光，廟瓦背長年長著青苔。每年到了霜降，發紅的松針抖落，把廟瓦披上一層棕紅的厚松針氈。老松樹是松鼠的地盤，每到天寒地凍，冷落的龍王廟就成了松鼠躲避風雪的地方。青山莊的孩子都知道，捉松鼠，到龍王廟去。

龍王廟前三丈光景，有一口由巖石斷裂成的深井，青山莊人管它叫龍眼。三伏天，龍眼裡的水冰得牙床發酥，有人不怕累，大老遠跑來提水冰西瓜。冬天，龍眼的水是熱的，井面冒著白霧的煙氣。龍眼多深，誰也不知道。有人說，龍眼通東海，沒有底。那麼，這個龍王，定是東海龍王了。

東海龍王是個不走運的神道，一年裡頭，難得有人來燒香叩頭。平常廟裡冷清到鬼都跑出來，只有冬天，偶然有野孩子來捉松鼠，發出一聲兩聲驚叫歡呼。可是今天一大早，廟裡早已擠滿吹吹打打，忙進忙出的人群。那匆忙雜亂，像被人掀開的螞蟻窩。廟門口也擠著看茅老道做法的人群，還有一些片刻也不肯安份的野孩子，有的爬上老松樹，有的從大人脇下鑽頭進去張望。

大殿長條香案上，擺著三牲祭禮，乾果鮮花，香爐裡插著大把紫檀香，一縷縷青煙，稍稍扭擺但很平穩地裊裊上升。香案左右的大石燭台，點著明晃晃兩隻大紅燭，不停地流著燭淚。那個茅老道，穿戴戲台上諸葛亮的八卦道袍，左手搖鈴，右手執桃木劍，瞪著死魚眼，布滿深溝紋的癟臉，像手藝拙劣的雕刻師，三刀兩刀隨意刻出來的那樣沒半點活氣。只見他腳踩七星步，滿殿輪轉，嘴唇不停地開闔，只是人聲嘈雜，聽不到唸些什麼。突然，一個大轉身，後退三步，再向左前方跨一步，又向右前方跨一步，眼瞪著大廟門，彷彿如有所見。忽的脖子伸長，「呼！」一聲，猛龍噴水，噴出一陣水霧，口中喊出尖銳刺耳的高吭聲：「甘霖普降！」接著他的整個身體，菜花蛇快速疾行那樣的扭動，動作由慢變快，額頭汗衝過深溝紋，滿臉掛落，把擠在廟門口的人看得心驚。

「茅老道的骨頭要抖散了。」

「老道士發羊癲瘋啦！」

「要你死啦！胡說……」

輕喝聲未落，只聽老道士發出斷命的慘叫，扭動抖索的身子，像突然去掉壓力的彈簧，一下子挺直，緩緩向後倒去。閃電一般，兩旁有四個人一齊伸手，接個正著，然後把他往上高舉，四個人口中齊喊：「龍王賜雨！」舉了三次！喊了三次。殿內殿外的人群，也跟著齊聲大喊，整個蛤蟆山都抖動起來。

大火球似的太陽一提上蛤蟆山，龍王鑾轎就出巡了。打炮的單眼六在前頭開道，走一小段路，就鳴炮三響：

「轟！轟！轟！」

響聲天動地搖，嚇得前前後後喳呼的小鬼們，個個把手搗住耳朵。跪在道旁閉目合掌的老太太們，彷彿看見那大太陽在炮轟聲中抖動。

「龍王爺，發發慈悲呀！」

「轟！轟！轟！」

「救苦救難呀！龍王爺，下雨吧！」

單眼六不管太陽發抖，不管塵土飛揚，一板一眼放炮。他灰頭土臉，汗水滿身，像剛從爛泥水溝鑽出來的地鼠。

跟在單眼六後頭的是吹長號的、吹嗩吶的，嗚啦嗚啦聲，尾音拖長，像送裝了死人的棺材上山入土，那悲慘的音調，叫人在火燒的毒陽下也汗孔發毛。還有敲鑼打鼓的，聲聲響響，播進人的心底。緊接著是扛旗子幡兒的、捧香爐神牌的，扮蝦兵蟹將的；茅老道還是全身道袍，手提銅鈴，衣領斜插呂洞賓的拂塵，高一腳低一腳，口中念念有詞。最後是龍王鑾轎。抬鑾轎的四個人，腳步不齊，抬起來有點晃晃盪盪。長腳來個子高抬後頭，他的腰幹挺不直，像大河蝦弓著背。跟在鑾轎後邊的是主事的頭家，還有地方上有頭有臉的人。保正也在裡邊，他一面擦汗，一面沿途燒紙錢、金銀箔，紙灰浮盪在熱空氣裡，像黑蝶飛舞，有的黏上他流汗的臉，化做一條條黑水，直往下淌。

前莊後莊鑾轎經過的地方，人們早已在路旁迎候。女人們的吱吱喳喳聲，光赤膊肋骨一根根凸露的小孩們的奔走亂叫聲，鑾轎過來時，一下子沈靜下來。阿來嫂抱著三毛趕到巷口，夾在人群中跪在地上。她合掌舉過頭，再拜下來，她的臉一靠近地面，炭火一樣的燙熱直薰面門，坐在地上的三毛突然「哇！」的一聲哭出，阿來嫂慌忙把他抱起，一摸他的屁股，火燙！

這時，求雨的行列有點凌亂、散漫，懸在高空的太陽比剛上山時威勢更悍，彷彿毫不把人間的苦難擺在心上，彷彿故意跟龍王鬥法，加倍施展神威，晒得人人嘴乾唇焦，腳步綁住鐵塊似的邁不開。他們已經巡過後莊的賈宅、西巷、三廣殿、頂嚣，還有前莊的橫街、大埠頭、帆游、下墩，現在正向莊外巡去。

「媽，媽，你看，阿爸彎背了。」

阿來嫂稍稍抬頭，看到他的半邊臉，痛苦地扭曲著。孩子看媽不說話，把她手一拉：

「媽，我看到，龍王的臉像關老爺。」

「我們回家。」

她好像看到龍王的紅臉還淌著汗呢。

長腳來是划航船過日的，很少叫肩膀出力。今天在大太陽底下抬鑾轎，想不到比上刀山下油鍋還苦。早知道這樣，寧可躺著餓死。所以當他拎了一升米回到家，就不顧一切往地上躺。他老婆緊著叫「慢著，慢著」，從房裡拖出破草蓆攤在地上。他躺下一伸腿，死去一樣不能動了。他老婆舀一碗水給他喝，他也只是把頭側過來。那些蒼蠅消息靈通，趕集似的飛來叮他的膿瘡。阿來嫂趕著用來手拍，又拿扇子趕。

長腳來睡到太陽快下山才坐起來，用手揉肩膀。

「明天打死我，我也不抬了。」

阿來嫂看看他紅腫的肩膀，沒有話說。

「一天兩升米，我也不幹！」

煮晚飯前，長腳來去回春堂摘白丁冬，阿來嫂叮嚀他，今天太累，不要到樟樹下閒磕牙了。這次他很聽話，沒多久就回來了。接著大頭二呆也一路叫肚子餓竄回來。盛飯時，阿來嫂掀起鍋蓋，「噗！」一聲，鍋蓋底掉下一個東西，拿燈湊過去一看，嚇得尖叫。那東西不像泥鰍，泥鰍是灰黑色的，不是鱔魚，鱔魚是土黃色的。

「短命阿來，你把什麼東西釘在鍋蓋底？」

「沒有什麼啊！」

「短命鬼，到底是什麼嘛？」

長腳來傻笑笑。「四腳蛇。」

「你要死啦！四腳蛇也能吃啊？白糟塌一升米。」

「能，能吃，單眼六說味道很好。」

他撿起變了形的四腳蛇，本來淡藍淡紅的細鱗，蒸成灰白色了。孩子也好奇湊上去看。長腳來用手指撕下一點，阿來嫂連忙用手摀住嘴，「髒死了，髒死了。」「不髒，不髒，洗乾淨了的。」他吃一口，「嘖！」一聲，味道真的不錯，再一口吃光。這次他多嚐了一下，味道有點像田溝裡的「八鬚」（註二），黏黏的，卻沒有腥味。他又撕了一塊，大頭二呆也吵著要，他每人給一小塊，小鬼吃了還要，他就說：「沒有了，沒有了，明天自己到河灘去捉。」這一頓飯吃得好香，兩個小鬼還連連舔指頭。只有阿來嫂吃不下，只覺得噁心，吐了幾次，沒吐出東西。

人是鐵，飯是鋼。吃了白米飯摻蕃薯絲乾，比吃仙丹還舒坦。長腳來再也不叫「打死也不抬了！」想頭也變了，抬一天一升米也不錯，雖然求了一天雨，天上不見半片雲影，那也沒關係，龍王就算好講話，也不能說求他一天就答應。只要心誠，今天不下雨明天，明天不下雨後天，他總會心軟發慈悲的。只要河裡有水，就有活路。他咬緊牙，磨著齒，臉上晒脫三層皮，肩膀腫成饅頭大，抬了三天鑾轎，吃了三頓白米飯摻蕃薯絲乾，可是龍王的心腸像鐵，不起半片雲，不吹一絲風，而那大毒陽卻越晒越猛，從早晒到晚，一點也不嫌累！茅老道第三天就病倒了，打鑼打鼓的也沒勁了，背旗子幡兒的扛起來斜斜彎彎的，只有單眼六，照樣「轟！轟！轟！」放炮，彷彿就剩他一個人了，也非把那大毒陽轟掉不肯罷休。

於是，地方上議論紛紛。有人說，龍王故意搗蛋不下雨，氣地方上平時不睬他。年紀大的人說，龍王也可憐，臉上油都冒出來了，龍眼的龍子龍孫快變成泥鰍乾了，他不是不肯降雨，無奈員外不點頭，家院難作主。此話有理，有人就進一步發揮說，天上有玉皇大帝，人間有真命天子，不管天上人間，總有當家做主的，龍王不聽話，就得做魏徵劍下的黃龍，他才不幹。

不過，求雨不靈，總叫人惱火。於是，地方上的閒言閒語越來越多。

第四天下午，長腳來填了肚子，跟老婆說，到洞橋頭樟樹下聽聽去，大頭也要跟去，被他吼了一下，不敢近跟，只是遠遠地贅著。

樟樹下可熱鬧了，光腳羅漢跟那些「牛犢」，說話可放肆了。有人竟說，明天把龍王鑾轎抬到半路亭，丟在那兒，叫龍王也嚐嚐晒太陽的味道，看他下不下雨。人多勢眾膽氣壯，這種冒犯神明的狂言，竟有人拍掌叫「好！」就像所有人多嘴雜的所在，自然有人出點子鬧，也自然有人背順風旗起鬨。

「好，好，把他晒乾！」

「對！閻羅王怕孫悟空，軟的不吃，來硬的！」

「不行！不行吶」只有包打聽說反話，他高高地站在樟樹根上，連連搖手。「是天意，不能怪龍王。」

「什麼天意？你說！」

烏皮金立刻跟他頂上。他覺得大家向著他，膽氣一壯，也站上樟樹根。「什麼天意？

你說不出名堂，明天讓你陪龍王一起晒。」

包打聽有所顧慮似的，又像故作神秘地向四周看看，低聲說：「茅老道病倒了，你知道嗎？」

「發痧，給太陽晒的，誰不知道！」

「那麼多人，偏他一個發痧，告訴你，那是違反天意，才病倒的。」

烏皮金拍著掌叫：「鬼話！鬼話！」還有人幫腔，也跟著罵：「全是鬼話！全是鬼話！」逼得包打聽只好說出茅老道所謂的不能洩漏的天機。

四月裡的一個深夜，全真觀外的野狗叫得凶，那叫聲像哭喪，又像見到鬼。茅老道被吵醒，起來看個究竟，一開觀門，赫！滿眼紅光，睜不開眼睛，他連忙斂神定氣。只見南邊天空開出一條裂縫，烈燄熾火噴湧而出。那是開天門，是奇象異數。天門越開越大，竟有莊外大橫河寬，那亮光，比打鐵匠的爐火更烤人。茅老道清清楚楚看到，從南天門裡馳出大隊火鴉、火馬、火龍、火獅，還有一個神道腳踩風火輪。他不敢看下去，連忙把觀門關死。這是火德星君下塵凡，主火旱，人間要遭劫了。

口說無憑，烏皮金還是不服。「鬼話連篇，茅老道發燒燒昏頭，胡言亂語。」

另一個人提出更有力的反駁：「包打聽，你說這是天意，茅老道還敢賣命做法，那不是討死？」

「你說話留點後，鬧旱災瘟疫你第一個先死。」包打聽急了，說話就不顧輕重。

「茅老道不顧天意，賣命做法事，這叫做盡人事，聽天命！你懂嗎？盡人事，聽天命！」

對方更不服，用更大的聲音叫：「茅老道是你外公爺，他放屁你還當他喘大氣！」

長腳來到的時候，包打聽正陷入被圍攻中。有人看到他來，就叫：

「長腳來！大家正在說，明天不下雨，你們把龍王抬到半路亭，丟在那兒。」

「幹什麼？」他摸不到頭腦。

「晒太陽！叫龍王也吃點苦，幹什麼。」

「那我不白抬了！你給米嗎？」

「劉媒婆給你老婆做媒，你還怕沒米？」

說的人只是順口逗逗笑，長腳來的臉可掛不住了。而那個站在樟樹根上的烏皮金，卻不放過機會，用誇張的口氣說：

「銅算盤那個老猴，連骨頭算上也只有四兩重，阿來嫂的大屁股一篩，他就會斷氣，兒子沒見著，可先到閻王殿報到。」

烏皮金很得意，大家也沒叫他失望，一下子鬨笑起來。這叫六月天晒皮襖，全抖開來。長腳來有一種被當眾脫掉褲子的難堪，心中一把火燒起，雙手排開眾人，走上前去，手指戳到烏皮金鼻尖：

「你娘是銅算盤的老姘頭！劉媒婆拉的皮條。」聽的人同樣鬨笑，給他鼓勵。他心中恨恨地想，今天非給這小王八蛋吃點苦頭不可。他看烏皮金還不接口，再用話頂上。「烏皮，你拖油瓶做定了。你不相信，我跟你賭，賭一隻手把你打倒爬不起來！」

烏皮金個子矮，站在樟樹根上，也只到長腳來的額頭，鬥嘴不怕他，跟這長人打架，他可要估量一下。

「烏皮，下來，一隻手你還怕！」有人替他打氣。

「下來！下來！」還有人鼓掌催他。

幫閒起鬨的人群自動退開，樟樹下五通殿前挪出一塊空地，像跑江湖賣膏藥拉開的場子。長腳來大話出口，豈肯退縮。他站在空地當中，背對著五通殿供桌，雙腿分開，擺起架勢。站在樟樹根上的烏皮金，在「下來！下來！」的鬨叫聲中跨下來，眨著眼，一步步走到長腳來前面五六步光景停住。

「你自己說的，只用一隻手。」

「一隻手！一隻手！」好幾個人同聲叫。

「說話算話！」烏皮金看看長腳來微微握拳的兩手。

「算話！當然算話！」情緒更熱烈了。

長腳來無奈，只好把左手臂彎到背後，兩腿微蹲，擺出老鷹撲小雞的架勢。沒想到烏皮金一聲不哼的頭一低，猛衝上來，一頭撞到他的腹部，衝力太大，長腳來站不穩，「登登登」連連後退，一直退到五通爺供桌，上半身往後倒，烏皮金的頭像鑽子死釘住不放，長腳來的拳頭擂鼓一樣在他背上「蓬蓬蓬」擂起來。圍觀的人群窮吼助威。

「長腳來！用力！長腳來！用力！」

「烏皮金！加油！烏皮金！加油！」

樟樹下人群瘋狂起來，有人跺腳，有人拍掌，比端午節鬥龍舟更興奮更激動。對岸大埠頭站著好些人。被這邊的轟天喊聲打動，有的從洞橋上過來，性急的跳落河床，姜家老大阿松也跟著跳落，涉過燒燙的淺水，衝上土坡，擠進人群。

這一回，不分勝負。長腳來稍落下風，可是烏皮金的背挨揍，無法還擊。於是有人把他們分開，雙方重新擺開陣勢。這一回長腳來不敢大意，兩腿一蹲，把馬步放低，像打拳師父那樣亮開門戶。烏皮金還想用老打法，準備硬衝，但一看長腳來擺的架勢，就放棄攻擊，身體站直，嘴裡說：

「長腳來，你到底用幾隻手？」

長腳來鬆了戒備。「一隻手。」兩眼看看四周。烏皮金使詐得逞，像牯牛衝刺，一頭又撞上來。這一次長腳來反應快，猛地身體一矮，雙手往烏皮金肚皮下一兜，把他整個人頭朝下腳朝天抱起來，烏皮金雙腳朝天亂蹬亂踢。長腳來念頭急轉，「我要把他倒栽蔥栽在地上」，念頭還沒轉完，腳下突覺有人勾了一下，人一仰，重身不穩，「澎！」一響，整個人死死地絆倒。長人摔倒比誰都重，再加兩手還攏抱著烏皮金。所以這一摔就不能動了，像死掉挺在地上。

本來快樂起鬨的人群，被這突變鎮住發不出聲音，就像西洋鏡的畫片，突然停住不轉。阿松擠過去一看不對，把烏皮金從他身上拉開。他呢不知道裝死還是真摔昏了，仍舊挺屍不動，兩眼直鼓鼓嚇人。於是阿松把他扶起，拍掉他身上的泥土，捶他的背，搓他的後腦袋。弄了老半天，他才回過氣來，兩眼慢慢轉動，以後伸手摸摸後腦，一聲不哼的走出人群，一直走回家。

阿來嫂已等在門口。他一進門。她就說了：

「一天吃兩頓蕃薯絲粥，還有力氣打架。家裡米缸底朝天，你都不管。」

長腳來開不得口，大頭卻說：「媽，爸打輸了，倒在地上。」

長腳來瞪他一眼，人像麥芽糖癱在板凳上。阿來嫂一看這神態，一肚子埋怨話，只好忍住。

「傷到那裡了？」

他搖搖頭。過了半天，突然冒出一句：「明天我到城裡去。」說完就到房裡躺倒。

夜裡雞二啼，阿來嫂起來煮飯，讓丈夫吃了好趕路。臨出門，她叮嚀又叮嚀：「不要怕吃苦，只要有工做，就好。最好先支點錢，米缸裡只剩一撮了。」他走出巷子，她又趕出來，遞給他一個破斗笠。

這一天比一年還長。

早上吃的太稀，先是光拉尿，太陽一出就冒大汗，連尿都沒有了。沒想到城裡也很冷落，石板路太陽烤出火來。不知那裡來的灰土，到處飛揚。商店裡的夥計，懶塌塌靠著櫃台發愣，有的竟打盹，好像昨夜一夜未睡。棧房的掌棧先生還是那張彌勒佛臉，卻沒往常要他帶鄉下土貨時的笑容。這一點他早已想到，划了多少年航船，城裡人的習性那有不清楚的。可惱的是，連茶水都不招呼喝一口，還是他自己到棧房後頭水缸舀水喝。說到有什麼工作好做，話沒說完，掌棧的雙手像遇強盜急關大門似的推出。「阿來，這是什麼年頭，生意清淡，你看，街道上都出鬼了，我們還雇得起人吶！」說完，正眼都不瞧他一下，只顧自己撥算盤子。日頭快到中天了，他看阿來坐在長板凳上還沒打算走，就自言自語：「這年頭難過，再下去，一天只能喝兩頓稀的了。」長腳來覺得不能再坐下去了，招呼也懶得打，站起來走出棧房。

頂著毒陽的頭千斤重，空肚子早已不叫了，癟癟的有一種快要折斷的感覺。太陽光很強烈，兩眼卻一陣陣冒黑星，有時要閉上老半天，才把黑星趕開。耳朵裡隱隱約約聽到鑼鼓聲，先是輕輕的，接著越來越大聲，彷彿動地而來。他驚愕著定一定神，什麼也沒有了。兩隻長腳邁不開步子，簡直拖不動了。他心裡明白，不能歇，歇下來就難起來了。可是兩腳軟綿綿的不聽使喚，高一步低一腳，像踩在雲端裡不踏實。費勁睜開眼皮往遠處望，蛤蟆山故意跟他搗蛋似的，他走前幾步，它後退幾步。遠得很，在天邊。

長腳來成了白日裡的遊魂，整個人像浮盪在空氣中。模糊中彷彿看到有個蔭涼的地方，腿一軟，不管了，連眼皮都不翻一下，就躺下來。到底睡了多久，他不清楚。他只覺得他還沒睡夠，眼皮壓住一刀肉掀不動。他不是睡夠了睡醒的，他是被一種沖鼻的惡臭味臭醒的。他從來沒有聞過這種臭味。臭茅坑、臭豬欄、臭水溝都不是這樣臭法。這是一種臭到腦門裡叫人連胃都翻出來的怪臭。他腳一縮坐起，離他兩三尺光景的地上，有一圈黑黑的東西，在他坐起那一霎，那團黑東西上，「嗡！」一聲轟起一大陣紅頭大糞蠅。他嚇了一跳，掙扎著站起來。一看，天！竟是一隻死狗，眼眶、鼻孔、嘴，爬滿了白色的大肥蛆，還有腹部的癩皮破了一個洞，腸子也淌出來了，堆擁著層層疊疊的蛆，做無盡止的拼命的蠕動。他拔腿就跑，跑了幾步又回頭看。這是什麼鬼地方？一個破小廟，一棵像霜降後落光葉子的枯樹。怎麼早上進城沒看到，他以為碰到鬼了，可是西斜的太陽，把他瘦長的影子清清楚楚地投擲在地上。他把頭上的斗笠扶正，吐了好幾口酸水。

老天不下雨，是劫數。現在，早稻完了，再晴下去，晚稻也無法下種，大荒年，除了穀倉裡有存糧的大戶，誰的日子都不好過。他怎麼忘了，豬欄裡還有一頭豬，不管多瘦，可是，老婆不願意，怎麼辦？想到老婆，想到豬，精神旺了點，終於他挨到半路亭。他驚訝得發愣。那龍王鑾轎就擱在路中央、轎頂也掀掉了。受難的龍王坐在沒遮沒攔的神座上，紅臉在夕陽斜照下發亮，真的冒汗。

長腳來不忍看，把頭轉開。田野空蕩蕩，連鬼影也沒有，也聽不到一聲兩聲鳥鳴蛙叫。田野睡昏了，睡死了。稻子只剩下枯黃稈，田埂上的野草在積壓的塵土下，透不出半絲綠。在這空蕩蕩死沈沈的田野裡，可憐的龍王，孤獨地頂著太陽呆坐著。他不忍，掀下頭上的破斗笠，戴到龍王頭上。

長腳來一回到家，把他老婆嚇了一大跳。因為他像殭屍般直挺挺的，臉上的黑皮蒙在骷髏上似的緊綳綳，只有眼睛還會動。她趕緊替他擦身體換衣服，讓他躺下，叫孩子替他打扇，自己忙端水餵他，弄了半天，他才有點活氣。

「怎麼樣？」她把孩子趕開，自己替他打扇。心裡儘管急死，口氣卻還溫和。

他搖搖頭。想坐起來，她把他按住。

「那裡不舒服？中暑了。」

還是搖搖頭。喉頭咕嚕了一下，「就是餓。煮點白米稀飯吃就會好。」

聲音雖低，孩子的耳朵可尖，聽說白米稀飯，就亂叫：「我也要！我也要！」

阿來嫂把孩子轟出去。停了半晌。

「米呢？蕃薯絲乾都光了。」

她很想罵他不中用，又看他進一趟城回來，只比死人多口氣，頭一低，拉衣角擦眼淚。

「再去借點嘛。」他求她。

「借，還向誰借？人家就有，也留著自己保命。」

他想到那長蛆的狗，突然感到全身一陣麻，有一天他餓死了，也會長蛆嗎？一噁心，酸水從胃裡直衝上來。

「大頭媽，怎麼辦？荒年餓死人是天命。前代就有過。」

她把頭低得很低，手指絞著衣角，跟自己說話一樣。

「一點辦法都沒有了？」

「沒有了。」他說，「除非去討。」

「虧你想得出！」她生氣了，「就算挨過去了，以後怎麼做人。」

「以後的事誰還管得了，只怕……」看看低頭的老婆，試探著說：「大頭媽，我們總不能坐著餓死，還把豬留著。」

「我就知道你要殺豬，那也頂不過旱荒。」

「吃幾天飽飯再說，死了也甘心。」

她沒前幾回那樣生氣，也不接腔。他以為她肯了，朝她看看，她的眼睛一眨不眨地盯著地面。突然，兩眼轉動，轉到他臉上，停住了，嘴唇動了一下，像有話要說，卻站起來走出房門。長腳來想，不管她肯不肯，明天就……賣給人家呢還是自己殺，還沒想定，她又走進來，手裡提著一隻舊苧布袋，沈甸甸摔在床上。他伸手去摸，一聲驚叫：

「米！那裡來的？」

「看你吃得下吃不下？」語氣很冷。

「吃得下，吃得下。」他坐起來，伸手解袋口。

「慢點動。」她按住丈夫的手。「你不問一問米是那裡來的？」

「那裡來的都一樣，只要是米，就能煮飯吃。」他把袋往前推，「趕快去煮，吃飽了再說。」

「你知道米是誰的，你還要吃，我就去煮。」

「你說嘛，向誰借的？」

「你做夢，這年頭誰還借米給我們。」她真的生氣了。「是那個劉媒婆，銅算盤叫她送來的。」

耳朵裡嗡一聲，放在米袋上的手不自覺地縮回來。看看老婆的臉，黃裡泛白，白裡透青。又看看米袋。

「你自己願意嗎？」他問她，她不響。又問：「你自己願意嗎？」

「你以為我不餓，孩子不餓，光你知道餓！」她把米袋推開。「米是早上摺進來的，我追都追不上，說是明天聽回話。」

「好，你去煮，明天她來，我對她說，算是借的好了。」

「這是人說的話嗎？」她一把把米袋拉過去，「你不願意，一粒米也不要動。」說完，拎起袋往外走。

「好人，好人！」他拉住袋求著，「不是我願意，大旱荒，有什麼辦法呢，這總比，總比……」

這天晚間，長腳來家滿是飯香，連最小的三毛肚皮快撐破了還叫添。飯吃飽了，精神就來。夜裡，長腳來不大安份，偷偷的輕輕的解老婆的褲帶。她也沒睡著，隨即「啪！」一下打在他手背上。「你幹什麼？」

「好久沒來了嘛。」

「你還幹得動，白天看你要死要死的樣子。」

「吃飽了就有力氣。來嘛，明天，你……」

「還說呢，一個男人租老婆了，還樂得起來。」

這話比三寸鐵釘更利，把長腳來死死釘在床上，開不得口，舉不得手。老婆不理他，管自己把褲帶繫緊，身體背過去。他一看大勢不能挽回，就自說自話：

「龍王都遭劫，窮人還鬥得過天吶！平常日子，我也沒叫你餓一頓。」

阿來嫂一聽，話倒是真的，他好吃，只要那天多載個把人或者多帶點貨，魚呀肉的總會拎點回來。

「阿來。」

「什麼？」

「豬好好餵，過一年我就回來，那時大了，可以賣大錢。我們總要有打算，存點錢，不能只顧今天，不管明天。」

人還沒去，就想回來，這也不是做夢嗎？

「你去了，就由不得你了。你不生一個，銅算盤不會放你的。」停了老一會，她冷冷地說：「我生一個就是了。」

「生一個？又不是雞。說下就下。」

「阿來。」

「哦。」

「你不要高興。」

「高興什麼，不餓死就好囉。」

「好，我對你說，我肚子裡又有了。」

「什麼？」他坐起來，「不騙我吧！」

太大聲，把三毛吵醒，哭了兩聲，又被阿來嫂拍睡著。

「叫你不要高興，不要高興，半夜三更，鬼叫，鬼叫。」

「好，不叫，不叫。」他把上身放倒，側著頭，把耳朵貼近老婆肚皮：

「你幹什麼？」

「聽聽，小傢伙動了沒有。」

「見你的鬼，還不到兩個月，動什麼。」

長腳來還是忍不住興奮，手掌輕輕撫摸老婆肚皮。「嗳，嗳，銅算盤一死，小傢伙一長大，那一天，我……」

「別做夢，生男生女還不知道，就算生男，長大了也不會認你的。」

「不認我，總認你吧！」

「阿來，不是我說你，你人睡在稻草堆，總想把腳伸進大奶奶的熱被窩，天下那有這等便宜的事。」

「想想有什麼關係。」

「不要想了，越想越不肯幹活了。這一年，你好好帶孩子，好好餵豬。」

這一夜長腳來沒睡著，拉扯了老婆幾次，被罵了幾次。最後她的火大了，他老實下來。可是腦子不聽話，胡亂想，像跑野馬，忽東忽西，想著想著，不知怎的，忽然想起在大太陽底下受罪的龍王。

「好，明天一大早，弄頂大斗笠給他戴，好心才有好報。」

註一　藥用植物。性寒味苦。根能治赤痢，葉可治爛瘡。

註二　溫帶水果。樹高約二丈，葉呈長橢圓形。果實成圓球狀，似荔枝略小，無殼無皮；表面有小珠粒突起，味酸甜。

註三　淡水魚類。無鱗，皮黃，頭大嘴扁闊，嘴邊有觸鬚成八字形，故名。

原刊民國六十五年《中國時報》人間副刊

第貳輯　評論

是可忍孰不可忍？所以，「外婆」雖然明知道把「門」堵死會遭到「外公」的反擊，但她還是不顧一切後果地實施「鐵腕政策」。「外婆」對「母親」說：「就算我死！就算我們家沒有一個人了，他們也別想我們的財產。」從語氣裡，我們可以體會到「外婆」內心的不滿、怨恨與痛苦。我們常用「白首偕老」來讚頌人家夫婦的恩愛，而「外公」與「外婆」卻是一對「白首偕老」的怨偶。人世間還有比這更令人痛苦，更令人難受的事嗎？但在那個時代，除了彼此怨毒終身，能有什麼辦法呢？

作者掌握了這個家庭不能調和的對立，以及無法避免的衝突，把每個人物投入其中，以他們自己的言談、態度、舉止、行動、性格，來創造性格突出的有血淚的生命。

第一個出場是「外公」，作者用最平常的回憶筆法，讓人物登場。而觸發回憶的是「外公」遺贈的「金魚缸」。由物聯想到人是很自然的；而且這個金魚缸除了具有「道具」的作用，在形式上，它是在一場尖銳的衝突下所出現的「折衝物」。在實質上，它更強烈地輻射出「外公」、「外婆」婚姻的不正常。因為，「外公」、「外婆」的婚姻如果美滿，「外公」就不會被迫處在孤立狀態，自然也用不到把鴿子當做「移情物」。如果「外公」、「外婆」的感情沒有惡化到「無話可說」的程度，也就用不到出嫁的女兒來擔當欲拒不能的苦差事了。

在作者筆下，「外公」、「外婆」的性格，形成強烈的對比。

「外公」是「陽剛」人物，我們沒有聽他說過一句話。——固然，「外公是一個啞子」，頂多是「發出獅子般的吼聲」。但是從這個短篇所描寫的整個情節來看，縱然他不是啞子，他又能說些什麼？說了又會有什麼用呢？他不說話，他的性格就完全由他的行動來表現。

每天早晨「在初升的朝陽下，脫下他的上衣，把那寬闊結實而又毛茸茸的胸膛，呈露在寒意頗濃的空氣裡。」他的功課是「練拳、擎石墩」。

他是一個行動帶風，生龍活虎般的人物。他有早起的習慣，他的「沈重的腳步聲，推窗開門的乒乓聲，以及他那虎虎有生氣的渾身勁兒，把一家人從睡夢中驚醒。」只要他一出現，我們似乎就能感受到他所發射出來的熱力。這是一個身軀龐大、精力充沛、性格剛直、脾氣暴躁的老人。

他應該是個強者，應該是個有「權威」的人。每次衝突中，他似乎聲威懾人：

「這一天，誰都不敢瞧外公一眼。平時不大好動的舅父，竟也難得的到田間看長工們做活去了。舅母帶著小表姐在房裡做針線。外婆戴起銅邊眼鏡，在核對舅父每天記載的帳目。」

在全家人暫避其鋒的情形下：「這麼大一座房子，靜悄悄，空蕩蕩只有外公一個人的吼聲，從這一間轟到那一間，四壁發出巨大而混濁的回聲。」

儘管「外公」的情緒如此激動，行動如此的具有威力，但他只是在泥水匠吃午飯的空檔時間，進行他的破壞活動。另一方面這個老人是個自制的人。正因為如此，每次衝突，退讓的總是他，失敗的總是他。甚至連他心愛的鴿子，都無法保護；甚至連親近「二房」姪孫的自由也沒有。

相對的，「外婆」是個「陰柔」女性的典型。她能寫能算，掌握著全家的經濟大權，我們從她「戴起銅邊眼鏡，在核對舅父每天記載的帳目」這一點看，不難體會到她在家庭裡的權力。因為「舅父」已是四十出頭的人了，他所記載的家庭收支帳目，還要經過「外婆」的核算，這件小事反映出來的意義卻不尋常。這一方面說明了軟弱、優柔寡斷的「舅父」雖然年已四十，但還沒有處理經濟事務的權力；另一方面也說明了「外婆」的獨攬大權。誰能控制錢包，誰就有發言權；「外婆」似乎深懂這個道理。

因為她握有經濟大權，自然成為家庭裡的「掌權人物」；兒子、媳婦、小孫女自然就站在她這一邊。

最為難的是「母親」。在「外公」、「外婆」的對立衝突中，她擔當的是「甘草」的任務，而內心卻滿含了「黃蓮」般的苦楚。精神上她是同情「外公」的，但她卻無法拒絕「外婆」一意孤行所交付的任務。本來，嫁出去的女兒潑出去的水，即使回娘家，也不過是客人身分。「外婆」選她當談判代表，讓她做擋箭牌，真可算是知人善任了。在全家人對「外公」採取孤立政策的情形下，請看「外公」與「母親」的關係（當然還有母親的附件——小外孫）：

「外公就是跟母親合得來，新年裡我跟母親到外公家拜年，第一個站在埠頭等的就是外公，大概他等得很久了，老遠看到船的影子，又跳又拍手，高興的不得了。」這是迎：真是望眼欲穿，手舞足蹈。

「母親來接我回去，說是祖母病了。外公流著眼送我們到埠頭，看我們上船。船開了，他還筆直站在那裡不動。」這是送：真是肝腸寸斷，欲哭無聲。

「母親」是個明理的人，她雖然也是「外婆」的好女兒，但她心中有一把秤，所以她同情「外公」。因此父女間自然有一種深厚的親情。「外婆」看準這一點，並且牢牢抓住，一有衝突，就請女兒回家，讓她站在第一線硬頂。

「外婆的決心就像鐵，她對母親說：『鴿子是不吉祥的東西，你聽牠一天到晚哭哭的叫，我已忍了好多年了，我一定要把牠統統趕掉。』」

「母親」同意嗎？不同意。「母親望著外婆堅決的乾癟的臉，老半天才說：『這樣爸爸會生氣的，他……會難過的。』」母親的話軟弱無力（但符合她的身分），當然不能動搖「外婆」的決心：「不管，一家人比他一個人要緊，我只是不願給二房的人笑話，所以要你來好解說給他聽。」

最後，「母親畏難的心理，在外婆的堅決態度下只好收拾起來，硬著頭皮對付暴躁如雷的外公。」結果，外婆勝利了。性格如鋼的「外公」，鎔化在「母親」的淚水中。

在另一個更大的衝突中，母親同樣的並不支持「外婆」把門堵死的措施，可是當事情鬧僵之後，全家人化整為零「各行其事」之後，這個「爛攤子」還得由「母親一個人拐著小腳在張羅」。

這一次的衝突，雙方都沒有讓步的可能，於是事情就鬧到不可收拾的地步。於是，山雨欲來風滿樓：

「外公的步子像擂鼓……」

「外公的腳步遠遠的敲了過來，停在門前，突然一聲大吼，把門擂得震天響……從來沒有看過外公這樣可怕，臉孔青紫色，扭曲著，兩眼通紅，毛茸茸的胸膛在燈光下顯得一團黑。他神經質地伸著兩隻粗壯的大手，咬著牙一步一步逼近牀前……。」

空氣凝結了，慘劇立即要發生了。「母親」嬰兒般的號哭聲，像一陣驟雨，適時地澆熄了「外公」爆發的火山。風雨雷電，一齊收場，彤雲漸散，轉為一天陰霾。這次衝突，「外公」又是徹底失敗了，他所獲得唯一的補償，只是「小外孫」暫時留在他的身邊。

在這個家庭中，對小外孫的疼愛，是唯一沒有爭議的事，所以「從此，我就住在外公家中。我成了菸袋，外公是旱菸筒，兩個人總是弔在一起。」

在這裡，作者很成功地用具體的「形象」，表達了祖孫間親密的關係。這個短篇，從頭到尾都籠罩在陰沈的氣氛中，讀者所感受到的只是一片灰黯、冷酷以及鉛一般的沈重。只有在祖孫的相處中，偶爾出現親情的閃光。

第一次是在強烈的衝突即將爆發之前。

「外公的感覺很靈敏，他似乎發現空氣裡有點不太對勁。他用烏黑發亮的眼珠掃視每一個人。母親在他面前低頭走過，他就一把把我抱起，用那硬板刷般鬍子刷過來；我早就提防這一著，忙用雙手把他的下巴頂住，兩腳打小鼓似的踢他的下身。糾纏了一會，他就把我放下，跨著大腳步，到處亂轉。」

這一段的描寫很樸實很細膩；在氣氛的製造上，很能收到外弛內張的烘托效果。

第二次在慘劇幸未發生之後，風停雨歇。

「母親把我一送，送到外公面前。外公的臉變了形狀，慢慢舒展開來。半晌，他用一個指頭抹去了我的眼淚，把我一把抱起。我馬上驚覺起來，兩手準備著；但這一次他沒有用鬍子刷我。」

「我」雖然「用手準備著」，「外公」卻沒有「用鬍子刷我」。這才能表現出「外公」前後不同的心理狀態。作者的用心，顯而易見。

最後，我要說一說，這個三千多字的短篇，氣氛的製造是成功的，人物的劃是突出的。它的缺點是篇幅太小（字數太少），似乎載不動太多的人物，裝不下複雜的內容。所以在結構上顯得有點鬆弛，對次要人物的描寫上有點粗疏，在情節推演上顯得凌亂；因此也表現了對故事的敷陳上，無法暢所欲言。

所以我說：「外公」是一個質勝於文的短篇。如果寫成一萬多字的短篇，可能會有較理想的成績。

本文曾刊於《中國語文》月刊

評〈父親〉

每次讀徐鍾佩的〈父親〉，心頭總感到有一種重壓。彷彿這位不見容於父母妻兒的寂寞者，面對著我，嘴角掛著悽然歉然的微笑。

憂傷使人蒼老，貧窮使人自卑，而寂寞孤獨卻往往使人失去活力。作者筆下的「父親」，就是一個失去活力的寂寞孤獨的人。可是他上有父母，中有妻子，下有兒女；論理這該是一個幸福的家庭，可是他有家等於無家，享受不到絲毫的家庭溫暖。

如果這位父親是個「浪子」，不務正業，甚至為非作歹，那麼即使有一天他閉上眼睛，永遠離開這個世界，也絕不會引起人人自責。而事實上在「他」臨終之際，「屋內哭聲震耳……滴滴都是懺悔之淚。」

一個家庭，夫妻失和的原因很多。在這裏，我們探討一下，為什麼「母親卻板起臉，擲還了父親對她全心的愛。」

有一次，孩子為同情父親而跟母親頂嘴，結果受了責備。平常不大教訓兒女的父親，這時卻對這個唯一親近他的孩子說：「下次你別再惹惱你母親，她持家已夠辛苦了……你母親生性好強，我卻一生無有煊赫功名。」

正因為做妻子的太能幹，太要強，越發顯得丈夫沒有煊赫功名的可恨。這個恨很單純，就是俗語所說的「恨鐵不成鋼」。

歷史上就有這樣的例子：

蘇秦者，東周雒陽人也。東師事於齊，而習之於鬼谷先生。出游數歲，大困而歸。兄弟嫂妹妻妾，竊笑之曰：「周人之俗，治產業，力工商，逐什一以為務。今子釋本而事口舌，困不宜乎？」

蘇秦為從約長，並相六國，北報趙王，諸侯各發使送之甚眾，疑（擬）於王者（意即可與王者相比）。蘇秦之昆弟妻嫂，側目不敢仰視，俯伏侍取食。蘇秦笑謂其嫂曰：

「何前倨而後恭也？」

嫂委蛇蒲服（即匍伏）以面掩地而謝曰：

「見季子位高多金也。」

蘇秦喟然嘆曰：

「此一人之身，富貴則親戚畏懼之，貧窮則輕易之，況眾人乎？………」同樣一個人，當他倒楣的時候，兄弟嫂妹妻妾都對他冷嘲熱諷；一旦身居廟堂，連家人都「委蛇蒲服以面掩地」。財富權勢之能令人「入迷」若此，真是沒有辦法的事。

現在，我們來談談作品中的人物。

作者寫作，創造人物，由於故事的推演而使之「活」起來，好像他就是生活在我們的周圍。而他的遭遇，他的喜怒哀樂，往往引起讀者的關切。

真有這個人嗎？真有這回事嗎？

現在我們讀〈父親〉，難免也會發生這樣的疑問：「作者的父親真的是這樣一個寂寞孤獨的人嗎？」

一般來說，作者筆下的人物，未必真有其人、確有其事，但也不見得完全是憑空揑造，嚮壁虛構。我們可以這樣說，作者筆下所寫的，是平日生活中的所見、所聞、所感；這些豐富的素材，在他內心久經醞釀，以後透過文字，重新加以處理、安排、組合、創造；於是，一個動人的故事呈現在讀者面前，一個令人難忘的人物由此而誕生。

「父親」的時代，學而優則仕的觀念，深入人心。讀書為求仕進，榮宗耀祖，封妻蔭子。再不然，熟讀詩書，深通翰墨，交接衙門，逞威鄉里，在地方上自成一種局面，為人所敬，為人所畏。可是文中這位做「父親」的，既無煊赫功名，又不能領袖鄉里，每日只是上茶樓酒肆，或三五成群「入局」消磨時光。怎不令人失望？怎不令人洩氣？於是夫妻之間，慢慢形成了一種「冷戰」局面。冷戰為母親所發動，父親卻只有逃避，只有自責，只有逆來順受。

另一方面，做母親的精明能幹，持家有道，教子有方。正因為如此，所以她對丈夫的無能，沒有出息，而表現了深惡痛絕、冷若冰霜、拒人於千里之外的態度。作者沒有正面寫到母親，而她在家庭中的權威，以及由她主動所造成的這個家庭的矛盾對立的氣氛，躍然紙上。

現在我們來看看，作者是如何使這個平凡的故事產生了感人的力量；如何創造一個令人難忘的人物。

文章一開頭，作者以最經濟的筆法，介紹「父親」的家庭環境，以及他在這個家庭中的處境。

這個家庭有祖父母、父親、母親、兒女。這是一個相當富裕的書香門第，年輕的兒女一輩，都離家接受新式的學校教育，而身為一家之長的「父親」，處境卻非常特殊：

父親逝世之前，「我聽見父母交談的話，不到一百句，我也沒見父親進過母親的房門，……但自我出生以來，母親卻板起臉，擲還了父親對她全心的愛。」

這種不正常關係的造成，是母親採取主動的。父親雖然處在被拒絕的境地，但卻「從來未聽他出過一次怨言，也沒有看見他掉過一滴眼淚。」

父母失和，做子女的最難自處。但是我們可以體會得到，文中的「我」比較傾向於父親：

「我相信父親至死愛母親的……父親必然曾為此傷心過……」這就很自然地鋪下了她跟父親之間較為親密的關係。這一點是關鍵，下文所發生的一切，都是由這個「關鍵」點上推演開來的。

母親對父親如此，而祖父母的態度呢？

「祖父母偏愛叔父，對父親常加申斥。」一個人已經子女成群，還常受父母的申斥，這是一種什麼滋味？而更甚的是：

「孩子們偏愛母親，對父親淡然置之。」

這就難怪作者要用「冰天雪地」四個字來形容父親的處境。而父親呢？「卻是笑口常開……把一生的哀怨，化成一臉寬恕姑息的笑。」

在這裏，作者很簡要地介紹了這個家庭不正常的情形，以及令人體味到一種不調和的生活氣氛。接下來作者以父親的行動，來表現他自己的情感、性格、心理狀態、思想意識。

一向軟弱的「父親」，不知道那裏來的「一股力量」，使他放棄了書香門第「大少爺式」的生活，「放下酒杯」、「推開牌桌」，站直起來，向現實生活環境挑戰，這是什麼力量在後邊推動的呢？作者年幼，自然無法了解，而讀者可以想像得到，這個優柔寡斷的「一家之長」，必然是經過長時的內心掙扎所採取的行動。於是從此他成為這個家庭的一名「長期客人」。

在這裏，作者很自然地但也十分技巧地表現了他跟父親之間的情感。

「……有時他回家時正當家裡開飯，我牽著父親的手拉他入座，他卻笑著搖搖頭：『我用過了。』」

這一段看似平常，但親子之情表現得非常生動，同時埋下了下文因同情父親而頂撞母親的伏筆。

父親離開家庭，在校膳宿，但他對子女的愛並未因此而有影響。像他這樣的「懶人」，竟也能在大熱暑天，頂著大太陽，跑遍全鎮，去買孩子們喜歡吃的零食。這份愛心，豈是尋常？

你看他在午餐桌前，揮著那把小圓桌大的芭蕉扇，使得全桌生風。而「入夜在後院納涼，我躺在他身旁，聽他講母親所謂的最不入耳的《山海經》」。

兒女圍桌進餐，做父親的揮動大扇子使全桌生風；夏夜繁星之下，為孩子說些荒唐的故事。這不是一幅令人羨慕的「天倫之樂」圖嗎？可是在孩子小睡醒來，父親卻在點燈籠。孩子揉著惺忪的雙眼，問他：

「你到那裏去？」（明知故問。不是故問，而是親子之情的自然流露。）

「我回去。」（有家住不得，是何滋味？）

而「父親」住處淒涼景象，更加濃了孤寂的氣氛與灰黯的色調。

「記得我第一次離家就學的那一天，清早去學校向父親辭行。他的學校還未開學，庭院寂寂，在空曠的宿舍裏，我看見父親孤零零的一張牀；他的同事都有家，全回去度假了。」

有家的同事，都回去度假了，而有家的「他」，卻仍然留在寂寂庭院、空曠冷落的宿舍。

父親這種「自虐」的生活方式，是不滿的表現？是反抗？不是。是以生活上的折磨，來減輕精神上的愧疚？是的，是如此。

你聽：

「拿著吧！你還是第一次用爸爸的錢。」

一個做父親的人，對子女如此說話，他的內心的愧疚該有多深。當他身患疾病，做妻子的對他仍然不假辭色，不理不睬，視同路人，做子女的深為父親不平，因此頂撞母親而遭受申斥。而父親如此勸解孩子：

「下次別再惹惱你母親，她持家已夠辛勞。」

「你母親生性要強，我卻一生無有煊赫功名。」

「如果有一天我死了，你切莫又為我和他們傷了和氣，我又幾曾盡過為夫為父之責。」

至此，作者很成功地塑造了一個自責、自虐、內心極度孤寂、而外表裝著若無其事的悲劇人物。

這個悲劇人物臨終時所說的話：

「你如孝我，不必厚葬我，各人求心之所安。」真是一字一淚，難怪引起了「人人自責」。而「求心之所安」，可以說是他的處世態度，所以他能把一生的哀怨，化成一臉寬恕姑息的笑。他搬離家庭，在校膳宿，所求無非是「心之所安」。而他的家人，在此生離死別之際，這才「人人自責」，「甚至母親對他」也表示「出奇的溫柔」，但為時已晚。他留給家人的，是永遠沒有機會補償的精神上的負疚。

儘管「屋內哭聲震耳」，儘管「滴滴都是懺悔之淚」，但那有什麼意義？因為人死不能復生，「一切都太遲了」。

最後我要說一說〈父親〉之所以令讀者感受頗深，不是由於故事的強烈衝突性；而是作者運用寫作技巧，在平凡的生活中，攝取最能表現「父親」的情感、性格、心理狀態的素材，再加以整理、安排、組合，描寫出一個令人難忘的人物，使讀者對他產生了如見其人，如聞其聲，見其喜則喜，見其憂則憂的「共鳴」作用。

本文曾刊於《中國語文》月刊

評李昂的兩個短篇

從〈昨夜〉到〈暮春〉

〈昨夜〉是個一萬多字的短篇小說。

春日下午六時，年輕的小姐何芳，去赴一個「剛離婚的男人」杜決明的約。在約會地方，正好遇上兩個人都認識的朋友。這個朋友說他「有事要趕到宜蘭，隔天清晨還得到南方澳接漁船。」經過磋商，何芳跟杜決明放棄了原先計劃聽演奏會的節目，跟這位朋友「去看看」。於是，朋友坐摩托車，何芳跟杜決明坐計程車，約定「十點半後三人到宜蘭中廣電台前見面。」

到了宜蘭，左等右等，朋友還不來。在等人這段時間裡，杜決明談到他的婚姻失敗的經過。到了十二點半，這個朋友還沒來。兩人就進小吃店吃「宜蘭特有的大頭蝦」，喝酒。再坐計程車開往蘇澳，半路在羅東停車，開旅館。接著一場近千字的描寫得淋漓盡致的「床戲」。

第二天兩人坐計程車到南方澳逛魚市場，回程在宜蘭與那個朋友相遇。朋友怪他們說：「你們怎麼可以失約，害我在宜蘭白等了好幾個小時。」雙方說不清楚，「只有匆匆約好回台北再說。」

以上是這個一萬多字的小說情節。如果我們把何芳跟杜決明開房間「做愛」這一段抽掉，不知道〈昨夜〉會成為怎麼樣的一個小說。

儘管如此，細心的讀者，一定可以看出作者具有相當的創作潛力與寫作才能。他用了兩千多字來描寫「雨夜宜蘭行」，寫雨、寫霧、寫山路、寫燈光，所造成的意象、氣氛，給讀者相當強的鮮明感與震撼力。

「……兩旁盡是山壁與高大樹木，更魔術般地在片刻間全黑黯下來，彷彿舞台上可以控制的夜色燈光，一需要，即襲掩著大片趕來。」

「不知何時起霧，一知覺，已迷滿車身四周，黑暗中只見一片濛灰煙氣，黑樸樸一團，只有車燈照亮下是飄浮的濃白質點，迅速往車身兩旁閃過去……」

「隔著為雨水濡濕的窗玻璃，那燈火隨水漬扭曲變形，只交雜成一片橙黃色澤繽紛的閃光……」

如果這是篇散文，我會毫不吝嗇地鼓掌讚賞。但當我看到「魚市場」的粗粗幾筆勾勒，更為作者的文字所造成的鮮明形象所吸引：「各處都有工人以鐵鈎拖拉一條條大魚，凝紅色血隨魚過去留下一條血帶，邊緣並逐漸成鋸齒狀擴散開來，經工人穿著的長筒塑膠雨鞋踏著，朝前走，地面印著濃血痕，再一走，那血色稀淡了，痕跡也模糊不確，彷若一場驚天動地的廝殺，過後就這般無聲無息消逝。」

我如此一再地引用原文，旨在說明我對作者寫作才能的激賞，出於至誠，因為有「文」為證。

但是，我個人還是認為〈昨夜〉是失敗的。因為這個小說所要表達的，應該不「止於」山區雨夜行車的描寫，或魚市場的形形色色。這一切都應該是為一個較有「深度」的問題而存在。那是什麼問題呢？可能有二：

一、現代人的婚姻問題（這是一個具有敏感性的時代意識問題）。當杜決明提到他的婚姻「觸礁」時，何芳說：

「有件事情我始終不能明白。夫妻生活中，彼此間相互的瞭解真這麼重要？」

杜決明說：「在我來說並不……但對她也許是很重要的。」

何芳說：「當然重要，你以為這些去結婚的女人要什麼？你實在該為這次離婚負責。」

以上是〈昨夜〉所接觸到的唯一「嚴肅性」（所謂嚴肅性，並不一定擺起臉來說教）的問題，但僅是「淺嘗輒止」。無論質或量，它都無法成為這個一萬多字小說的「核心要素」。

二、現代青年男女的性觀念與性態度。這也是個靈敏度極高的具有時代「特色」的嚴肅問題。但可惜，讀者所看到的只是一場「精彩」的「床戲」而已。

這有一比。好比我們吃名廚的招牌菜——大排翅，端出的是大大一盤，香味隨空氣擴散，引人食指大動。但當你用筷子夾起來，卻是筍片肉絲，味道雖然還算不錯，食客豈能滿足。於是用杓子去撈，結果撈起來的僅是鼠鬚那樣稀稀的幾根「翅」。

現在我們來談談「昨夜」中的人物。

人物有三個。何芳、杜決明，以及他們的朋友。但嚴格說來，這個沒有姓名的「朋友」，只是個「龍套」。他的出場，不是為了他自身的存在，他是為了何芳跟杜決明到羅東「做愛」而服務的。如果說，〈昨夜〉的故事是沿著一條「線」發展的，那麼這個「朋友」只是這條「線」的兩端的「點」。沒有兩端的「點」，「線」就發展不起來。那麼〈昨夜〉就要更場換景，另起「爐灶」。所以這個「朋友」，他是為他人而「活」的「死人」。

而跟何芳演對手戲的杜泱明，也很令人失望。他是個「平面人」。缺乏實質，是個虛飄飄的人物。作者雖然相當努力地去塑造，結果並沒有成功：

一、當他們在約會地點見面時，杜泱明看看她，沒有表情的回答：「真是好久了。」

二、「杜泱明並不輕易開口。」

三、何芳想去南方澳玩玩，跟杜泱明說：「我們跟他去看看。」「杜泱明未曾作答」，對他朋友說：「那你載我，我和你一道去。」（那是怎麼樣的一個人，約何芳出來，卻又想甩她）

四、「她一向知道他不很善說話。」

五、他太有學問了，「只顧自己的研究」，「而他的妻子卻看不懂那些書」。所以他的妻子在他面前有「自卑感」。（這些）「自說自話」，也無法造成具體的形象。

他有什麼魔力，電話一打，何芳的「服務就來」——由於他的「沉默」？他的「學問」？或者其他什麼的？都不是。那麼這個「離過婚的男人」會使何芳著迷的是什麼呢？勉強說，是他的「閃變的眼神」、「眼中另種神彩」。這使人很快聯想到電視上常唱的一首歌：「我可以不知道，你的名和姓，我不能不看見，你的大眼睛」。哈，就是這麼回事。

至於〈昨夜〉的結構，「脫榫」得太厲害。請看何芳跟杜決明的關係：

「上明星（約會地點）二樓，何芳不怎麼困難就認出他，雖然只見過一次（請注意「一次」二字），總留著概略輪廓和實人一印證，也即刻契合起來。」

當朋友問起是否很熟悉。「只見過一次。」杜決明回答。

「是有人請客，總共談三兩句話。」何芳補充說。

在此之前，何芳跟杜決明僅有一面之雅，應是很確定的事。可是兩人坐計程車夜往宜蘭途中，「他（杜決明）說他前些時候整理東西，發現她還有兩本書在他那裡。」這不是說明兩人絕不止於「只見過一次面」嗎？你也可以這樣解釋：「由朋友處轉借不可能嗎？」好，我只得再引一段：

「她原微恨於他，每有他在場（請注意每字），她得準備迎承他那般閃變的眼神，常在不安中（請注意常字）說錯話。」

這種「前言」不對「後語」的疏忽，是太不應該的。這不能用「編輯催稿火急」做藉口。因為一個從事寫作的人，他的對象不是編輯，而是廣大的讀者群。

接著我要談一談「性愛」在文學作品中應不應該「出現」的問題。選幾個大家所熟知的例子：《包法利夫人》、《紅與黑》，甚至等而下之的《畢業生》，對於這個問題，都有很露骨的刻劃，但並不是「止於至『性』。」黃春明的《看海的日子》、白先勇的《玉卿嫂》對這個問題也曾有正面的描寫，但也並不「止於至『性』」。所以這個問題是要看作者的寫作態度以及筆鋒所指向的標的而定。可是〈昨夜〉除了給讀者看一場「床戲」之外，還能剩下些什麼呢？

當然，我這樣說似乎重了點。但當我讀了〈暮春〉，我想把這個「結論」移用過去，一定更為合適。

〈暮春〉的人物只有兩個。一個是年輕的小姐唐可言，一個是她哥哥的朋友李季。唐可言對李季的認識「僅自哥哥偶爾的談論，對李季的聰明，他被埋於工作中的惋惜，他處事上的不在乎，以及唐可言自身見過他幾次，除此可說毫無所知。」僅是如此而已。

故事就是從「如此而已」的基礎上發展開來的；

「唐可言到南部僻小鄉鎮的少年感化院工作，去會談的途中，而李季則為接洽一項事務，並受唐可言哥哥的託付順道照顧她。」

作者作了這樣的安排，就讓兩個人在小鄉鎮的旅館裡演出一場「床戲」。讀者所看到的不僅是「實況錄影」，同時透過文字，或可以觸覺到唐可言「初夜」生理上的感受。既然有了「開始」，「繼續」自是順理成章的事。

於是，這個一萬多字的短篇，就展現了一場又一場的「床戲」。只是「在不同的地方」。從南部僻遠小鄉鎮的簡陋旅館，轉到李季的「工作室」。為了「常在一個地方做愛很沒有意思」，「李季會帶著繞行些較清寂的街道」，找那些「總是較僻冷路上顯然賴「休息」維持的小旅館」。從此，「兩個人在一起，離不開的仍是床」。由於次數多了，而原先那種「令唐可言感到齷齪」、「感覺得不僅是被侮辱，更是對整個事情的厭惡」的心理慢慢消失。繼而膽子越來越大，而能抬起頭來仔細觀察四周環境。在這裡，作者有如「親臨其地」的逼真描述：

「倒是座落這都市的大小旅館，皆有著它們的竅門，有的得隨服務人員走入另扇標掛『員工休息室』的側門，行經一段簡陋走廊，才又是另個櫃台，另番春情。」

「站到櫃台前，等著給鑰匙，原還有些作賤自己的樂趣，習慣於服務人員漠然神色，亦沒有什麼好玩了。」

終於唐可言肆無忌憚地「隨同李季到過一家家旅館，沒有什麼感受，跟在李季身後走入大門，甚且亦不必回顧是否恰巧有熟人路經。」

唐可言與李季的「做愛」，雖然一次次不停地轉換陣地，但「陌生不同的環境未曾給唐可言多少新奇。」

有一天，「李季要她去他家裡」，「一個李季家人不在的下午，他等著她，帶她約略四處看看，到他房裡，他即準備著要她。」這一回花樣翻新，用唱片伴奏，終於使唐可言達到了不可言狀的境界。

〈暮春〉除了上述的主戲，還有同性戀，以及集體作愛的副戲。作者用了六百多字來描述惡形惡狀的集體作愛，可以說是這個小說的另一特色。

在這個除了床就幾乎一無所有的短篇中，我必須指出一點，那就是唐可言對自身生理是否有缺陷的疑慮所引起的心理狀態，如果以此做為〈暮春〉離不開床的寫作基礎，那是「千斤撥四兩」，是不必要的，而且是不能成立的。

如果把〈昨夜〉跟〈暮春〉做個比較，就不難發現幾個問題：

一、〈昨夜〉的杜決明，跟〈暮春〉的李季，除了名字不同，找不出兩人精神面貌上有何差異。作者用的雖是「全知觀點」，但並未進入兩人的內心。所以杜決明和李季的心理反應、思維活動、甚至「做愛」時的感受，自始至終永遠停留在休止狀態，因而缺少生命。不過，李季比杜決明更赤裸地表現了「陽性的動物」的特質。

二、〈昨夜〉的何芳和〈暮春〉的唐可這，跟沒有婚姻關係的男人做愛，視為「家常便飯」的觀念，毫無二致。不過，唐可言在性行為上，能達到參與「集體做愛」而不羞澀畏縮，則超越了何芳。

三、作者的社會觀、寫作意識在〈昨夜〉和〈暮春〉中是一致的。只是後者更為積極地發展，並把〈昨夜〉中的「肉絲、筍片」一概揚棄，而將全部力量集中在「床」上。

總之〈暮春〉比〈昨夜〉更蒼白、更貧乏、更病態；同時還不時地發散「腐餿」的氣味。

至此，我深為作者未能善用她的寫作才能而惋惜。

民國六十四年三月七——八日刊於

《中華日報》副刊。

註：〈昨夜〉刊於《當代中國小說大展》第二輯（時報出版公司出版），〈暮春〉刊於《中外文學》雜誌。

評　白先勇《台北人》的〈冬夜〉

兩個在北平一別二十年的老友，於淒風苦雨的冬夜在台北重逢。白雲蒼狗，往事依稀，各有一番辛酸在心頭。過去，他倆都曾雄姿英發，意氣昂揚。為了愛國，一個打著光腳，爬進段祺瑞的外交總長曹汝霖的住宅放火；一個扛大旗在大街遊行，跟警察打架。現在，一個牛山濯濯，雖近古稀之年，仍想賈其餘勇，出國教學，以解窮困；一個白髮銀絲，雖已揚名國際，卻也倦鳥知還，一心想葉落歸根。

〈冬夜〉的結構，就是建立在對比的基礎上的。

另一方面，對比也可說是〈冬夜〉的軸心，作者以今昔之比、兩代之比、中西之比、人際之比、自我之比作多面輻射。時間上溯「五四」，空間遠及太平洋的彼岸。於是，展現在讀者面前的是半個世紀來的世事縮影。

先上場的是老教授余嶔磊。

他是個因腿病而行動不便的老人，卻穿著一雙木拖鞋，因為天雨，地面積水盈寸。他打著一把破紙傘，雨絲穿過破洞，落在他的禿頭上。他雖然穿了一件又厚又重的舊棉袍，竟也抵不住巷口砭骨的冬夜寒風。他出來幹什麼？在這陰雨寒冷的冬夜。他是到巷口等人的。因為闊別了二十年的老友要來看他。

老友是誰？是歸國學人，國際知名的歷史學權威吳柱國。對他的描述，作者透過新聞報導，以及余嶔磊在機場擠在人群中時的眼中所見。

報紙這樣報導：

我旅美學人，國際歷史權威，吳柱國教授，昨在中央研究院，作學術演講，與會學者名流共百餘人。

在余嶔磊的眼中：

那天（下飛機時）吳柱國穿一件黑呢大衣，戴著一副銀絲邊的眼鏡，一頭頭髮白得雪亮了；他手上持著煙斗，從容不迫應對那些記者的訪問。他那份恂恂儒雅，那份令人肅然起敬的學者風範，好像隨著歲月，變得愈更醇厚了一般。

這兩位老友，二十年前在北平的大學教書，同有「二十年不做官」的理想。二十年來，因世局的激變，一個在美國大學開「唐代政治制度」，一個在國內大學教「拜崙」。環境不同，境遇各異，因而無論在外型上、衣飾上、生活體驗、思想意識上都呈現出強烈的對比。

余欽磊具有典型中國知識份子的特性，不善奉迎，也鄙視逢迎。他到機場，並不是錦上添花，實由於他跟吳柱國之間的深厚友誼與彼此相知之深。關於這一點，作者在吳柱國夜訪余欽磊時，有極自然、極技巧的勾勒。

余教授將自己的那隻保暖杯拿了出來，泡了一杯龍井擱在吳柱國面前，他還記得吳柱國是不喝紅茶的。

當余教授在吳柱國坐落時，笑著說：

你再住下去，恐怕你的胃病又要吃翻了呢。

二十年了，除了家人，除了知己，有誰能記得一個人的愛好跟他的健康情形呢。作者為了塑造余嶔磊的性格，在他跟吳柱國敘舊時，有以下一段對話。吳柱國對余嶔磊說：

「……邵子奇告訴我，他也有好幾年沒見到你了。你們兩人——」

余嶔磊輕輕嘆氣，說：「他正在做官，又是個忙人。我們見了面，也沒有什麼話說。我又不會講虛套，何況對他呢？所以還是不見面的好。……」

言為心聲。余嶔磊的既窮又硬的性格，不是矯情，而是真情；不是殊相，而是多數中國知識份子的共相。在這裡，作者以他犀利的筆鋒「鞭」了學而優則仕的邵子奇。邵子奇也是二十年前在北平大學教書的老友，也是當年「二十年不做官」的同志。可是今天，他在官場得意，似乎未忘舊情，對揚名國際的老友吳柱國，以盛筵為他洗塵。而另一方面，卻對同在台北的另一老友賈宜生教授的貧死，竟連探病、弔唁都惜步如金。

關於這一點，我對歐陽子先生在〈白先勇的小說世界〉中所討論有關邵子奇部份，有不同的看法。歐陽子說：

> 另一類是「斬斷過去」的人。例如〈冬夜〉中的邵子奇……不像朱青〈一把青〉那樣，由於回顧過於痛苦。卻是因為他（們）的理性，促使他（們）全面接受現實，並為了加速腳步，趕上時代，毫不顧惜完全丟去了「傳統之包袱」。
>
> ……也可以說，白先勇的「頭腦」贊成他（們）的作風。

讀書人出仕，為實現他的理想而兼善天下，自來不乏先例。在〈冬夜〉裡，邵子奇沒有出場，只是在余嶔磊跟吳柱國敘舊時談到他。談的是邵子奇替吳柱國接風，以及余嶔磊對他的觀感。讀者在〈冬夜〉裡實在看不出邵子奇為了「加速腳步，趕上時代」因而丟棄「傳統之包袱」的依據在那裡。至於「白先勇的頭腦贊成他（們）的作風」，更是缺乏「理性」的推論基礎。

〈冬夜〉故事的發展，有一個相當重要的關鍵。這關鍵彷佛一根「緯線」，把幾根主要而不相涉的「對比」的輻射線串連起來。只是作者以極藝術的手法把它溶入，而不留痕跡。這關鍵（緯線）就是余嶔磊老教授的「腿病」。

那晚余教授在巷口一時等不到他的老友，又冷，腿又疼，無法久站，所以「佇立」了片刻，終於又踅回他巷子裡的家中去。他的右腿跛瘸，穿著木屐，走一步，拐一下，十分蹣跚。」這個特寫鏡頭十分醒目，給人留下深刻的印象。有了這「腿病」，下文就很自然地把余教授現在的妻子牽引出場……

每逢這種陰濕天，他（余嶔磊）那隻撞傷過的右腿，便隱隱作痛起來。下午太太到隔壁蕭教授家去打牌以前，還囑咐過他：「別忘了，把于善堂那張膏藥貼起來。」

她說完，就逕自往隔壁去打牌。可是這天晚上就是闊別二十年的老友特地來看他的。所以余教授要求他的太太：「晚上早點回來好嗎？吳柱國要來。」你聽這位教授太太的口氣：「吳柱國有什麼不得了？你一個人陪他還不夠嗎？」除了她的「音」，作者還借余嶔磊的眼介紹了她的「容」：

他目送他太太那肥胖碩大的背影，突然起了無可奈何的惆悵。

在如此龐然的「形象」下，老病的余教授，的確是乾綱難振的。同時他太太的賭本，並不是他「黑板上來」，而她「白板上去」的。他太太的麻將功夫段數甚高，那是十賭九贏的。她有的是私房錢。誰掌握經濟，誰就有發言權。你聽她怎麼說的？「別搗蛋，老頭子，我去贏百把塊錢，買隻雞燉給你吃。」這叫一生教「拜崙」的老教授，除了「無可奈何」之外，還能怎樣呢？如果能，那也只是精神上的，那就是無盡地思念他的前妻：

要是雅馨還在，晚上她一定會親自下廚去做出一桌吳柱國要吃的菜來，替他接風。那次在北平替吳柱國送行，吳柱國吃得酒酣耳熱，對雅馨說：「雅馨，明年回國再來吃你的掛爐燒鴨。」

雅馨是五四時代的新青年，是北平女師大的校花。他們是在參加愛國運動中認識的。那年余嶔磊二十歲，他認識雅馨的。那次他們在北海公園，雅馨剛剪掉辮子，一頭秀髮讓風吹得飛了起來，她穿一條深藍色的學生裙站在北海邊，裙子飄飄的，西天的晚霞，把一湖水照得火燒一般，把她的臉也染紅了。

而難得的是，這個走在時代先端的新女性，還會做一手好菜，讓吳柱國吃得還想「明年回國」再吃她的拿手菜。往事如煙，而現在的這位太太呢，竟連整理客廳，都不辨稻稗地把他「夾在牛津版的拜崙詩集中，一疊筆記弄丟——那些筆記，是他二十年前，在北大教書時記下來的心得。」同時對闊別二十年老友的來訪，她都不願少打一場麻將在家招呼。所以他只有歉然地對吳柱國說：「真是的，你回來一趟，連便飯也沒接你來吃，我現在的太太——」唉，新人不如舊人賢。余嶔磊老境的悽涼孤寂，又能向誰傾吐。

以上是從「腿病」所引發的連鎖反應。

余教授接待老友，坐久了，他的右腿「愈來愈僵硬，一陣陣痲痛」，不自覺地用手去搓揉。於是引起老友的注意。吳柱國關切地問：「你的腿好像傷得不輕呢。」談到腿傷，自然涉及治療。余嶔磊感慨萬千地說：

我在台大醫院治了五個月，他們又給我開刀，又給我電療，東搞西搞，愈搞

> 愈糟，索性癱瘓了。
>
> 我太太不顧我反對，不知那裡弄了個針灸郎中來，戳了幾下，居然能下地走動了！

當然，作者在這個短篇裡無意藉此探討中國的醫藥問題。但是余嶔磊的話意味深長：

> 我們中國人的毛病，也特別古怪些，有時候，洋法子未必奏效，還得弄帖土藥方來治一治。

如果把「中國人」換成「中國」，「洋法子」換成「西化」，那麼西化不能治中國之病，不是很合邏輯的暗喻嗎？

這是從腿病所引發的另一問題。

腿病起因是被摩托車所撞。那是余嶔磊千難萬難請到哈佛的研究獎金，去美國領事舘辦簽證出來，被「一個台大學生騎著一輛機器腳踏車過來，一撞，便把我的腿撞斷了。」一有了這一撞所造成的腿傷，作者就毫不留情地以解剖刀似的鋒利的筆，揭露了人性深處的自私與卑劣，但作者並未大張撻伐，他只是以悲憫的心懷處理這個深沉的問題。

余嶔磊腿傷住院五個月，結果哈佛的獎金取消了。如果他早點宣布放棄這個獎金，那麼他的另一個老友賈宜生（也是「二十年不做官」的同志）教授，就有機會得到，就有機會逃過貧窮與死亡。所以余嶔磊以極愧疚的心情向老友懺悔：

賈宜生也申請了的，所以他的去世，我特別難過，覺得對不起他。要是他得到那筆獎金，到美國去，也許就不會死。

這是從「腿病」所引發的另一值得深思的問題。

現在，我們來看看作者如何透過余嶔磊跟吳柱國，映現留在國內的教授與揚名國際的歸國學人的心理狀態。余嶔磊說：

「柱國，這些年，我並沒有你想像那樣，我並沒有想守住崗位，這些年，我一直在設法出國——

「柱國，有一件事，我一直不好意思開口——

「你可不可以替我推薦一下，美國有什麼大學要請人教書，我還想出去教一兩年。」

這是愛財如命嗎？這是為物質享受嗎？這是為走「終南捷徑」嗎？不是的，絕不是！這是為了償還培植子女出國深造所負的債務。試想，一個一生在大學教書的教授，為了培植自己的子女求學而負債，不得已希望賈其古稀之年的餘勇，你能忍心責備他嗎？而另一方面，揚名國際，在美國大學教書的吳柱國的心情呢？

「你不知道，嶔磊，我在國外，一想到你和賈宜生，就不禁覺得內疚。生活那麼清苦，你們還能在國內守在教育的崗位上，教導我們自己的青年。——「嶔磊，你真不容易。」

正因為吳柱國有這一份知識份子的內省，所以他在舊金山開「史學會」席上，聽了一個哈佛剛畢業的美國學生，大言炎炎地在他宣讀的論文中，完全否定了中國五四運動的歷史意義時，做為一個中國的歷史學家，一個當年曾親自參加五四運動的知識份子，竟也隱忍著不敢抬頭反駁，因為：

「我在國外，做了幾十年的逃兵，在那種場合，還有什麼臉面挺身出來，為『五四』講話呢？」

所以他在國外不開近代史，只教祖宗光榮的業蹟：「李唐王朝，造就了當時世界上最強，文化最燦爛的大帝國。」所以他倦鳥知還，希望葉落歸根。權力容易使人墮落，名利則易禁錮人的心靈。當我們看到貧病的老教授，送別揚名國際的歸國學人的情景，不禁興起雨夜冷巷與君同行的無盡感觸。

當余歆磊撐起破紙傘送吳柱國出門時，吳柱國說：「不要送了，你走路又不方便。」

「你沒戴帽子，我送你一程。」余教授將他那把破紙傘遮住吳柱國的頭頂，一隻手攬在他的肩上，兩個人向巷口走出去。巷子裡一片漆黑，雨點無邊無盡地飄灑著。余教授和吳柱國兩人依在一起，踏著巷子裡的積水，一步一步，遲緩，蹣跚，蹭蹬著……」

這是白先勇用文字畫的「風雨冬夜送故人」的淡黑水畫。如果我們有較深的生活體驗，那麼〈冬夜〉結束時的場景，可能會勾起難以排遣的莫名的感受。那是余嶔磊送走吳柱國，回到客廳：

……隨便拾起一本《柳湖俠隱記》來，又坐到沙發上去。在昏黯燈光下，他翻了兩頁，眼睛便合上了，頭垂下去，開始一點一點的，打起盹來。朦朧中，他聽到隔壁隱隱傳來洗牌的聲音及女人的笑語。

台北的冬夜愈來愈深了，窗外的冷雨，卻仍舊綿綿不絕的下著。

這樣的結束，在氣氛的釀造上，在落寞的知識份子的心理烘托上，達到天地悠悠的境界。與〈冬夜〉開始時的冷雨、積水、木屐、破傘，產生了強烈的呼應。這是一張極為綿密的網，把讀者籠罩在冷雨冬夜的陰沉氣壓之中。但作者並不光是感喟悼嘆，他也曾用他的筆偶一輕撥濃霧，透露一絲陽光。那是余嶔磊看到他兒子房中的燈光仍然亮著。俊彥坐在窗前，低著頭在看書。他那年輕英爽的側影，映在窗框裡，余教授微微吃驚，他好像驟然又看到了自己年輕時的影子一般，他已經逐漸忘懷他年輕時候的模樣了。

這是年輕的一代，希望的一代。不是嬉皮大麻，不是熱門搖滾，而是窗前、燈下、低首、讀書。

一個好小說，猶如一顆鑽石，從不同的面輻射出斑爛的光彩，欣賞者站在不同的角度，所感受的光彩也不一樣。〈冬夜〉是個深具內涵的多面性的短篇小說，是個經得起推敲、琢磨的作品。

原載民國六十五年四月一日出版的
《中外文學》第四卷第十一期

細說〈留情〉

兼評〈從「留情」看張愛玲的傳統思想〉

〈留情〉是張愛玲《傳奇》中的一個短篇小說。唐吉松先生在〈從「留情」看張愛玲的傳統觀念〉的一篇評論中，認為隱藏在〈留情〉文字背後而作者所欲表達的「思想、觀念」是：反對西化、擁護傳統。

在這個認定上，唐先先不厭其詳地引喻取譬，建立立論的基礎，而後再以他所建立的論斷，反求諸事實。也就是穿過錯綜複雜的層面現象，來推求事物的本質，再以本質，印證現象。

〈留情〉雖僅是一萬多字的短篇小說，但意象繁複。唐先生用剝繭抽絲之法，由繁返簡，歸納出三條殊途同歸的線索：

一、米品堯（〈留情〉男主角）是留學生，但並不盲目崇洋。他所喜愛的是象徵中國傳統文化的「紫檀面的碑帖……青玉印色盒子冰筒筆紋、水盂、銅匙子。」

二、米品堯第一次結婚，「十分西方地」，失敗了。第二次跟淳于敦鳳結婚，「很東方的」，成功了。

三、敦鳳的親戚楊家，暗喻西化，結果漸趨衰微。

唐先生表達論斷的文字相當委婉，而態度堅決。他說：「……至此，較為敏感的朋友必然窺出〈留情〉的創作動機，或許正在於這周遭的現實的啟示。也就是希望激進西化的人物，不要過份低估傳統文化，否則就有可能像楊家那樣由激進而轉為衰敗！至於題目『留情』，也許正是意在呼籲西化朋友，對優良的傳統文化應該稍為留情。」

唐先生對〈留情〉如此破題，的確可以顯示出寫作態度的嚴肅與用心之苦。問題是在唐先生用以建立論斷的各種意象，是否載得動傳統的「道」呢？這裡，我引一段張愛玲在〈自己的文章〉裡的一段話。她說：我「不喜歡直取善與惡，靈與肉的斬釘截鐵的衝突那種古典的寫法，所以我的作品有時主題欠分明。但我以為，文學的主題論或都可以改進一下。寫小說應當是個故事，讓故事自身去說明，比擬了主題去編故事要好些。」凡是用心讀整本《傳奇》的讀者，我相信可以得到印證，作者確是依據自己的寫作理論去創作她的小說的。而唐先生以左手推開「讓故事自身去說明」的各種意象，用右手去發掘「斬釘截鐵」的「主題」，於是犯了一般以主觀願望羅織事實強求結論者所常犯的錯誤。

那麼〈留情〉所要表達的到底是什麼？現在，我以不同於唐先生的觀點，試加「細說」。

〈留情〉是寫男的（米晶堯）停妻再娶，女的（淳于敦鳳）夫死再嫁的一對夫婦半日中的「生活的橫斷面」。作者用極細緻的文字、極傳神的筆法、極熟練的技巧，透過日常瑣事，把作品中人物的意欲、糾葛，以及各人的心理狀態，很鮮活地呈現在讀者面前。

米晶堯結過兩次婚。第一次在外國跟一位女同學結婚。唐先生用「十分西方地」加以強調。當然，這次婚姻，徹底失敗。米晶堯停妻再娶敦鳳，唐先生用「很東方的」來標榜。「由於有此（指第一次十分西方地結婚）前鑑，後來娶敦鳳，就很東方的先打聽好，計劃好，才娶到一個通常只用向她說『對不起』和『謝謝你』的敦鳳，也才使得他的晚年可以享一點清福艷福抵償以往的不順心。」

唐先生用「十分西方地」和「很東方的」來表示米晶堯兩次婚姻的成敗，意在暗喻「西化」和「傳統」十分明顯。接著唐先生寫敦鳳「對前夫有情，待米晶堯有義，並且為了沒有接受西方教育，因此對盲目崇洋的表嫂——楊太太的浪漫行為，視為下流。」楊太太夠不夠格做為盲目崇洋（西化）人物的代表，她的恬不知恥的言行能不能美其名曰浪漫，暫且按下。先來看看米晶堯「很東方的」娶敦鳳是一種什麼樣的婚姻，以及他所享受的是怎麼樣的清福艷福。

米晶堯跟敦鳳的婚姻是「不合法的」。說穿了，敦鳳只是米晶堯的姨太太。他娶敦鳳跟一般有錢人另築香巢，大蓋「違章建築」沒有兩樣。他們結合頭尾也有兩年了，米晶堯還沒跟敦鳳娘家的人見過面。「因為，他前頭的太太還在，不大好稱呼。」

不過，敦鳳不同於一般「二號」，她嫁給米晶堯，心理上有「老少配」、「紅顏白髮」（米晶堯五十九歲，她三十六歲）的委屈之感。同時，她挾家世（娘家是上海數一數二的大商家）的餘風，前幾年也是大美人的優越條件，所以她十分罩得住米晶堯。而他們的香居，也就堂而皇之掛起「結婚證書」來。

用客廳掛結婚證書，來點出他倆婚姻的不正常，是張愛玲寫作技巧的神來之筆，也可以說是「一絕」。這在米晶堯和敦鳳雙方的心理糾葛上，建立起堅強的基礎。所以作者在〈留情〉一開始不久，就用力地描寫：「結婚證書是有的，配了框子掛在牆上，上角凸出了玫瑰翅膀的小天使，牽著泥金黑帶，下面一灣淡青的水，浮著兩雙五彩的鴨子（鴛鴦）。」證書內容是兩人的姓名、籍貫、年齡、出生年月日時。作者如此寫結婚證書，不可能只把它當客廳的裝飾品用。短篇小說講究的是經濟、集中、濃縮。如果第一次寫客廳裡的一架鋼琴，寫它的型式、廠牌、出廠年月、音色等等，必然，下一次一定有人在這架鋼琴上彈出美妙的音樂。〈留情〉中的結婚證書，只出現過一次，以張愛玲的修養來說，不可能只當做單純的道具用。那麼這張結婚證書，自然另具深義。那就是敦鳳的「此地無銀」的心理反映。

敦鳳的心理十分複雜矛盾。她嫁給米晶堯，「她闊了，儘管可以嗇刻些。做窮親戚（嫁給米以前，打牌她是輸不起的），可得有一種小心翼翼的大方。」也不必為生活憂慮，也不像楊家，為了領戶口糖，還得楊老太太——她舅母操心。所以她的生活過得很安穩、很快樂。可是另一方面，她不樂意跟米晶堯同坐一輛三輪車。她想自己「如花似月」，跟米晶堯並坐在一起，真是，唉！「她第一個丈夫縱有千般不是，至少在人前不使他羞，承認那是她丈夫。」可是，形勢比人強，「做窮親戚必須處處小心，連親戚家小孩的生日也得記住。」所以她一定要再嫁人，找一個有錢人，即使是個老頭子，即使是有太太的人。可是她的身價究竟不同，所以她要把結婚證書掛在客廳裡，像「十項全能」的錦標，用很考究的鏡框把它框起來，掛起來，它可以向任何人表示：只此一家，別無分號。

但是，不管怎麼說，她跟米晶堯的婚姻是「不合法」的（當然，在日軍佔領下的淪陷區的上海，談不到法）。更說不上像唐吉松先生所強調的「很東方的」。以現代觀點來說，停妻再娶，犯重婚罪。就以「傳統」來說，也只許男人納妾（這傳統對男人來說，多妙呀！）却不許「兩頭大」的。說句笑話，如果允許「兩頭大」，「陳世美」也許不至於「被鍘」了。本文不是談什麼婚姻法，而只是說明，唐先生把米晶堯的兩次婚姻，以「十分西方地」和「很東方的」來對比，影射褒貶之意是很顯然的。但以此來證明張愛玲作品的意識型態，基本上反對西方，擁護傳統，立論基礎是很脆弱的。

敦鳳不能代表中國傳統婦女典型。我們不應如此要求她，我相信作者也沒打算這樣塑造她。她只是一個沒落大商家的千金、一個「他家的少爺們，哪一個沒打過六〇六」的家庭未亡人。在她的生活裡很少有光。在娘家，她是跟她父親的老姨太太身邊長大的，在夫家，她又是生活在一大羣姨太太之中，她之所以名不正言不順的嫁給米晶堯，實出於無奈，找一張飯票而已。唐先生說：「她待米先生有義，始終溫柔體貼。」真的嗎？請看「雄辯」的事實。

「敦鳳自己穿上大衣，把米先生的一條圍巾也給他送了出來，道：『圍上了，冷了。』一面說，一面抱歉地向舅母（楊老太太）、她表嫂（楊太太）帶笑看了一眼，彷彿是說：『我還不是為了錢，我照應她，也是為我自己打算——反正我們大家心裡明白。』」

世上這樣的妻子多的是，我們不應苛求敦鳳。但如果以她為「東方」的象徵，拿來做反「西方」的先鋒，那就離題太遠了。

正因為敦鳳是平凡的女性，有血有肉、有愛有憎、有優點也有她的小心眼兒，所以她不是一個「觀念人」。不像目前有些電視劇，好人好到天上少有，壞人壞到地上無雙。幼稚園大班寶寶看了很高興，却把累了一天想在電視機前輕鬆輕鬆的觀眾，看倒了胃口。敦鳳在客廳掛結婚證書，是她精神上的自衛。表現在日常生活上，她不許米晶堯提起他的妻子。甚至連「到那邊去」也犯忌。她頗具陰柔功夫，也是冷戰的發動者。這種「招術」比米晶堯大婦的「對打對罵」高明得多，米晶堯很吃這一套。所以當米晶堯的大婦病到快死時，他去探望一下，也不敢直接了當地提出，都得捉摸了又捉摸，拿掉「主詞」，沒頭沒腦的說：『我出去一會兒』，『我去一會就來』，『病得不輕呢，我得去看看』。好不容易得到敦鳳的反應，却又是硬梆梆的『你去呀』。他又不敢去了。只得跟過去解釋『不是的——這些年了……病得很厲害的，又沒人管事，好像我總不能不……』

這一段寫敦鳳，表面上漫不經心，毫不在意，內心裡太經心，太在意了。寫米晶堯表面上慢條斯理，不疾不緩，內心裡坐立難安，急如火焚。把兩個都「曾經滄海」的夫婦的微妙心理，刻劃得活龍活現，大有紅樓夢的筆法，令人叫絕。於是，敦鳳擺明態度（也是一般女性慣用的招術），她要出去散散心，到她的舅母楊老太太家去。

米晶堯還摸不到她的底，像一個想出去玩沒得媽媽正面答應的孩子似的黏著敦鳳。敦鳳出去了，他就跟在屁股後邊。當她坐上三輪車時說：「你同我又不順路！」米晶堯說：「我跟你一塊兒去。」從這裡我們可以看出米晶堯在敦鳳跟前的低聲下氣，委屈求全，百般遷就的窘態。而敦鳳極盡「拿蹺」之能事，大大地「端起來」。至此，她掌握全局，見好就收（這是她的厲害處）。「回過頭來，似笑非笑瞪了他一眼」，表示冷戰解凍。而作者還怕讀者悟性不夠，又添了一段：「她從小跟父親的老姨太太長大，結了婚又生活在夫家的姨太太羣中，不知不覺養成了老法長三堂子那一路嬌媚。」

假設張愛玲在〈留情〉中，以米晶堯跟敦鳳的「很東方的」婚姻，載有什麼傳統的「道」的話，她會拙劣到添這樣的「蛇足」嗎？雖然我們的古訓有「婦德、婦容」、「女為悅己者容」那一套，教導女子如何籠絡丈夫，但也絕不是「長三堂子那一路的嬌媚」。如果說米晶堯「很東方的」娶到敦鳳，他所享的清福艷福原來如此，那有什麼值得標榜的。

作者在〈留情〉中把米晶堯和敦鳳送上三輪車，故事就換場更景，把好戲搬到楊家「演出」。在短篇小說情節的推演上，可以說是「有機」的發展，順乎自然，不露斧痕，使單線的故事，成為複線。敦鳳的舅母（楊老太太）以及她表嫂（楊太太）是反襯人物，從她們身上，可以進一步反射出米晶堯夫婦不正常的婚姻關係以及各自的心理狀態。

楊太太是個「老來騷型」的人物。凡有男人在場，不管老的少的，她都一視同仁，「普渡眾生」，打情賣俏，說一些低級俏皮話。甚至無恥到對敦鳳說「悄悄話」：『我自己說著笑話，桃花運還沒走完呢！』只因為家庭經濟江河日下（唐文認為是西化的結果，是不能成立的），為了省一頓點心飯菜，她的牌搭子，也像黃鼠狼生耗子，一代不如一代的專找弄堂裡不三不四的小夥子。她的身上發散開來的不是「浪漫」的氣息，而是令人發嘔的騷味。同時從她身上也找不到「盲目崇洋」的陰影。

敦鳳在楊太太面前，說話口是心非，在楊老太太面前倒是心口如一。現在請看作者，如何把敦鳳在這兩個反襯人物身上做不同的反射：

楊太太對敦鳳說：「你這一向氣色真好……你現在這樣，真可以說是合於理想了！」

敦鳳說：「你那裡知道我那些揪心的事！」

楊太太道：「怎麼了？」

敦鳳說：「老太婆（指米的大婦）病了。算命的說他今年要喪妻。你沒看見他失魂落魄的樣子……」

楊太太說：「她死了不好嗎？」

敦鳳說：「哪個要她死？她又不礙著我什麼！」

可是當她與楊老太太談到這個問題時，答案就不同了。

老太太說：「其實那個女人真的死了也罷。」

敦鳳說：「誰說不是呢？」

我認為，楊家是一面「鏡子」。從這面鏡子裡，可以看一個人的正面，也可以看側面、背面。現在就從這面「鏡子」看看敦鳳對兩次婚姻不同的感受。

她對前夫，似乎舊情未斷，對米晶堯卻只有利害打算。在楊老太太面前，她有三次提到跟前夫有關的事。好像「理直氣壯地有許多過去。」不用說米晶堯聽了「很難堪」，連老太太也認為她「還這麼得福不知」。另一次跟老太太談到坐三輪車的事，使她想起前夫：「縱有千般不是，至少在人前不使她羞，承認是她丈夫。他死的時候，才二十五歲，窄窄的一張臉，眉清目秀的，笑起來一雙眼睛不知有多壞！」我總覺得作者刻劃女性的複雜心理，的確「不同凡響」，這一句「笑起來一雙眼睛不知有多壞」裡，包含了多少「不可說，不可說」的情思。至於對米晶堯，卻很不「東方」的了。你聽她怎麼說的：

「我的事，舅母還有不知道的？我是，全為了生活。」

「我同舅母是什麼話都說得的，要是為了要男人，也不會嫁米先生了。……其實我們真是難得的，隔幾個月不知可有一次。」

這是敦鳳赤裸裸的內心話。細心的讀者自可領會到言外之意。話雖如此，敦鳳總算還好，並不像有些「少妻」施展「床上」功夫謀財害命。說句笑話，唐吉松先生說敦鳳「待米晶堯有義」，如果指的是這一點，那還可以說得過去。

另一方面，米晶堯待他大婦的態度，在楊家這面「鏡子」上，也有相當程度的反射：米晶堯不用言詞，而只有動作。他看了兩次鐘。第一次看鐘，敦鳳立即敏感到「他又在惦記著他的妻子」。第二次看鐘，敦鳳開口了：「不早了吧？你要走你先走。」可是米晶堯居然水仙不開花——裝蒜，言不由衷地跟楊老太太談「外國的歌劇話劇，巴里島上的歌舞」。使得敦鳳心中「恨著他，因為他心心念念記罣著他太太」。

最後，作者在米晶堯跟他妻子的關係上，再濃濃地塗上一筆：「米先生仰臉看著虹，想起他的妻子快死了，他一生的大部份也跟著死了。他和她共同生活的悲傷氣惱，都不算了，不算了。」我反覆推尋，作者為什麼在故事將要「落幕」時，還濃濃塗上這一筆。這可能是一種「隱喻」、「含蓄」。但當我想到「讓故事自身去說明」，連忙緊急煞車，讓每一個細心談「留情」的讀者，各自去下結論吧！

最後，我對唐吉松先生把〈留情〉中的楊家代表西化，「希望激進西化人物，不要過份低估傳統文化，否則就有可能像楊家由激進轉為衰敗！」難能同意。唐先生是根據下面兩段文字來認定的：

一、「楊家一直是新派人物，在楊太太的公公手裡就作興唸英文，進學堂。楊太太的丈夫剛從外國回來的時候，那更是激烈。太太剛生孩子，他逼著她吃水果，開窗戶睡覺……楊太太被鼓勵成了活潑的主婦，她的客室有點沙龍的意味，也像法國太太似的有人送花送糖，捧得嬌滴滴地。」

二、「楊老太太……房間裡灰綠色的金屬品的寫字檯、金屬品的圈椅、金屬品文件高櫃、冰箱、電話……」

這兩段文字，前者屬於生活方式，後者是指家庭用具。那麼楊太太的嗜打牌（不是橋牌，是麻將牌），愛票戲（不是歌劇，是崑曲）。以及老太太雖已戒了鴉片，但房裡仍然擺著「煙舖」（前者也可以說是生活方式，後者自然也算得上是臥房用具）。這不是有崇古戀舊之嫌？西化人物楊太太在家沒發言權，而「賈母型」的老太太是「權力」的化身，豈不可以解釋為「傳統」（老年人當家）壓倒「西化」嗎？

再說楊家的衰敗，可以說是張愛玲女士現實生活中所接觸的某一階層的寫照。例如

「金鎖記」中的姜公館，《傾城之戀》中的白公館：靠祖宗餘蔭過日，打牌、抽鴉片、愛面子、講排場、不事生產、死充殼子、坐吃山空、日坐愁城，最後賣古董挨日子。如此而已。只是〈留情〉中的楊家，只當襯景；人物，只當配角而已。

值得一提的是，在《傳奇》中緊接著〈留情〉的〈鴻鸞禧〉，寫的是西化家庭的「婁家」，並未因洋化而衰敗，卻反而相當「發跡」起來。使得婁家的小姐們，「顯得像暴發戶的小姐了。」如果〈留情〉真的像唐吉松先生所說的載有反西化之「道」，而〈鴻鸞禧〉的「擁西化」的事實不是更明顯嗎？同一作者，在前後緊接的兩篇作品裡，怎麼可能會表現出意識型態的極大矛盾呢！

至於張愛玲女士的整部《傳奇》所顯示的時代意識（亦即所謂時代感）是很淡的。我們實在很難感覺得出有什麼「新時代即將來臨」的氣息。但是，一位作家有權選擇他所熟知的題材，讀者無權要求他在他的作品裡，一定要載什麼道。所以，我認為對一個現代的小說家，是否偉大？是否最優秀？不必太急於論定，還是讓時間的「丹爐」慢慢煉吧！

原載民國六十三年十一月廿二、廿三、廿四日《中華日報》副刊

評《段彩華自選集》

細讀《段彩華自選集》，我的印象是：這是一部平實、紮實的作品。平實指它的風格，讀者容易接受，不像某些以現代自炫的作品，拒人於千里之外；紮實指它的內容，不以奇情或什麼「純純的愛」取寵讀者，而是從生活中來，反映真實人生。

全書共選十七篇小說。以寫作時間來說，最早的一篇是民國四十六年的〈狂妄的大尉〉，最近的是五十九年的〈山崩〉。

從目錄的編排次序看，從〈黃色鳥〉到〈孩子和狼〉、〈毛驢上坡〉、〈小孩求雨〉、〈九龍崖〉、〈插槍的枯樹〉、〈病厄的河〉、〈門框〉等八篇，可說是童年生活的回憶。從上述作品中，不難探索到作者對生長他的鄉土，懷有無限的依戀、嚮往與思念。

從〈星光下的墓地〉到〈玩偶〉、〈壽衣〉、〈紅色花籃〉、〈女人〉、〈山崩〉等六篇，我們似乎從追求物慾的現代生活的燦爛外衣，隱隱發現憑「本能」生活的變形虫的蠕動。但作者的筆不是解剖刀，不是皮鞭，他只是冷靜地、神定氣閒地加以輕輕揭露，間或給予難以發覺的嘲弄、揶揄與諷刺。

首篇〈黃色鳥〉，寫貧窮家庭的親情和人與人之間的溫情。

一個十三、四歲的孤兒小鹿，在磨坊替人看駈磨麥，因打瞌睡沒把駈看好，被磨坊老闆攆出去。他從河東涉水回河西，在河水的反映下看到自己的臉色是蠟黃的，大吃一驚。「我撣撣腮幫上的麵渣子，白的落光了，從底下露出蒼黃的顏色，那真是我嗎？……」

這是伏線。這孩子生的是黃疸病，因為病他才在工作中打瞌睡，才被磨坊老闆攆出來，故事就在「病」的關鍵上發展開來。在這裡作者以母親和姐姐對小鹿前後不同的態度，來襯托出自天性的親情。

一、小鹿涉水過河，「覺得天有點轉，擔心會倒在水裡」時，他看到姐姐在河邊洗衣，就大叫：「是我啊，姐姐，快脫鞋下來吧，扶我一把。」姐姐以為他撒嬌撒賴，「都十三、四歲了，是誰慣的你」。沒有去扶他，繼續幹她的活。「你自己沒有腿？沒有誰過河過一半，長年留在河中央的。」後來媽媽向她訴苦說，為小鹿抓一付藥，「就花了洗兩天衣服的錢」，她就毅然要挑大任：「我會炒菜……到城裡誰家當廚子去。」

二、母親知道小鹿被人攆回，極為憤怒，把孩子從床上拉起用棍揍。她忽然發現兒子的臉色不對，舉起的棍子打不下去了。叫孩子「臉仰起來」，從門外照進的陽光，看清兒子的病容，慌了。「乖孩子，我知道了，那不是你的錯。」「老天爺啊，連眼珠子都黃了，怎麼不害在我身上，害在你身上呢？」孩子說自己沒有病，睡一覺就好。「但願你不是，藥都讓媽一個人吃。」

親情如海。作者藉故事的推演，把母愛與情節揉和，一一鋪陳展現。

中藥鋪的醫生看過了，走方郎中看過了，病仍無起色。只是從走方郎中那兒知道「黃嗡子」的肉是治黃病的偏方，是特效藥。黃嗡子是怪鳥，只聞其聲，難見其形，別說是把牠捉住了。於是母女兩個人陷入絕望的苦境。孩子卻並不在意，趁母親、姐姐外出，偷溜出去，到田野去捉黃嗡子。這一段文字很生動，令人彷彿看到一望無邊密密的玉蜀黍綠色的稈子，聞得到泥土的芳香，感得到毒毒的太陽和涼爽醒人的微風。

自此，展開孩子與提鳥籠溜鳥的老人的交往。老人捉到黃嗡子，就地烤給孩子吃。經盛夏而秋涼，「我的病傳染給樹，葉子變得焦黃」，孩子的臉一天天紅潤起來了。

等到孩子拿著母親買的糕點去西莊向老人道謝時，老人不在家，只見空鳥籠掛在門口樹上。從鄰人口中知道那隻像老人的命根子一樣的百靈鳥，幾個月前，被老人染上黃顏色後不久，就不見了。

故事至此結束，讀者所感到的是恍然大悟的驚喜。

高潮一過，即刻落幕。

另一篇〈毛驢上坡〉也採用最後點題的筆法。

〈毛驢上坡〉寫一個私鹽販子，被稅警團逮捕，關了好幾個月，釋放出來時，什麼都沒有了。他走出稅警團大門時，聽到咯噠聲，一看，背是青色的，正是他的小毛驢。「他抱著驢頭，心裡湧出一陣喜悅」。一路上小毛驢步子緩慢沉重，眼眶淌著黃屎。途中有人要買他的病驢，他說：「我情願牠死在路上，都不願賣給人家的」。人與牲口感情如此深，不是都市人所能體會的。

第二天一大早，他牽驢趕路，「驢蹄子突然在地上打絆」。過河時，「他攬著驢脖子向河堰下去」，驢子跌倒一次，「脖子向前一栽，一骨碌滾下去，四條腿朝天」。他努力幫牠站起來。過了河，往堰上去。「驢的前蹄一登上坡，就咚的一聲跪倒」，眼睛掉下黃豆大的淚珠。他用盡辦法，包括鞭打和「用手指去扣牠的糞門」，驢掙扎上坡頂，猛一跳又摔倒，前腿趴在堰上，後腿仍掛在坡腰間。這一倒，永遠爬不起來了。

作者寫驢跟人一路掙扎苦鬥前進，再穿插在河邊放風箏的孩子們對他（以及病驢）的嘲笑，極為深刻感人。小毛驢不死在路上、下堰、河中，而死在已上河堰坡頂。作者的用心是顯而易見的。

堰上是一片大荒地。疲累力竭的他，眼冒黑花，踉蹌跌倒。騍跟人都倒了，騍是一倒不起，人倒下還能站起來。他看見腳邊有一棵杏苗，一棵生長在石礫砂地的嫩綠的杏苗。他腦際一閃，下決心在這荒地開墾植杏。地雖荒，「撒上麥種，長青草，撒上豆種，還是長青草」，而它的主人，卻是不願出賣產業的老人。人不親姓親，老人說：「好吧，我也姓程，看在同宗的份上，我們打個商量。」老人掏出一枚銅板舉著。「要是落下來，朝天的一面是青龍，我給你鋤頭和種子，你沒有吃的，我給你吃的……」如果是反面的字，那當然是請他走路。結果銅板丟在地上，一看：「朝天的一面剛好是青龍」。從此，他就在這塊荒地上生根。十年以後，荒地成為杏林，「每逢開遍杏花的二月，連河堰都成白色。」

這是一個令人心頭盪漾起感激之情的好作品。生活在那土地上的人，如此的親切，樂於助人；是農村醇厚人情的表露，是「仁」——推己及人的傳統文化的根源。

不過，故事未完。「直到老頭臨終時」，他去探望。老人「掏出那枚銅板給他看，他的眼淚掉下來了，銅板的兩面全是鑄成青龍的。」

這最後點題的筆法，是敗筆。一來老人並未預知有人想在那塊荒地墾殖，二是兩面青龍的「變體」銅板，少見。如此落幕，雖富傳奇性，却減弱了真實感受。

〈插槍的枯樹〉與〈孩子和狼〉都是以狼為題材的小說。前者寫於民國五十年，後者寫於五十八年。時間相隔八年。由此可以推想作者的童年生活裡，有關狼的傳聞（甚至見聞）一定很多。如果一個作家對於他所攝取的題材不是從真實生活中來，那麼他不可能一再採用。

〈插槍的枯樹〉一開始就有吸人的氣勢。那是師兄黑三跟紅四比劃過招，師父白昆在旁指點，很像時下中國功夫一類影片的開場戲。

故事敘述老武師死在一隻大公狼的爪吻之下。徒弟殺狼替師報仇。老武師醉酒夜行，死在狼的使詐。這隻貪心的大公狼，用同樣的詐術，卻逃不過徒弟的白纓槍。師父之死，是暗寫，徒弟殺狼，是明寫；暗明相輔，是全文用力之處。人與狼的鬥智、搏力，節奏跳躍明快，尤其是背景的襯托——荒地、野草、蘆葦、枯柳，氣氛的渲染——野火、濃煙、野鷄、獵犬，展現出驚心動魄的一幕。

〈孩子和狼〉寫的也是狼的狡詐、貪狠。如果說〈插槍的枯樹〉筆法浪漫與明快，後者則是寫實的細緻。同樣是狡猾貪狠的狼，老武師死在自己的自負，孩子逃過狼吻，卻由於有忠心勇敢的狗與機智。

在〈孩子和狼〉中，人與狼有三次遭遇。第一次是在除夕山野的黃昏。一個孩子跟他心愛的黃狗與狼相遇，先是，狗跟狼單獨打鬥，繼而另三隻狼加入圍攻，情勢「九死無生」。結果由於孩子的急智，救了狗也救了自己。第二次是孩子的父親出場，結果敗落——死了一隻驢，傷了一隻狗（重傷而死）。第三次又是孩子單獨與狼相對。由於孩子的機智所施展的拖延戰術而又獲救。

作者筆下的孩子不是神童，不是小英雄，而是真真實實鄉村裡的普普通通的孩子。可貴就在這裡。

如果我們並不嚴格要求文一定要載什麼道，那麼這兩篇有關狼的小說，是很值得一讀的。

〈門框〉是憶往部份的後篇。主題明顯，故事平凡。但作者以他純熟的技巧表達出中國婦女的堅忍撫孤，不屈不撓，為生活而掙扎的可敬精神。

小說的主角是「二斗嫂」。她的丈夫二斗在臘月三十快到的大雪天死在溝坡底。窮人家連哭喪的時間都沒有的。「第二年春天，孝服還沒脫，她就帶著五個孩子，到河東去種瓜」。河東有一溜五畝沙地，有一間「丁頭屋」。那地是丈夫在世時養活一家七口唯一的憑藉。現在，一家子的擔子全由二斗嫂一肩挑了。

最大的女兒十四歲，最小的男孩才三個月大，中間三個一順水排下去。我們不妨聽聽孤兒寡婦的對話。

二斗嫂一邊忙，一邊叫：「大妮兒，放下那個小的，看著那三個大的。別讓他們跑下河，水漲得快啊，一沖就四五里。」

「他們在爬爹的墳。」（二斗就埋在沙地）

「讓他們爬，不下河摸魚就好。」

二斗嫂除了忙翻地、播瓜種，還要忙著趕回河西照顧老奶奶的病。她交代大女兒說：「下河洗衣服，把四個弟弟用長帶綁在一起，你會嗎？」

「會。」

「到野地去挖野菜，把他們全帶著，一步也不能離開的。」

可憐二斗嫂太忙亂又不識瓜種，忙了一陣子後，「只剩下兩三行」，才發現有一半地下錯瓜種，長大了是不值錢的「打瓜」。打瓜的肉像死貓肉，不能當水果賣。那一肚子的黑瓜子，只能賣瓜子給人嗑著玩。二斗嫂的困難像洪水滾滾而來，接著老奶奶的病與死，更叫她難以支撐。

大房的孩子大斗跟孫媳大斗嫂的忤逆不孝，因之與二斗嫂起了衝突。

大斗嫂在老奶奶病床前盼望老奶奶早嚥氣，說：

「奶奶，你覺著不行了，該留什麼話，快對我跟你孫子說吧。」大斗更情急：「我們會買喜材，會當喜事辦的。你的箱子，跟這塊養老的宅子，該怎麼分，總得留句話……」

氣得老奶奶眼睛翻白，哆嗦著嘴唇，半晌才迸出一句：「滾，滾出去！」二斗嫂看不過去，「沉下臉說：『春天發病時，比這陣還重，奶奶都熬過去了。現在不去找醫生，却逼她分財產，把她氣成這個樣子，虧你們是當老大的。』」

當二斗嫂請來醫生，老奶奶已嚥了氣。她趕回河東帶孩子過來，「木箱、桌子、奶奶的床鋪，還有別的傢俱全不見了。」

但好人終得好報，二斗嫂在「門框」裡得到老奶奶早已安排好的「遺產」，擺脫了她的困境。可是她並不忘本，當大女兒問她：「這邊的瓜呢？」二斗嫂毫不猶疑地說：「明年再來種，你爸還留下兩袋瓜種。」

〈門框〉這個短篇，雖乏新意，但很感人。如果說這是作者寫作技巧的成功，倒不如說，那是由於段彩華對生長他的鄉土無盡思戀的真情所孕育。

在《自選集》的後半部作品中，作者對這個物質文明高度發達的現實社會的觀感、感情、態度，却有很大的不同。關於這一點，我們可從〈玩偶〉、〈壽衣〉、〈紅色花籃〉、〈山崩〉幾篇小說中可以感覺或體會到——儘管作者所表達的鄙視、嘲弄、揶揄、諷刺是那樣的隱約、含蓄。

〈玩偶〉寫一個青年在酒店醉酒出來，與轎車司機互毆，被司機打倒在快車道上。沾他年輕的光，被一個路過的風塵女郎救回她的居處。接著發生的事可以推想，他被當「童子鷄」「吃」了。一切所發生的，都是透過醉酒青年的模糊意識、錯亂精神而扭曲、變形甚至顛倒。初讀，會有條理不清、辭意不明之感；再讀，可能會認為作者一定有多次醉酒經驗。否則，他怎能寫得這樣絕。

〈壽衣〉寫計程車司機遇「鬼」的故事。

讀者中可能有人聽過這樣的鬼故事：一個計程車司機，深夜載客至荒郊，問乘客到底開往何處？一回頭，乘客不見了。或者乘客給的車資，竟是冥紙。作者可能拾綴這類傳聞而成篇，但剪裁轉接頗見功夫。又以壽衣為故事的焦點，經濟而又具實效。

壽衣是從壽材店租來，壽材店在殯儀館附近，殯儀館是人生的終站，做的是死人生意。於是，鬼故事有了很好的發生背景。

小說以第一人稱寫的。文中的「我」為了某種需要，向壽材店租了一套壽衣，又趕在深夜十二時前送還。因為過了十二時，要多算一天的租金。「我」就在將近十二時攔車趕往壽材店。作者使用曖昧的言詞，以及冷風、斜雨、閃動的房子，明滅的路燈做襯景，使得計程車司機漸漸進入恍惚恐怖之境。由於被懷疑為鬼的「我」在明處，讀者的視覺、聽覺很是清明，所看到、聽到的不是魅影鬼啾的恐怖，而是被嚇滾下車來的司機的可笑。

論剪裁布局文字技巧，都相當可觀，但缺內涵，只是「如此而已」。

〈紅色花籃〉有很強的諷刺性。被諷刺的對象有兩個人，兩個具有今日社會「共相」的人。

一個躺在殯儀館受人祭奠。有人送紅色花籃去祭弔。送死人紅花籃不合宜而犯忌，尤其是死者生前喜歡開會、剪綵，在議壇上讓記者照相。

於是，紅花籃被一個「蒙紫頭巾」哭喪的婦人討走，轉送給一個第七次結婚的「老青年」。新娘十九歲，是老青年兒子的同學。老青年在洞房發現花籃中有一張紅色名片，名片上的悼辭（在老青年看來當然是賀辭）簡單明瞭：

「你到底也有今天！」

這叫老青年驚愕得合不攏嘴來。

至此，我們不得不欣賞作者的「損人」藝術。

那個「蒙紫頭巾」哭喪的女人，是小說中的「針」，紅色花藍是「線」，作者穿針引線，把殯儀館跟洞房串連起來，是一絕。只是這個「蒙紫頭巾」的女人是何身份，頗費思量，是作者故意使她「撲朔迷離」，或者是無意的缺失，值得推敲。

末篇〈山崩〉，是壓軸之作。有兩點須要一提。一是〈山崩〉是自選集所選最近的作品（59、12）；二是作者的寫作態度甚為嚴肅。是應該給予較大注意的作品。

山崩發生在颱風過境之後，七個男女青年被埋，另一個雖被挖出抬往醫院急救，終因傷重不治。只有文中的「我」是唯一的生還者。

這八個慘遭不幸的男女青年，先是在颱風過後閒來無事，相約在「我」家相聚玩樂。他們的玩，是規規矩矩的玩「擊鼓傳花」遊戲，其中一對姐妹下廚房做晚餐。玩著、吃著、鬧著，一個女孩子賭吃三碗冰塊，吃壞肚子，深夜「我」跟另外一個男孩子出去請醫生，接著發生山崩慘劇。「我」的家整個被埋，與「我」同行的男孩子在半山也逃不出劫數。

我們所要討論的是，作者透過這個悲劇性極為濃厚的故事，所要表達的是什麼？

一、寫迷失的一代嗎？不像。寫墮落的一輩嗎？又不是。

二、寫樂極生悲？寫少年不知愁滋味而造成慘劇？又缺乏邏輯上的必然性。

慢尋細嚼，我發現了「老鼠」。

第一次，「一隻老鼠從腳前跑過，我追著牠踩了幾腳，沒有踩到，……」

第二次，「三隻老鼠跑出來……把怕老鼠的尤蕙嚇得尖叫。」於是大家用鞋子打，用掃把打，鬧成一團，結果還是全跑掉。

作者為什麼一再寫老鼠，下文有了答案。

山崩後，醫院裡忙急救。有人提到：「沒有一點預兆嗎？」有人回答：「有老鼠亂竄！」另一個人說：「那就是惡兆了。」

老鼠一再出現，是山崩的伏筆，而這伏筆的另一端，指向一個指標：那是當「我」的父親知道只有「我」還活著時，說：「這是我們的住宅，砸在屋底下的，卻不是我們一家人，不是神差鬼使嗎？」

這說明什麼？生死有命嗎？我不禁廢然長嘆：「可惜，這壓軸戲『砸』了！」

最後我要提一提一篇較為特殊的小說——〈狂妄的大尉〉。

〈狂妄的大尉〉在風格上有它的特色，雖是作者較早期的作品，但很可以看出作者的寫作才能跟他說故事的本領。

主角「中村佐木」大尉的脖子有一道刀痕，為了顯露這光榮的紀錄，他把衣領做得特別低。他因「裹傷再戰，連克三鎮」的戰功，受天皇親賜戰刀及太陽勳章。天皇並當所有臣屬的面讚譽：「誠然英勇，日本皇國的勛業，最需要勇將！」並把「御手」放在大尉的肩膀。

大尉受此殊榮，傲視羣倫，至死感激。直到「叛軍」的刀口對準他的脖子，仍「用一種具有威脅性的聲音大喊：『不要命的支那人，這是天皇封過的腦袋，你敢殺嗎?!』」

作者以漫畫筆法，把中了「武士道精神」之毒的日閥軍官的可惡、可厭、可怕、可笑、自大、狂妄、愚昧、僵頑的性格，鮮活的呈現在讀者面前。他是英雄，也是丑角。我們所看到是個悲劇，是個含笑的悲劇。

原載民國六十四年十二月廿七、廿八、廿九日《中華日報》副刊

評法．都德的《最後一課》

一八七〇年的普法之戰，產生了一個偉大的帝國，改變了歐洲的政治形勢，並對此後的歷史有不可估量的深遠影響。

在歐洲，法國鐵礦的蘊藏量坐第一把交椅，而以亞爾薩斯跟洛林為最著名。單以這個地區的米特尼鐵礦區來說，面積就廣達四百六十三方英里，每年產鐵量最高達到二千一百萬噸，相當德國鐵礦的總產量的四分之三。

法國丟掉這兩省，真是像「挖去心頭一塊肉」那樣痛楚；而普魯士奪得這塊地方，則無異如魚得水，似虎添翼。因為普魯士的魯爾區跟薩爾區的煤，同亞爾薩斯跟洛林的鐵一結合，其力量的強大，足以睥睨歐洲而橫行天下。

在十九世紀的六十年代，普魯士僅是一個新興的國家。一八六六年普奧之戰後，奧國對日爾曼各邦的影響力被連根拔起。普魯士的國王威廉一世，在有名的「鐵血」宰相俾士麥的策畫之下，領導日爾曼各邦，組織「北日耳曼聯邦」，參加的有美因河流域以北的二十個邦。美因河以南的四個邦，包括巴威略、符騰堡與赫西丹姆斯達，由於法國拿破崙三世公開表示反對，沒有參加普魯士領導的新聯邦組織。

俾士麥懂得，要想完成日爾曼全境的統一，成為歐洲第一強國，一定要打敗法國。因此他就積極部署對法作戰的軍事準備。

法國也同樣感到普魯士的整軍經武的威脅極大，寢食難安，可是拿破崙三世的軍事改革計劃，沒有辦法在國會通過。在「多一分準備，多一分力量」的對比下，法國的軍事力量始終趕不上普魯士。

普法兩國之間的緊張情勢，真是「山雨欲來風滿樓」。可是箭在弦上，遲遲未發，就是雙方都等待機會，找一個「師出有名」的藉口。這個機會終於來了。

這個機會，就是西班牙王位的繼承問題。

一八六六年西班牙發生政變，女王被迫逃亡之後，局勢十分動蕩。西班牙打算在歐洲各王室中物色一個適當的王位繼承人，結果引起了普法的尖銳對立。

法國政府訓令駐普魯士大使本尼代特伯爵，晉見當時在延姆斯溫泉休假的威廉一世，進行談判。談判當然沒有結果，威廉一世就把談判經過拍電報給俾士麥。俾士麥一看時機成熟，就「放了一把火」，修改電文，描寫法國大使晉見威廉一世時如何唐突失禮，普王又如何嚴詞拒絕法國的要求，並聲色俱厲的斥退法國全權大使。

這個經過修改的電文，一經新聞社發佈，立即引起軒然大波。普魯士人認為法國大使藐視普魯士，侮辱他們的國王，全國群情激憤，遊行示威。而法國人更是火冒三千丈，猶如爆發的火山，不可抑制。因為那天（七月十四日）正是法國的國慶日，慶祝的巴黎市民包圍國會跟王宮，高喊「進攻普魯士」的口號。拿破崙三世在民情如此沸騰的情勢下，不得不對普魯士宣戰。

可笑的是，這個戰爭是俾士麥所日夜希望，同時也是他精心設計的，卻由法國開第一炮，由法國向全世界宣布對普作戰。可是法國的軍隊不堪一擊，普魯士的毛奇將軍，率領戰志昂揚的普軍，從普法邊境入侵，佔領法國東北各地。法國的拿破崙三世只得抱病到前線指揮，結果在九月初「色當」一役中兵敗被俘。

九月十九日，普軍包圍巴黎。法國軍民在死守四個月之後，彈盡糧絕，終於在一八七一年一月下旬，向普軍投降。

在普魯士軍隊包圍巴黎期間，俾士麥還導演了一齣歷史名劇。就是威廉一世在法國有名的凡爾賽宮，正式受任德意志帝國的皇帝（讓敵人在本國歷史名宮就任敵國皇帝，這恥辱法國人永遠不會忘記），完成了日耳曼全境的統一。可是當時巴黎已被普軍包圍，軍民處在飢餓與死亡線上掙扎。這是一個大諷刺，這是一個大國恥。

這一年的五月在法蘭克福簽訂和約，法國賠款五十億法郎，還把亞爾薩斯和洛林兩省割讓給德意志帝國。

戰爭結束，和約簽訂之後，還發生了兩件感人的事。一件是亞爾薩斯和洛林兩省所選的議員，向國會作訣別演說，有「長毋相忘」「復歸有日」兩句沉痛語，永刻在法國人的心上。二是亞爾薩斯人，不願意做亡國奴，拒絕普軍接管，苦守四十多天，在萬般無奈之下才投降的。

都德的〈最後一課〉，就是在這樣的歷史背景下所寫的作品，他寫出了法國人的亡國之痛，也寫出了法國人對祖國的忠心。

〈最後一課〉是一個短篇小說。它有一個嚴肅的主題，有一個雖然「單一」卻很感人的故事；對人物的心理描寫以及氣氛的製造，都非常成功。

小說中的「我」，是一個懶孩子，是一個經常遲到的小學生。你看：

「這天早晨我上學去，時候已很遲了。」老師「要考我們的動靜詞文法，我卻一個字都不記得了。」

作者對人物的安排，是經過仔細推敲的。為什麼他不用一個用功懂事的孩子，而偏用一個「懶孩子」呢？因為懶孩子平日不用功讀書，到了上「最後一課」，要用功也沒機會了。所以老師責備他：

「你總算是一個法國人，連法國的語言文字都不知道。」這是多麼可悲的事。

現在既然已經遲到，功課又沒準備，當然心裡「格外害怕」，於是就想到「還是逃學去玩一天吧。」

一想到玩，就興高采烈，東瞧瞧西望望：

「你看天氣如此清明溫暖；那邊竹籬上兩個小鳥兒唱得怪好聽。野外田裡，普魯士的兵正在操演，我看了幾乎把動靜詞的文法都丟在腦後了。」

唉，這孩子真不懂事，他竟把普魯士的兵正在操演，跟清明溫暖的天氣，怪好聽的小鳥兒，看得一樣有興趣。

當他看到市政廳前很多人圍著看告示，引起了他的注意：「我心裡暗想，這兩年來我們的壞消息，敗仗哪！賠款哪！都從這裡傳來；今天又不知有什麼壞新聞了。」

他知道又有什麼壞新聞了，但對他來說，並沒有什麼意義。他一心想到的只是遲到，所以趕快跑去上學。

文章寫到這裡，我們還看不出絲毫「反普魯士情緒」。可是在這裡作者已經為下文「鋪路」，也就是有了伏筆。普魯士的兵正在操演，以及市政廳的告示，在懶孩子的眼光裡雖然沒有什麼意義，但都是發展下文「氣氛」的基石。

談到這裡，讓我來假設。文中的「我」如果是一個用功懂事的孩子，該是如何？那麼一定是：

他一大早上學去，那可恨的普魯士兵已經在操演了。他還讀了市政廳前的告示，帶著亡國之恨的心情去上學。

這樣寫，是順理成章的事。但是太開門見山，太沒有節奏；同時也襯托不出下文的「突變」給人帶來的震驚。

而文中的「我」，遲到了，功課還沒有準備，還一路上東瞧西望，欣賞風景，連看到普魯士的兵跟市政廳前經常有壞消息的告示也無動於中。他就是這樣一個不懂事的孩子。可是，嘿！一進學堂，他卻愣了，因為他眼中所見的太不平常，太出於他的意外：

一、我本想趁一陣亂的當兒，混了進去，不料今天我走到的時候，裡邊靜悄悄一點聲音也沒有。

二、坐定了，定睛一看，才看出先生今天穿了一件很好看的暗綠袍子，挺硬的襯衫，小小的絲帽。這種衣服，除了行禮給獎的日子，他是從來不輕易穿的。

三、更可怪的，今天全學堂都是肅靜無譁。

四、最可怪的，後邊那幾排空椅子上，也坐滿了人。

這一切，使他疑惑，使他驚訝，使他掉入五里霧中。在他幼稚不明世事的頭腦裡，怎麼也想不出到底發生了什麼重大事故。

暴風雨來臨之前，必然是使人喘不過氣的沉鬱的低氣壓。終於，漢麥先生開口了。

「我的孩子們，這是我最末了一天的法文課了！昨天，柏林有命令下來，說：亞爾薩和洛林兩者，既然割給普國，從今以後，這兩省的學堂，不許再教法文了。你們的德文老師明天就要到了。今天是你們最後一節的法文課了！」

漢麥先生的這一宣布，使得糊塗的「我」不禁恍然大悟：「好像當頭一個霹靂，這時我才明白，剛才市政廳牆上的告示，原來是這麼一回事。

我們常說：當一個人失去自由的時候，才知道自由的可貴。這孩子平常遲到不用功，今天覺悟了。「這就是我最末了一天的法文課了！我的法文真該打呢，我難道就不能再學法文了？……」

於是，他痛苦，他懊悔。懊悔「這兩年為什麼不肯好好讀書？為什麼去捉鴿子、打木球呢？」

可是，懊悔有什麼用？痛苦有什麼用？明天，他就不能再讀祖國的文字，要讀敵人的書本了！

接著使他更難堪的事發生了。漢麥先生問他動靜詞變化。

「我站起來，第一個字就回答錯了。我那時真羞愧無地，兩手撐住桌子，低了頭不敢抬起來。」

漢麥先生應該罵他，甚至打他。這樣他也許可以用皮肉上的受苦來減輕精神上的愧疚。可是漢麥先生只是說：

「孩子，我也不怪你，你自己總夠受了……你總算是一個法國人，連法國的語言文字都不知道……現在我們總算是人家的奴隸了，如果我們不忘我們祖國的語言文字，我們還有翻身的日子。」

你看，這兩句話，語氣多麼沈痛，語意多麼深長：

「如果我們不忘我們祖國的語言文字，我們還有翻身的日子。」

故事到此，似乎已近尾聲。因為作者要表達的已經很成功的表達出來了。可是柳暗花明，又有新境。

接下去寫的是漢麥先生翻開了書本，講今天的文法課。這個一向懶惰功課不好的孩子，忽然聰明起來了：

「說也奇怪，我今天忽然聰明起來了，先生講的，我句句都懂得。」可見平時先生講的，他都不懂。為什麼？不是他笨，不是他今天「忽然聰明了」，而是他平時不用心，貪玩，不把讀書當回事。而今天呢？是上祖國語文的最後一課，他能不用心嗎？

可惜許多聰明的孩子，平常不用心，功課不好，只是一味的貪玩。如果有一天到了「書到用時方恨少」，他就會像這個懶孩子一樣，懊悔從前為什麼不好好用功了。

在這裏，作者還安排了一個「配角」——赫叟老頭兒，以收「烘雲托月」之效。

「歷史課完了，便是那班幼稚生的拼音。坐在後面的赫叟老頭兒，戴上了眼鏡，也跟著他們（幼稚生）」學拼音，「他的聲音都哽咽住了，聽去很像哭聲。」

赫叟老頭兒為什麼今天來學拼音，作者沒有說明；可是他透過文中的「我」，向讀者暗示：

「我想，他們心中也在懊悔從前不曾好好學些法文，不曾多讀些法文的書。咳，可憐得很。」

所以「少壯不讀書」的赫叟老頭兒，今天在這「最後一課」趕著學拼音。

現在到了十二點了，禮拜堂的鐘聲響了。還有令全亞爾薩斯的人民心靈震動的聲音響了：

「遠遠的聽到喇叭聲，是普魯士的兵操演回來。」

你看，他們多神氣：

「踏踏踏踏地走過我們的學堂。」

這不是法蘭西的軍隊；這是普魯士的軍隊！這是敵人的軍隊！卻在法蘭西的土地上，很神氣地「踏踏踏踏」地走過。

「漢麥先生立起身來，面色都變了。」他內心的屈辱、沈痛、悲憤，使他連話都說不上來了。他只用粉筆在黑板上用力寫了三個大字：

「法蘭西萬歲」。

我們可以閉目想像：

一位穿著「大禮服」的老師，滿頭白髮，神情嚴肅地站在講臺上，向他的學生們告別，向他那已經服務了四十年的學校告別，不是為了別的，而是為了「祖國戰敗」！

寫到這裏，我彷彿聽到漢麥先生低沉的吵啞聲：

「散學了，你們去罷！」

一般小說，多以敘述來交代情節，以人物的對話來發展故事。在「最後一課」中，作者却用第一人稱「我」的眼中所見，推展故事裏感人的「場景」：

一、你看天氣如此清明溫暖……

二、我走到市政廳前，看見那邊圍了大羣人……

三、我朝窗口一望……

四、坐定了，定睛一看……

五、我看這些人滿臉愁容……只見先生上了座位……

六、我一面寫字，一面偷偷地抬頭瞧瞧先生……

七、最後聽到喇叭聲，普魯士兵操演回來，「踏踏踏踏」地走過他的學校，「他看見」漢麥先生立起身來，面色都變了……，看見漢麥先生走下座位，取了一條粉筆，在黑板上寫：法蘭西萬歲。他回過頭來，「向大家擺手」。

同時，作者以「我」的思維活動，使故事有節奏地向前展開：

一、我想到這裏，格外害怕，心想……

二、我心裏暗想，這兩年……

三、我本意還想趁這當兒……

四、我看這些人滿臉愁容，心中正在生疑……

五、好像當頭一個霹靂，我這時才明白……

六、我心中怪難過，暗想先生在這裏住了四十年了……

七、我心中真替他難受……

在這裏我必須一提的是，〈最後一課〉並沒有一般小說所謂的「衝突」。小說必須有衝突，才能激發出「火花」，才能產生感人的力量。但作者在本文中應用「音響效果」，造成很大的「心理壓力」。

你聽，那「喇叭聲」，那「普魯士的兵操演回來，踏踏踏地走過我們的學堂」的步伐聲。像鐵錘一樣，一下下敲在亞爾薩斯的法蘭西人的心頭，同時也敲在讀者的心頭。

原載民國六十九年四月《中國語文》第二十六卷第四期

評　唐．杜光庭的〈虬髯客傳〉

〈虬髯客傳〉，是唐宋傳奇中流傳甚廣的文學作品。作者杜光庭，雖然寫了好幾部有關道教的著作，除了研究宗教史的學者，很少人知道杜光庭是誰。但是凡讀過〈虬髯客傳〉的讀者，大概可以記起有杜光庭這號人物。

所謂「傳奇」，是小說體裁之一種。一般是指唐宋文人用文言寫的短篇小說。〈虬髯客傳〉原文約二千餘字。就以今天短篇小說的寫作技巧來說，也夠資格稱得上一個「好」字。

其中故事的結構、情節的舖陳、人物的刻畫、意境的創造，氣氛的凝聚，在在表現了一千零七十多年前的作者的寫作功力。〈虬髯客傳〉之流傳不輟，良有以也。

這裡且以作品中的主要人物稍作評析：

第一位出場的人物，是爵封越國公，官拜司空，位高權重的「西京留守」楊素。

政治人物一旦年老而又大權獨攬，絕難避免成為「妄人」。妄人的特色是過分的自我膨風，總以為自己是「摩西」，無所不知、無所不能。傲慢、任性更不在話下。所謂權力使人墮落，絕對的權力，也絕對使人墮落。楊素是典型的代表人物。

作者杜光庭用很經濟的文字如此刻畫：「素驕貴，又以時亂，天下之權重望崇者，莫我若也。」這是楊素的心理狀態。所以：

「奢侈自奉，禮異人臣，每公卿入言，賓客上謁，未嘗不踞床而見……末年愈甚。」

「末年愈甚」這四個字多重。

杜光庭筆下的大反派，卻不經意地表現了「禮賢下士」的一面。

「李靖以布衣上謁」，楊素不僅接見了一介平民，當李靖指責他「不宜踞見賓客」，而「素斂容而起，謝公（李靖），與語，大悅，收其策而退。」

試看今日廟堂的掌權人物，常以「民之所欲，常在我心」為口頭禪，卻在慰問災民時還跟「老嫗」吵架。以今視昔，可嘆今之不如昔者遠矣。

第二位出場的是李靖。

李靖是李世民逐鹿中原的打拼伙伴。在他還未發跡前去見楊素，也只是「西瓜偎大邊」而已。不過楊素老而無志，令他失望。當時，李靖不過是一個在動亂時代，「身懷文武藝，賣給帝王家」的待價而沽的野心家，或者說是輔新主以期揚名立萬的政治人物。人大多有兩面，尤其是政治人物。

李靖在「權傾朝野」的楊素面前，慷慨陳詞，分析天下大勢，「獻奇策」，侃侃而談，讓「閱天下之人多矣」的「紅拂女」傾心折服，付託終身，不知羨煞了天下多少登徒子。

但當李靖面臨突發事件，卻又徘徊瞻顧，不知所措，充分暴露了隱藏在內心深處的人性弱點。試看，當他明白紅拂女「夜奔」原由，竟然說：「楊司空權重京師，如何？」在他驚魂甫定，倉促交談間：「觀其肌膚、儀狀、言詞、氣性，真天人也。」這是天外飛來的豔福。於是李靖的矛盾心理浮現：「愈喜愈懼」。在精神狀態方面：「瞬息萬慮難安」，在行動舉止方面：「而窺戶者無停屨。」

如今時空遙隔，重讀仍令人有如見其行，歷歷在目之感，不禁令人擊掌讚嘆。

「夜奔」如果僅僅是「一見鍾情」，甘冒殺身之險，亦無足觀。但別小覷楊府的區區一名十八九歲的藝妓，其思慮的周密，默然觀察之透徹，歷艱險如履平地，而卻又熱情奔放，視楊素為無物，而讓胸羅百萬雄兵，將在唐朝開國之際，建立無倫功業的李靖，黯然失色。

紅拂女的夜奔，是很「前衛」的舉動。十分出人意表的。

當李靖離開司空府，「公歸逆旅，其夜五更初，忽聞叩門而聲低者……」

「叩門聲低」，一因夜深，一因唯恐人知。如用「叩門急而驟」，雖見倉皇心急，卻不如「聲低」較符情境，文字運用之妙，存乎一心，心不及此，則難達藝術之境。

兩人相見，「公驚答拜」。紅拂女採取主動，自我介紹，她毫不忸怩作態，坦誠自然，直陳「妾侍楊司空久，閱天下之人多矣。無如公者。絲蘿非獨生，願託喬木，故來奔耳。」此所謂慧眼識英雄也。

為了釋疑解憂，她向李靖詳細分析：

「彼屍居餘氣，不足畏也。諸妓知其無成，去者眾矣。彼亦不甚逐也。計之詳矣，幸無疑焉。」

事情的發展，一如她之所料：

「數日，亦聞追討之聲，意亦非峻。」

於是，原先以為「楊司空權重京師」而「愈喜愈懼」的李靖，這時乃大剌剌地「雄服乘馬，排闥而去……。」

現在主角登場，又是另外一番情景。

地點是在山西靈石的小客棧。從前出外人住客店，大多自帶行李鋪蓋，有打地鋪的，也有打床鋪的。

「既設床，爐中烹肉且熟。張氏（紅拂女）以長髮委地（好長的秀髮），立梳床前」，而李靖則在「刷馬」。這時虬髯客忽然出現。

這個人的狀貌異於常人：「赤髯而虬」，騎的卻是「蹇驢」，而其動作隨興而為，「投革」、「取枕」、「看張梳頭」，因為太過於肆無忌憚，所以李靖大吃飛醋「公怒甚。」

衝突一觸即發之際，紅拂女的細膩手腕，化干戈為玉帛，令人激賞。「張（紅拂女）熟視其面（毫不靦腆），一手握髮，一手映身搖示公，令勿怒，急急梳頭畢……」一場簡短問答，撫平了眼前這個「荒野大鏢客」型的粗魯男人：「李郎，且來見三兄！」

真所謂「不打不相識」，兩個男人成為好友。

誰說女人是弱者。

作者杜光庭寫〈虬髯客〉，用反襯筆法製造懸疑神祕氣氛，予讀者極大的想像空間。虬髯客之所乘如是健馬，毫不稀奇，例如關雲長騎赤兔馬，秦叔寶騎黃驃馬，楚霸王騎烏騅馬，所謂英雄名馬相得益彰，而這個野心勃勃的燕趙豪雄所騎的卻是「跛腳驢」。跛腳驢倒也罷了，但當他在太原向李靖告別時「言訖，乘驢而去，其行若飛，迴顧已失。」卻讓紅拂女跟李靖「且驚且喜」。驚什麼？喜什麼？只因這個新交好友深不可測，並非常人也。

這個深不可測的神祕人物，是惹不得的，對敵人，「追殺九年」仍不罷手，他說：「吾有下酒物，李郎能同之乎？」下酒物竟是人的「心肝」。（吃人心肝是否野蠻不在本文論例），你看他怎麼說：「此人天下負心者，銜之十年，今始獲之，吾憾釋矣。」

這個人，為朋友可以散盡家財，助其立業；做他的仇人，卻難逃死無葬身之地。這是他狂放、不遵人世禮俗的一面。而令人莫測高深的是，他亦善相人，而且相必中。他與李靖初見，即能推心置腹，直言無隱。他說：

「觀李郎之行，貧士也（窮光蛋），何以致斯異人？」又說：「觀李郎儀形器宇，真丈夫也。」

當他一見李世民，「見之心死」、「招靖曰：『真天子也！』」。不僅如此，似乎他尚有先知之能。

當他遺巨資貽李靖以佐真主，贊功業，最後告別時說：「此後十年，當東南數千里外有異事，是吾得事之秋也。」

到了李世民得天下「貞觀十年，南蠻入奏：『有海船千艘、甲兵十萬入扶餘國，殺其主自立，國已定矣』」

這時攀龍附鳳，身居廟堂的李靖，跟他貧賤時的紅粉知己，「具衣拜賀，灑酒東南祝拜之。」

懸疑、神祕、玄妙，留下了無解的謎題。令讀者低首徘徊，不勝欷歔。

只可惜杜光庭未能見好就收，竟然畫蛇添足，發表了一通迎合主流意識的廢話，是大敗筆。

二〇〇〇、五、廿九日深夜於陽光山林

附錄

一、父親

徐鍾珮

父親在我十六歲時逝世。在這十六年中，我聽見父母交談的話，不到一百句，我也沒見父親進過母親的房門。

我相信父親至死愛母親的，但自我出生以來，母親卻板起臉，擲還了父親對她全心的愛。父親必然曾為此傷心過，可是我們卻從來未聽他出過一次怨言，也沒有看見他掉過一滴眼淚。

祖父母偏愛叔父，對父親常加申斥。子女們偏愛母親，對父親淡然置之。母親對他，更是冷若冰霜。在這冰天雪地裡，父親卻是笑口常開，父親把一生哀怨，化成一臉寬恕姑息的笑。

我自小就體會父親的寂寞；父親對我的縱容，更加強了我對他的愛。我跟著他，走遍鎮上的茶樓酒肆，甚至在他入局時，我也站在他身旁，數著他的籌碼。父親的賭友常一看到他身旁的我就皺眉。

記不清什麼時候，依稀是我小學將畢業時，父親忽然放下酒杯，推開牌桌，在鎮上的學校找到工作，先是他早出晚歸，其後索性搬出了家，在學校膳宿。

父親一直優柔寡斷，我至今不知是一股什麼力量，使他決心搬出這似家非家的家。就此父親好像家裡的一名長期客人。有時他回家時正當家裡開飯，我牽著父親的手，拉他入座，他卻笑著搖搖頭：「我用過了。」

暑假放學，兄姊全回家，父親也無課務，似乎也在家用飯，只是依然住在學校。他知道二哥愛吃魚鮮，三姊愛菱角，時常不惜走遍全鎮去物色。

父親的一把芭蕉扇，有小圓桌面那樣大。午餐時揮汗如雨，父親老在我身邊揮著他的大扇，全桌生風。入夜在後院納涼，我躺在他身旁，聽他講母親所謂「最不入耳的山海經」。聽著聽著倦極沈沈睡去。小睡醒來，天上繁星閃爍，眼前一亮，是父親在點燈籠；我坐起來，揉著惺忪雙眼，問他：「你到那裡去？」父親把燈籠對我臉上一照：「我回去。」我送他到後門，倚著門悵望著他的燈籠愈行愈遠，有如一點螢火，我一直不敢也不忍問：「你為什麼不留在家裡？」

我外出讀初中時，父母都已有白髮，而存在兩人間的隔閡，始終未因歲月變色。母親主持家務，主持我們的教育。父親在管不到家務和子女之餘，退而獨善其身。記得我第一次離家就學的那一天，清早去學校向父親辭行。他的學校還未開學，庭院寂寂，在空曠的宿舍裡我看見父親孤零零的一張床；他的同事都有家，全回去度假了。

父親在帳裡探出頭來，笑說：「是你。」我說：「我要走了，學校開學了。」他沈默半晌，才說：「你也要走了。」

在我低著頭走出校門時，父親突然從後面趕來。他一手扣衣，一手把幾張鈔票塞在我手裡：「拿著吧！你還是第一次用爸爸的錢。」他的臉上，依然堆著笑，但不是寬恕姑息的笑，卻是悽然歉然的笑。

初中畢業回家，發現父親已辭職，搬回家來，他的身體不允許他再執教鞭。那年暑假我和他同居一室，常聽他咳嗽。夜半醒來，朦朧中喊他，他總是醒著。

母親對他依然不言不語，我為過度同情父親，幾次出言頂撞母親。母親家法最嚴，有一次在盛怒之下，把我痛斥，我賭氣老早上床，不出外乘涼。幾聲咳嗽，父親也走進房來。他揭開我的帳子，把我身子扳過來，低聲說：「下次別再惹惱你母親，他持家已夠辛勞。」我把扇子掩住臉，停了一響，他又道：「你母親生性要強，我卻一生無有煊赫功名。」他又咳嗽了，我放下扇子，他那時敞著上衣，只見他胸前根根肋骨畢露。「如果有一天我死了，」他說：「你切莫又為我和他們傷了和氣，我又幾曾盡過為夫為父之責。」

就在那年秋間，我接他病電，星夜馳歸，我要伏在他病榻前，重申我對他無底的愛，我要他知道他還有我，並沒有寂寞一生。但我回去時，他卻神智已模糊，他沒有看我一眼。

我伏在他榻上，我等了三日三夜，我沒有別的希冀，只希望在生死的長別前，再有機會讓他愛撫的看我一眼，讓他聽我喊一聲「爸爸」。但是他卻昏睡不醒，我的呼喚，甚至母親對他出奇的溫柔，都喚不回他失去的生命。在他嚥最後一口氣時，床邊家人環泣，他第一次也是最後一次享受了大家的愛和關切。

在他自知不起時，曾囑三姊：「你如孝我，不必厚葬我，各人求心之所安。」他的自責引起了人人自責。屋內哭聲震耳，應該滴滴都是懺悔之淚。在臨去的最後剎那，大家才發現這位被遺棄了一生的老人——一切都太遲了。

二、虬髯客傳

唐・杜光庭

隋煬帝之幸江都也。命司空楊素守西京。素驕貴，又以時亂，天下之權重望崇者，莫我若也，奢貴自奉，禮異人臣。每公卿入言，賓客上謁，未嘗不踞床而見，令美人捧出，侍婢羅列，頗僭於上。末年愈甚，無復知所負荷，有扶危持顛之心。

一日，衛公李靖以布衣上謁，獻奇策。素亦踞見。公前揖曰：「天下方亂，英雄競起。公以帝室重臣，須收羅豪傑為心，不宜踞見賓客。」素斂容而起，謝公，與語，大悅，收其策而退。

當公之騁辯也，一妓有殊色，執紅拂，立於前，獨目公。公既去，而執拂者臨軒指吏曰：「問去者處士第幾！住何處！」公具以對，妓誦而去。

公歸逆旅，其夜五更初，忽聞叩門而聲低者，公起問焉，乃紫衣戴帽人，杖揭一囊。公問誰？曰：「妾，楊家之紅拂妓也。」公遽延入，脫去衣帽，乃十八九佳麗人也，素面畫衣而拜，公驚答拜。曰：「妾侍楊司空久，閱天下之人多矣，無如公者。絲蘿非獨生，願托喬木，故來奔耳。」公曰：「楊司空權重京師，如何？」曰：「彼屍居餘氣，不足畏也。諸妓知其無成，去者眾矣，彼亦不甚逐也。計之詳矣，幸無疑焉。」問其姓，曰：「張。」問其伯仲之次。曰：「最長。」觀其肌膚、儀狀、言詞、氣性，真天人也。公不自意獲之，愈喜愈懼，瞬息萬慮不安，而窺戶者無停屨。數日，亦聞追訪之聲，意亦非峻，乃雄服乘馬，排闥而去。將歸太原。

行次靈石旅舍，既設床，爐中烹肉且熟。張氏以髮長委地，立梳床前。公方刷馬，忽有一人，中形，赤髯如虯，乘蹇驢而來，投革囊於爐前，取枕欹臥，看張梳頭。公怒甚，未決，猶親刷馬。張熟視其面，一手握髮，一手映身搖示公，令勿怒。急急梳頭畢，斂衽前問其姓。臥客答曰：「姓張。」對曰：「妾亦姓張，合是妹。」遽拜之。問第幾，曰：「第三。」問妹第幾，曰：「最長。」遂喜曰：「今夕幸逢一妹。」張氏遙呼：「李郎，且來見三兄！」公驟拜之，遂環坐。曰：「煮者何肉？」曰：「羊肉，計已熟矣。」客曰：「饑。」公出市胡餅。客抽腰間匕首，切肉共食。食竟，餘肉亂切送驢前食之，甚速。客曰：「觀李郎之行，貧士也。何以致斯異人？」曰：「靖雖貧，亦有心者焉。他人見問，故不言，兄之問，則不隱耳。」具言其由。曰：「然則將何之？」曰：「將避地太原。」曰：「然吾故非君所致也。」曰：「有酒乎？」曰：「主人西，則酒肆也。」公取酒一斗，既巡，客曰：「吾有少下酒物，李郎能同之乎？」曰：「不敢。」於是開革囊，取一人頭並心肝，卻頭囊中，以匕首切心肝，共食之。曰：「此人天下負心者，銜之十年，今始獲之。吾憾釋矣。」又曰：「觀李郎儀形器宇，真大丈夫也。亦聞太原有異人乎！」曰：「嘗識一人，愚謂之真人也，其餘，將帥而已。」曰：「何姓？」曰：「靖之同姓。」曰：「年幾？」曰：「僅二十。」曰：「今何為？」曰：「州將之子。」曰：「似矣，亦須見之。李郎能致吾一見乎？」曰：「靖之友劉文靜者，與之狎。因文靜見之可也。然兄何為。」曰：「望氣者言太原有奇氣，使訪之。李郎明發，何日到太原？」靖計之日。曰：「達之明日，日方曙，候我於汾陽橋。」言訖，乘驢而去，其行若飛，迴顧已失。公與張氏且驚且喜，久之，曰：「烈士不欺人，固無畏。」促鞭而行。

及期，入太原，果復相見。大喜，偕詣劉氏，詐謂文靜曰：「以善相者思見郎君，請迎之。」文靜素奇其人，一旦聞有客善相，遽致使迎之，使迴而至，不衫不履，裼裘而來，神氣揚揚，貌與常異。虬髯默然居末坐，見之心死，飲數杯，招靖曰：「真天子也！」公以告劉，劉益喜，自負。既出，而虬髯曰：「吾得十八九矣，然須道兄見。李郎宜與一妹復入京。某日午時，訪我於馬行東酒樓，下有此驢及瘦驢，即我與道兄俱在其上矣。到即登焉。」又別而去，公與張氏復應之。

及期訪焉，宛見二乘，攬衣登樓，虬髯與一道士方對飲，見公驚喜，召坐。圍飲十數巡，曰：「樓下櫃中有錢十萬，擇一深隱處駐一妹。某日復會我於汾陽橋。」如期至，則道士與虬髯已到矣。俱謁文靜。時方弈棋，揖而話心焉。文靜飛書迎文皇看棋。道士對奕，虬髯與公傍侍焉。俄而文皇到來，精采驚人，長揖而坐。神氣清朗，滿坐風生，顧盼煒如也。道士一見慘然，下棋子曰：「此局全輸矣！於此失卻局哉！救無路矣！復奚言！」罷弈而請去。既出，謂虬髯曰：「此世界非公世界，他方可也。勉之，勿以為念。」因共入京。虬髯曰，「計李郎之程，某日方到。到之明日，可與一妹同詣某坊曲小宅相訪。李郎相從一妹，懸然如罄。欲令新婦祇謁，兼議從容，無前卻也。」言畢，吁嗟而去。

公策馬而歸。即到京，遂與張氏同往。乃一小版門子，扣之，有應者，拜曰：「三郎令候李郎一娘子久矣。」延入重門，門愈壯。婢四十人，羅列庭前。奴二十人、引公入東廳。廳之陳設，窮極珍異，箱中妝奩冠鏡首飾之盛，非人間之物。巾櫛妝飾畢，請更衣，衣又珍異。既畢，傳云：「三郎來！」乃虬髯紗帽裼裘而來，亦有龍虎之狀，歡然相見。催其妻出拜，蓋亦天人耳。遂延中堂，陳設盤筵之盛，雖王公家不侔也。四人對饌訖，陳女樂二十人，列奏于前，似從天降，非人間之曲。食畢，行酒，家人自堂東舁出二十床，各以錦繡帕覆之。既陳，盡去其帕，乃文簿鑰匙耳。虬髯曰：「此盡寶貨泉貝之數，吾之所有，悉以充贈。何者？欲於此世界求事，當龍戰三二十載，建少功業。今既有主，住亦何為？太原李氏，真英主也。三五年內，即當太平。李郎以奇特之才，輔清平之主，竭心盡善，必極人臣。一妹以天人之姿，蘊不世之藝，從夫之貴，似盛軒裳。非妹不能識李郎，非李郎不能榮一妹。起陸之貴，際會如期，虎嘯風生，龍吟雲萃，固非偶然也。持余之贈，以佐真主，贊功業也，勉之哉！此後十年，當東南數千里外有異事，是吾得事之秋也。一妹與李郎可瀝酒東南相賀。」因命家童列拜，曰：「李郎、一妹，是汝主也！」言訖，與其妻從一奴，乘馬而去。數步，遂不復見。公據其宅，乃為豪家，得以助文皇締構之資，遂匡天下。

貞觀十年，公以左僕射平章事。適南蠻入奏曰：「有海船千艘，甲兵十萬，入扶餘國，殺其主自立，國已定矣。」公心知虬髯得事也。歸告張氏，具衣拜賀，瀝酒東南祝拜之。乃知真人之興也，非英雄所冀。況非英雄者乎？人臣之謬思亂者，乃螳臂之拒走輪耳。我皇家垂福萬葉，豈虛然哉。或曰：「衛公之兵法，半乃虬髯所傳耳。」

第參輯　散文

關於楊逵

楊逵，台中人。日據時期，從事文學創作，其短篇小說〈送報伕〉（新聞配達伕），有中譯本。為亞非反殖民主義之先驅作家，迭遭殖民者之政治迫害。

光復後，為國民黨蔣政權羅織罪狀，一次逮捕，囚禁十二年。

一九四八年九月，余曾任教台中空軍子弟小學，因仰慕先進賢達，經友人介紹，曾與楊先生有一面之雅；並為其主編之「三日刊」（刊名已忘）撰稿。不意四年後，竟於火燒島與楊先生相值。彼時，先生已髮蒼蒼、視茫茫，神情落寞，垂垂老矣。余不敢趨前問候，蓋囚犯中有人望者，時遭非人道之折磨。

人生之際遇如斯，無言，無言耶！

一九八八年一月十四日深夜

微知　補記於六張犁蝸居

雪泥鴻爪

留言

經過許多年的尋找，終於找到大華了。各位學弟學妹們，我是大華小學第二屆（民國五十七年）、大華中學初中部第七屆（民國六十年）畢業的老學長（雖然年紀並沒有那麼老）。從小（幼稚園）跟方志平校長十一年的學習，那的確是一段一輩子不能忘記也不會忘記的時光。從復興幼稚園在台北仁愛路（大概吧？）到大華初創期的台北信義路違建中，再遷松山機場旁，最後在台北三張犁吳興街畢業，到現在仍然歷歷在目。當我找到這個網站時，還不太敢相信這就是我的大華。直到看到方校長的簡介及國文科林學禮老師的大名時，才非常激動的說服自已，就是他了。不知道這封信是否能送到方校長及林老師手中，更不敢相信倆位是否記得三十年前那個調皮搗蛋，每天到訓導處（或校長室）報到的老學生呢？各位，珍惜你們在大華的時光。延續老大華人優良的傳統，在台北那段時間畢業的校友們，不論在學業、事業上都有極傑出的表現。

陳乘風草於美國加州洛杉磯
中華民國八十九年九月二十五日十九點五分

回應

乘長風破萬里浪，有為者當若是也。

乘風，我是林學禮老師。時隔卅年，我仍記得你。我去學校圖書館借出「大華中學第七屆同學錄」，在「三禮」名單上找到你的名字，同時影印你那時的相片，貼在你的「留言版上」。吳興街地貌已變，高樓林立，上下班時間車水馬龍，途為之塞；早晨的菜市場，磨肩擦踵。以今視昔，恍若隔世。

大華中學被迫（一言難盡）在一九八九年遷至桃園縣楊梅鎮三民路二〇〇號陽光山林社區。這兒是「三無」的世外桃源：無噪音污染、無空氣污染、無不良場所污染。是現代孟母心目中理想的讀書環境。

方志平校長在台五十多年，未曾離開校園一步，細數當今人物，能有幾人？今年事已高，在家過悠游的讀書、寫作生活。

我現在教的兩班學生，比我的孫子還小，師生相處融洽。今年教師節，學生贈送的卡片稱我為「國老」，非國之大老，乃國文老師之簡稱。不管怎麼看，總之，令人十分窩心。

國事蜩螗，世事如煙，你仍能記得卅年前的「大華生活」，念舊之情深濃，令人感動。如有返台之便，甚盼一敘。

林學禮　二〇〇〇、一〇、二　於陽光山林

如夢前塵

認識方志平校長，是在民國三十五年的寒冬。

那時，她擔任台灣省立國語實驗小學校長，我是應台灣省行政長官公署教育處徵聘教師來台任教的。

離開上海時，天寒地凍，呼氣成霧。由基隆上岸搭火車來台北，有兩件事印象極深：一件是此地人怕冷，氣溫十二、三度，人人縮頸搓手，彷彿滴水成冰的樣子。另一件是人力車的雙輪巨大，竟有半人高，一坐上車，車伕一拉槓一抬腰，整個人差點翻跟斗往後翻出。及至坐穩縱目四望，只見台北街頭，行人稀落，偶爾高底棕屐敲著柏油馬路的「跺、跺、跺、跺」聲，聲聲清晰。那滿目荒涼，劫後餘生的蕭條、破落、衰敗景象，令人悚然心驚。

在校長室見面，經過寒暄，校長向我介紹：「這位是潘主任，教務主任潘承德（註）

先生。」

潘主任長有「白瑞德式」的小鬍子，滿臉皺紋，是個飽經世故的人。

「校長，我擔任什麼課務？」

「一班導師，教國語、歷史、地理。」我點點頭。她又說：

「你學過注音符號嗎？」

「師範畢業時的那一年，有專科老師教授。」

她滿意地「哦！」了一聲。

稍後我才知道，方校長兼任國語推行委員，負有特定時空的教育任務。光復初期，本地人以日語交談，接撥電話，只聽「摩西！摩西！」聲聲入耳。當時報紙只有新生報一家，每日一大張，上半版是中文，下半版是日文。所以推行本國語文教育，是迫不及待的任務。

那時方校長很忙碌，一方面向長官公署爭取經費，修建二戰後期遭盟軍飛機炸燬的校舍。我擔任的班級教室，就是因陋就簡用木板搭建的，小朋友跑在走廊上，發出「空隆！空隆」的震耳聲。另一方面不停地有學生家長來訪，或者去拜訪學生家長會有力人士。後據同住宿舍的潘主任轉述，方校長任職之初，家長會很不合作、很排斥。認為女人當校長，從未有過，後來經過「交接事件」才慢慢改變態度。

日本人做事不含糊。原日人校長辦理移交，所有校產一一登列清冊。當方校長發現一個大保險箱、一架鋼琴，並未列入移交清冊而覺不妥，當即邀請家長會正副會長另行點交，登列清冊。由於處事明快、決斷、光明磊落，贏得了家長會的支持與敬重。所以當民國三十六年發生「二二八」事件時，國語實小深受學生家長會的照顧、維護，毫髮無傷。

這年的四月，事件漸漸平靜後，學校開始上課，我卻接到家書要我回家。方校長看了我的辭呈以及後附的家書，沉吟了好一會：

「中途離職於法不合。但結婚是人生大事，在情理上我很難拒絕。」

那段時間，大陸來台人士，無論擔任公職或經商的，猶如驚弓之鳥，恨不得飛離台灣。所以買「船票」難如登天。我三日兩頭跑基隆，總是一票難求，終日繞室徬徨。這時，方校長卻來宿舍看我。

「我要留你正是機會，但是留住你的人，留不住你的心。你拿我的名片，去基隆海關找張達興張專員，請他想辦法。」

隔了五天，就在四月二十三日，我搭了開往上海的招商局的「海黔輪」。

往事依稀。方校長在台灣作育英才五十多年之後，放下重擔離開人間。午夜夢迴，忽然想到張蔭麟教授在「孔子的人格」一文中說：

「教育是孔子心愛的職業，政治是他的抱負，淑世是他的理想。」

我想，我可以這樣說：

「教育是方校長心愛的職業，教育是她的抱負，教育是她的理想。」數十年如一日，不改其志，細數當今人物，能有幾人？嗚呼！

民國八十九年十一月十七日深夜于楊梅

陽光山林

註：潘承德先生，江蘇宜興人。民國三十八至四十年間，擔任台北縣瓜山國民小學校長，遭到政治迫害，于民國四十年十月九日凌晨，在台北市馬場町刑場（今青年公園附近）遭到槍殺。時年四十二歲。

「寫作班」答客問

問：大華中學國文科教學研究會成立「寫作班」，是否受到清華大學開辦「寫作中心」的影響而見賢思齊？

答：說見賢思齊，我們承擔不起。影響是有的，那是指受到鼓勵，受到啟發。

問：你認為目前中學生的寫作能力，是否像一般人所想像的那樣差？

答：關於這個問題，我們同意清大教授——也就是「寫作中心」主任蔡英俊的說法：目前學生的「寫作品質到底如何？是否低劣？並沒有得到明確而具有公信力的評估。」

不過，凡實際擔任國文教學的同仁，我想答案是肯定的。所謂批改學生作文，是國文老師「心頭永遠的痛」。那是如人飲水，冷暖自知。

問：可否請你談談成立「寫作班」的宗旨？

答：寫作班的宗旨有二：

一、培養學生的閱讀習慣，提高閱讀興趣；進而與書為伍。希望他們在成長的過程中，以及他日在繁忙的工作之餘，甚至晚年退休之後，能悠游於浩瀚的書海，怡然自得，樂以忘憂。

二、培養學生的寫作能力。在日常生活中，目有所見、耳有所聞、心有所感，而能運用文字，通順達意地、正確適切地表達出來。

問：通順達意我了解。所謂「正確適切」是指什麼？可否舉例說明一下？

答：可以。例如學生在週記上寫：我好痛苦，我爸爸媽媽又吵架了！老師批：為什麼？學生答：我爸爸衝冠一怒為紅顏！原來他父親有外遇。

又例如學生寫：我要用功讀書，不懂要問老師。我要做到不恥下問。

以上就是未能正確適切地使用成語的例子。而令人憂心的是，目前平面媒體、文字工作者，甚至語文教學工作者，使用文字，也常有類似的情形出現：

例一：本校國文科同仁，參加校外「推動讀書會」研習活動，主辦單位在講台上貼了一張很醒目的標語，上寫：「書中自有顏如玉」。男女平權是時代趨勢，如果仍把女性視同「黃金屋」，是很不適切的。如果台下坐的是女生，那該如何鼓勵？

例二：民國九十年五月二十四日，《聯合報・國際新聞版》有這樣的標題：「不致溫室效應，核能鹹魚翻生。」

民國九十一年一月二十三日，《中國時報》報導上海房市，標題是：「上海房市熱絡　二手房鹹魚翻生。」

民國九十五年五月二十三日《聯合報》Ａ２版，有如下的標題：「台開鹹魚翻生，邱毅點名張景森。」

徧查大小辭書，並無「翻生」一詞。

「翻生」應為「翻身」之誤。

「翻身」有二解：一、轉身：唐・杜工部詩：「翻身向天仰射雲，一笑正墜雙飛翼。」二、喻從困苦中解脫出來：《元曲選》楊顯之〈酷寒亭・四〉：「虎著箭痛難舒爪，魚遭密網怎翻身？」

翻身是常用詞，有鹹魚翻身、石板翻身、窮人翻身、鄧小平從政生涯三落三起大翻身等。

例三：前不久美國總統布希訪問中國，在北京清大發表演說，有關台灣問題，只用「和平解決」，而不用「和平統一」，引起清大學生質疑。二月二十一日《中國時報》第二版「華府瞭望」有這樣的報導：「……清大學生硬逼布希改口『和平統一』那實在是強人所難。布希總統威武不屈，甚是難得。」布希是「一霸獨大」的美國總統，不是文天祥，不是鐵鉉（明建文帝之兵部尚書。燕王棣兵入南京，鉉被擒不屈死）。而記者用「威武不屈」讚美他，豈不離譜？

例四：九十一年一月六日，《中國時報》十一版，報導時報文學獎評審團代表致詞：「……文學獎參賽作品逐年墮落，非要得到文學獎的心態，大不利文學的成就……。」

正確的說法是……非要得到文學獎不可的心態……。「不可」一詞絕不能省。

民國九十二年十一月六日的《中國時報》社論，有這樣的標題：「一定非要走到抹紅甚至抹黑的地步嗎？」顯然犯了跟上例相同的語病。

類似不合語法的句子，平面媒體到處可見，大有積非成是的趨勢。

從事文字工作的專業人士以及平面媒體的記者、編輯，在遣詞用句方面，如此的漫不經心，如此的隨意揮灑，所造成的負面影響是很深遠的。所以我們在寫作班成立的宗旨第二點，特別強調「正確適切」意即在此。

問：可否請你簡單介紹一下寫作班的工作如何進行？

答：原則上寫作班每週上課一次（高中組、國中組分開），時間是在星期一上午八至九時的週會時間。地點在本校行政大樓二樓會議室。具體工作如下：

一、選輯報刊適合的作品影印，上課時發給學生閱讀、欣賞、分析、討論。（例如聯副九十一年二月二十四日〈韓愈和法門寺的佛指骨〉一文，我們就影印做為寫作班學生的參閱資料。）

二、推薦文學作品為定期教材，並指導學生寫閱讀報告。

三、命題寫作或自由創作。

四、學生作品由指導老師評閱，每次挑選一、二篇「可改性」較高的作品詳改——一改、二改、三改定稿後，影印發給學生比較閱讀、探討。

問：寫作班學生，是否另繳費用？

答：不收費用。我們要特別說明的是：寫作班需要大量的人力物力支援。在此我們謝謝學校當局暨各處室的鼎力襄助，還有同仁們的協助與合作。謝謝，衷心地謝謝！

二〇〇二、三、六　燈下於陽光山林
二〇〇六年五月二十九日　補註於台北辛亥蝸居

國文教學那裡走？

有關學生國文程度低落，是常被談論的問題。現在，連教育行政當局，也認為此一問題的嚴重性了。例如今（六十四）年一月四日，省教育廳給全省公私立各級學校的函件指出：目前學生自小學至高中，學習國文十二年後進入大學，其作文能力一般情況仍極薄弱，且有每下愈況之勢（見一月五日《中央日報》第四版）。

可是另一方面，國文「容易過關」的觀念，卻又普植人心。請看國立政治大學所提〈對大學國文教學興革意見〉（見《中國語文月刊》第三十五卷第六期）裏的幾句話：「……一部份學生，誤認大一國文容易過關，不必痛下功夫研讀習作。一部份學生求知慾很高，因大一國文教學與高中無異，而大失所望。……凡此種種，實為導致大學生國文程度低落的因素。」大學生國文程度低落，怎麼會跟「國文教學與高中無異」發生關係呢？所謂高中國文教學是怎麼回事呢？一句老話：「照本宣科」，讀一句講解一句。據我所知，中等學校中，頗不乏不屑於把課文「硬性注入」學生頭腦的教師，無奈個人力量單薄，無法衝破高中、大學聯考國文科命題方式所造成的「魔障」。

考試領導教學，今日已成不爭的事實。而且跟惡性補習同成為時代用語了。因此今日國文教學，形成這樣的一個公式：聯考考什麼，國文科就教什麼。聯考怎麼命題，學校的各種考試就依式「摹擬」！於是，明明是一篇好文章：有思想、有內涵、有文采、有技巧，不用教，不必教，也沒有人要求你這樣教。為什麼？聯考不考。於是，課文欣賞，文章分析，主題探索，作者寫作動機，作品時代背景等等，一腳踢開，無人理睬。

今天，「肢解課文」的教學法，已成氣候。請看政大所提「興革意見」第四點：「教學方式應注重啟發，避免硬性注入。講授古人作品，不可只作詞句的解釋，而需要深入探討……」一葉知秋，「肢解文章」的國文教學法，今已更上層樓，跨進大學之門了。今天，在考試領導教學的長時間薰陶下，學生背注釋，猶如春蠶食桑葉，你注「母校：母親的學校。」好。「溝通：陰溝通了。」好。這雖近戲謔，但卻有它的現實背景。作文題是「我的母親」，他會寫：「我的母親是女生，她是我爸爸的太太。」題目是「秋季遠足」，他會寫「一路上家家高樓，戶戶垂楊，看那桃紅柳綠，老圃黃花，美不勝收！」而所以造成這種「可悲」的情形，是考試領導教學所產生的後果。

在這裏我無意否定國文教學活動中有關字形、音、義教學的重要性。我更不認為對這方面的教學是易事。學生學習本國語文，字形、音、義的學習是基礎。學生有了相當的基礎，然後才有富麗堂皇的「上層建築」。而一個國文教師，雖然具備了文字、音韻、文法等專業知識，但亦難保不犯錯誤。講文字構造，雖有「六書」可循，但亦難「涵蓋」。論字體，有正體、俗體、簡體，還有通、同、假借。這許多「陷阱」，稍一不慎，就會跌入。講字音，四聲不談，光是語音、讀音、又讀、破音，已不易招架；還有一字多音，時常「待機而出」。例如一個最常見的「著」字，就有「ㄓㄨˋ」、「ㄓㄨㄛˊ」、「ㄓㄠˊ」、「ㄓㄠ」、「˙ㄓㄜ」五種讀法，而且是音異而義殊。國文教學中，這種「冷箭」，是防不勝防的。

關於字詞釋義，一般說來，並不太難，因為至少有辭書可查，但字詞相互結合另生新義，或單純的詞義在涵義周延的句子中，辭書上不一定有妥切的解釋。例如《國中國文》第三冊第十七課〈郭子儀單騎退敵〉（選自司馬光《資治通鑑》）一文中，有一段寫回紇都督藥葛羅對郭令公說：

「……令公復總兵於此……我曹豈肯與令公戰乎？今請為公盡力擊吐蕃以謝過。」一句末謝過一詞，可能是編者認為是常用語，所以沒有注釋。但用在這裏，應有講究。查「謝」

有八義，其中一義是「自認其錯」。「過」有九解，其中一解是「差錯」。兩字結合，可釋為「自認有錯，請人諒解」。但「回紇、吐蕃數十萬眾入寇，合兵圍涇陽」所造成的嚴重局勢，豈是「自認有錯，請人諒解」所能善其後的。所以除了作「謝過」一詞單獨解釋外，似應指出：此處應有「彌補過錯，將功折罪」的含義。如此才能避免因過份咬文嚼字而害意。

然而，國文一科有關字形、音、義教學雖然重要，但亦只能說是起點，不是終點；是手段，不是目的。國文科的教學目的，應是：一、培養學生的閱讀能力（包括理解、速度、欣賞、分析、批評），以及從閱讀中激發學生的愛國情操與認識悠久宏深的民族文化。二、培養學生的寫作能力（有理寫得通，有事寫得順，凡有所見、所聞、所思、所感、所悟，都能用文字表達出來）。這不是立竿見影的事，得用水磨功夫，經年累月，誨之誘之，啟之發之。不僅要用心——熱心，還得要用力——實力。

今天，中學國文教學的一般情形是這樣的，遇上文言文，教師讀一句講解一句，接著解釋句中的生難詞語，然後指出句中的虛字，並說明其詞性。這種教法，即使枯燥乏味，學生也會豎起耳朵聽。因為他不懂，你懂，他只有聽你的了。只要講解明白，也算交待得過去。學生考試，也不致於臨「題」涕泣了。教語體文，如果依樣葫蘆，那就砸鍋！因為語體文你懂，學生也懂。你唸一句講一句，誰聽你的？於是秩序大亂矣。除了教師脾氣實在太好，任他們「五胡亂華」，那只有揮動戒尺，呼喝鎮壓，甚至把領頭吵鬧的驅逐出境——趕出教室罰站。

國文教材選用文言文，除了欣賞文章豐富的內涵以及優美的辭章文采，另有培養學生有獨立閱讀古籍的能力，使他們將來如果有機會鑽研「三墳五典八索九丘」時，也不至於比讀洋書更困難。國文教材選用語體文，除了培養學生的閱讀能力外，更重要的應是訓練學生有使用現代活的語文寫作能力。所以教語體文，一定要用心，一般所作的「課前準備」是不夠的。這要深入課文內容，一讀、再讀、三讀，攤開文字表象，發掘文章內涵。找出作者所要表達的是什麼，如何表達，成功了沒有。教學時不僅要告訴學生這是好文章（課文所選不夠「好」的自然也有），還要說明好在那裏，如何的好法。不僅要把你的見解說到「自圓其說」，還要說到學生點頭、微笑，發出「茅塞頓開」的可愛狀。

例如國中國文第十九、二十課〈魚〉，可能是不好教的課文。因為，一、文字平易；二、故事簡單。題旨裏說：「作者藉一條魚來寫祖孫之間的親情」。可是，親情在那裏？一時不容易發現。卻先看到祖父「在門後抓到挑水的扁擔，一棒打了過去。」孫子的「肩膀著實地挨了一記」。所以我們要多花一點時間去探索隱藏在文字（各處）背後的「親情」，這就關連到欣賞分析了。如果我們把這篇課文也用讀一句講解一句的老套，大概三四節課也就夠了，可是學生得不到什麼。雖然教師在台上唸唸有詞，甚至力竭聲嘶，學生在台下卻垂頭喪氣，左顧右盼，胡鬧搗蛋是免不了的。

有關〈魚〉的寫作技巧，也值得討論。例如孫子「阿蒼」買魚回來，在半路上掉了，回家不敢面對祖父，躲在廚房裏「把整個頭都埋在水瓢裏咕嚕咕嚕的喝水」。祖父從門外「到臥房，到工具室，再轉進廚房才看到」孫子埋頭猛喝水。就說：『「噢！在這裏，帶魚回來沒有？」

『阿蒼還在喝水。』

這是本文作者寫作技巧的細膩處。他用作品中人物的行動，來表達作品人物的「駝鳥精神」——逃避現實，逃避因掉了魚不敢面對祖父的現實。所以他才像渴死鬼那樣把整個腦袋埋在水瓢裏。

我如此強作解人，也許有方家不能苟同。但我總覺得教語體文應向這方向努力，才不致於「沒什麼好教」的；才能培養學生的閱讀能力與提高學生的寫作能力。

原載民國六十四年五月三日

《中華日報》文教版

秦（始皇）陵・兵馬俑及其它

陵　土山。《書經（尚書）・堯典》曰：「蕩蕩懷山襄陵。」後世稱帝王或國家元首的墳墓曰陵，如：明孝陵、明十三陵、中山陵等。《水經注・渭水篇》記載：「秦稱天子塚曰山，漢曰陵。」秦二世時（時間很短）稱始皇山，漢以降則稱秦始皇陵。

俑屬形聲字。據清朝學者段玉裁著《說文解字注》：俑為偶的假借字，其義為古代用以殉葬的木偶或陶（土）偶。今稱「兵馬俑」，取其「典雅」、琅琅易上口而已。

俑為古字，今幾乎不用。一般辭書上找不出以俑字構成的詞語。唯一的例外：《孟子・梁惠王篇》（上）：仲尼（孔子）曰：「始作俑者，其無後乎！」那是罵人很毒的話。無後（斷子絕孫）為不孝之極。古稱不孝有三，無後為大。可見孔子罵人並不「溫良恭儉讓」。而「始作俑者」是比喻首創作惡之人。曾經在媒體上轟動一時的李師科，是台灣搶銀行的始作俑者，朱高正是立法院上演鐵公雞的始作俑者。

一般人以為秦陵在西安，乃未曾細究之故。精確地說：秦陵的地理位置，在陝西省臨潼縣（距西安約三十五公里）「驪山」北麓。

說到驪山，在歷史上跟「馬嵬坡」是齊名的。唐朝大詩人白居易〈長恨歌〉有一句很「綺麗」的詩句：「春寒賜浴華清池」。華清池就在驪山之下。那是做「公公」的給媳婦建造的溫水浴池。唐明皇與楊貴妃的愛情故事，千古流傳，大詩人為翁媳不倫之愛譜出了那樣淒美的詩篇，令後人低首徘徊，吟詠不捨，讓人興「大丈夫當如是也」之嘆。如果換成打光腳的黔首，則難逃千夫所指。做皇帝真好，難怪到了民國還有妄人硬是要做皇帝。

秦陵面積廣及數十公里。根據《史記》〈秦始皇本紀〉記載，秦陵內部上空繪有日月星辰，下部模擬秦國的山川河流，凡秦帝國內的地貌盡在墓內呈現。另有百官位次，象徵秦始皇死後如同陽世一樣執政。而秦陵外部地面上的建築，與咸陽宮相比，是一點也不缺少的。而今經兩千兩百多年的滄海桑田，地面上僅是小山丘一座，地底下深處卻分布有數百座陪葬坑，如兵馬俑坑、銅車馬坑、兵器坑、馬廄坑、珍禽異獸坑等。

一九七四年出土的兵馬俑坑，僅是秦陵地宮眾多建築群之一。

秦始皇姓嬴名政。十三歲即位；二十二歲親政，掌實權。稱王二十五年，稱帝十一年。五十歲那年，第五次出巡，死在河北廣崇縣沙丘平臺。

秦陵建造始於嬴政即位之時，當他死的那年，仍在繼續建造中，歷時三十七年，動員了全國二千萬人口的十分之一的人力。同一時期服勞役的苦力，最高時達七十萬人。

兵馬俑　是最先出土的地下陪葬物。

一九七四年春，臨潼久旱，西陽村農民楊志發打井，挖到四公尺深處，挖出陶俑殘肢斷臂，驚動了縣、省甚至中央的文物局，於是二十世紀震動世界的人類考古大發現由此揭幕。

以出土先後為序，有一號兵馬俑坑、二號兵馬俑坑、三號兵馬俑坑、四號兵馬俑坑、馬廄坑、兵器坑、銅車馬坑等等。

一號兵馬俑坑，距秦陵東一千五百公尺。坑內以戰車、步兵為組成軍隊的主體。

二號兵馬俑坑，是以戰車、步兵、騎兵組成的混合作戰部隊。

三號兵馬俑坑，是統帥部；是指揮作戰的神經中樞。

四號兵馬俑坑未建成。秦二世時農民暴動，被迫停工。

一、二、三號兵馬俑坑，總面積達兩萬五千多平方公尺，一號坑最大。三個坑內一共挖掘出八千多件陶俑、陶馬、「真刀真槍」的青銅兵器十萬多件。

兵馬俑的出土，被譽為世界八大奇蹟。一九八七年，聯合國教科文組織列入「世界人類文化遺產」名錄。是二十世紀考古史上的偉大發現之一。

與真人等高的兵俑，有千人千面之稱。面貌、表情各不相同，十分寫實。據推測當時有真人（模特兒）為塑造雕刻的對象。

陶俑　高大，令人懷疑，有這麼高嗎？出土的陶俑一般是一百八十公分左右，最高的近兩百公分，最低的也有一百七十五公分高。這叫「通高」。實際身高要減去頭冠和腳踏板七、八公分。當時秦軍的「鋭士」（精鋭的士兵）是精挑細選的，就像總統府站崗的憲兵，個個高頭大馬，威風凜凜。所以秦俑的身高，是符合古代鋭士的形象的。

陶俑製作考據十分講究，像服飾、髮型、領巾、方頭鞋、盔甲、佩飾、甚至鬍子，都因階級不同而有差異，同時技巧十分細緻。

陶馬　是從二號坑出土，共有一百六十六匹，跟真馬同高。

陶馬的製作，從肌肉的線條、馬鞍的配備、編成辮子的尾巴，完全是寫實的，反映出當時的文化風尚。

一九八四年美國總統雷根參觀兵馬俑，記者攝影，雷根故作「上馬狀」被阻止，笑著說：「我以為是真馬呢」！雷根是演員出身，不忘本業，引得眾人開懷大笑。

兵馬俑的出土，是世界雕塑藝術史上的大奇蹟，以往提到雕塑藝術，必稱希臘、羅馬，同時期的東方則沒有什麼可稱道的。而秦兵馬俑的「大、多、精、美」，在世界雕塑藝術史上獨樹一幟，被譽為是東方古代藝術的一顆明星。

銅車馬　是一九八〇年在秦陵西側出土，體積為實物二分之一，共有兩乘。

一號銅車馬，四馬並轡，是敞篷車，又稱前導車，御官俑站立駕駛。車身通長二二五公分、高一五二公分、重一〇一六公斤。

二號銅車馬，四馬並轡，為密閉車，稱安車，為秦始皇的座車。出巡時「安車」有十幾輛，以防刺客。嬴政生前五次出巡，其中一次在「博浪沙」遭刺客大鐵椎襲擊，只擊中副車，逃過一劫。

安車通長三一七公分，高一〇六公分、重一二四一公斤，御官俑坐著駕駛。兩車各有三千多個零組件，並有金、銀、銅製的飾品。出土後經修復仍可轉動。被譽為古青銅器之冠。

青銅兵器　秦陵地宮挖掘出的青銅兵器有十萬多件。分短兵器：劍、金鉤；長兵器：戈、戟、矛、殳、鈹、鉞；遠射兵器：弩機、銅鏃等。由此可見秦兵器精良、殺傷力強，難怪敵人望風披靡。

深埋地底下二千多年的青銅兵器，經處理拂拭，仍然光亮犀利，被重壓的劍身，壓力去後立即恢復平直原狀。據治金專家考證，青銅兵器表面經過「鉻鹽氧化」處理，故能防銹防腐，這種「科技」，德國在一九三七年，美國在一九五〇年才發現應用。

秦始皇嬴政，一生征戰，為什麼幾乎窮畢生歲月營造死後墓地，以及用大量陶俑陶馬陪葬？

古籍記載，中國自夏、商、周三代以來，信奉「五德終始」說，認為人死後進入另一空間，一切猶如人世。所以統治階級包括王公大臣、貴族、奴隸主，皆用活人殉葬。少者三五人、多者幾十人甚至幾百人陪葬。秦陵發掘出大批兵馬俑，足見秦時活人陪葬制度漸趨廢除。據《史記・秦本紀》記載，秦武公死時，殉死者六十六人。這種殘酷的活人殉葬制度，在秦穆公死時（西元前六二一年，距今二千六百二十二年）遭到強烈的質疑。秦穆公身後殉葬的多達一百六十六人。其中還包括三位朝廷大臣。故有「三良殉葬，黃鳥哭之」的謠詠。

所謂三良，是指秦穆公時的朝臣奄息、仲行、鍼虎。《詩經・秦風・黃鳥・序》：「黃鳥哀三良也。」又見文選「寡婦賦」：「感三良之殉秦（穆公）兮，甘捐生而自引。」

一九八六年，中國考古學者在陝西鳳翔發掘的秦景公墓中，有一百多個殉葬的奴隸。

直到秦獻公繼位（西元前三八四年）才正式頒布「止從死」，以法令形式廢除殉葬制度；所以秦陵地下宮以兵馬俑代替活人殉葬。但法制歸法制，徒法不能自行。《史記・秦本紀》記載，秦二世胡亥下令，把秦始皇後宮未曾生育的嬪妃全部陪葬（活埋）。另外，陵園中還有幾萬名參與秦俑坑雕塑的藝術大師（從全國各地徵來）以及修建俑坑的工匠，也被一起活埋在墓道之內。

走筆至此，引詩一首：

功罪紛紛論始皇，
至今文物發奇光；
二千二百年前事，
恍聞鬼哭起八方。

秦陵兵馬俑來台展出，是跨世紀的文化界盛事。美國《紐約時報》有一評文云：「現代版的木馬屠城記」。細心的讀者，不妨仔細捉摸推敲。

關心國是的人，常以為台灣與大陸的「糾葛」，是海峽兩岸的問題。

愚以為那只是表象；真實的內涵，乃是太平洋兩岸的問題。每今及此：余心不禁戚戚兮，為杞憂而反側！

註：所引的詩，選自臨潼兵馬俑博物館收錄的「詠詩」之一。第四句，原為：恍是兵車會八方。

二〇〇一、二、十七日
于大華高級中學校務會議　報告

與友人書（一）

一九八八年十月二十五日，你自杭州寄出的信，十一月九日收到。讀你的信，彷彿秉燭夜談，聽你娓娓道來，你的生活情形、你的家人近況，歷歷在目。四十載睽違，竟未畫下鴻溝，也真難得。

今年有兩件事，讓我的生活充滿朝氣，讓我的內心充滿感激之情。一是返鄉探親掃墓，家兄家嫂身體健康，子姪輩懂事明理，人人守份。與家人相聚六日，除掃墓祭祖、遊江心寺，未曾外出，亦未驚動鄰里，平淡中自有恬然自適之感。二是跟四十多年來未曾忘懷的好友取得聯繫，書信敘舊，實非「老杜」所謂「萬金」所能比擬。

祖權兄返滬探親，我難能免俗托他帶點「伴手」分贈滬杭親友。他說，時間允許將偕秀貞到杭州一遊。所以順便托他帶點給你，非敢言贈，略表「千里鴻毛」之意而已。

祖權兄返鄉前三日，我收到一點版稅，反正已麻煩他了，多一點也無妨，所以托他在香港買彩視、洗衣機給家兄家嫂，買一台收錄音機給你。你視力不好，少看書、多聽點音樂也好，沒想到讓你如此為難。只是臨時匆匆，忘了托買耳機，明年返鄉帶一副去，再選幾卷錄音帶。如果你能告訴我，蘇兄及甥輩喜歡聽那類音樂，那才不負你我朋友之誼。

你信中所提書畫十家，其中張懷江彷彿是我「落霞」同事。高個子、戴近視眼鏡。今聞昔年故人皆有成就，亦人生一大樂事。

至於我，不敢當你的美辭。喜歡文學，是一輩子的事了，臨老也未變節。只是目前有些名家作品，竟讀不懂，是為憾事。因喜讀而偶然手癢，提筆塗鴉，一抒胸臆。年少時雖曾有夢想，但限於才識，又挫於境遇（十幾年不讀書、不讀報），荒疏過久。自入晚年，世事洞明，更不敢作胡妄之想。此非矯情，實不願欺老友而自我貼金。

好友祖權兄，憑雙手創「中華建築師事務所」，二十多年小有成就，可當得起兩句話：

雙手劈開荊棘路，

抬頭目迎明月來。

祖權兄出身中大建築系，遭十五之劫（坐十五年政治牢），失去所有憑藉，能有今日成就，實非易事。祖權兄晚婚，大女兒在美讀大學、次女讀高中。有一次大女兒拿一份剪報向同學吹噓：「這是我乾爸爸寫的。」言下頗有得色。她同學讀後大為驚訝：「哇塞！你乾爸爸還會寫文章啊？」我乾女兒說：「不是她啦，是另外一位，在台灣，他還會寫小說。」

這是秀貞跟我說的，我聽了大樂。

秀貞具慧眼，與祖權結婚時，僅一床一桌，別無長物。台灣夏天酷熱，靠門板擋風入室，苦況可見。秀貞婚後曾與我同事，教英語，發音正確，音色優美，學生最喜歡聽她的課。後來轉到公立學校，曾被評為優良教師。她在美取得居留權，平常在美國陪女兒，隔段時間回台。我曾笑說：「秀貞是空中飛人，祖權卻是內在美」（內人在美國）。

敏生兄與我，十多年生死與共。他的經歷較長，像王寶釧苦守寒窯──十八秋（坐十八年政治牢）。他的毅力驚人，自修英文、日語，是裁縫師，又是木匠。也曾輪值一個月下伙房，煮一百多人吃的飯菜，冬瓜之名，不脛而走（冬瓜是他的外號）。在火燒島我們日常上山下海，勞動量極大，我體力差，不勝負荷，常賴敏生兄援手。即使手足，也難逾此情。

敏生兄也晚婚，他在台無親人，由我掛名主婚、祖權兄證婚。他有子女各一，長女明年考大學、兒子今年上高中。太太是本省人，持家有度，燒得一手好菜（是拜師學藝的）。有時接敏生兄電話：

「學禮嗎？來我家吃晚飯，有南部同學（指坐牢難友）來。」

我知道，他太太又有新手藝了。

敏生兄夫婦皆大方好客，雖不能說「座上客常滿」，也差不多了。上次他回山東探親，返台經杭州承你熱情照應，在此轉達敏生兄誠摯的謝忱。

現在說說「吾妻湘文」：

吳林兩家是世交，來往密切。她家是二樓洋房，在二樓可看到我家樓房。她是我小學同學。我小時頑劣，時常欺侮她作弄她。她就到我家告狀，我因此被罰，所以不喜歡她。有一次，她把她大哥收集的香煙畫片（三國人物，四周金邊的）帶到學校獻寶，被我騙來賴皮不還，害她好慘。前些日子，「稻草堆前說當初」，我問她還記得此事嗎？她說：怎不記得，小時你好壞！

有一次，她父親自滬回鄉，對我父親說：「志平兄，我們兩家應該結親家。三個女兒，由你選。」

結果，老三八字最合，那時我大概十二三歲。湘文比我小，十歲左右。

小孩子雖不懂事，但也知道害臊。從此我就不敢到她家去。

她是么女，難免嬌縱，她祖母常說：「林家老二是個莽撞，將來有你的苦吃！」（莽撞，家鄉土語，指性格爆烈不講理之人）

誰知湘文吃我莽撞之苦少，而另一種苦卻如煉獄（我坐十三年政治牢），令她備受煎熬。

湘文性情溫和，為人寬厚。年輕不化妝，年老不虛榮。更難得的是意志堅定，她有一句話令我永世難忘：「我不要兒子做拖油瓶！」

她身體健康，極為耐勞，即使有點病痛，也不哼哼唧唧，不像我會鬼叫。一旦病倒，那就不輕了。於是大孫女端湯捶背，小孫女哭喊：「奶奶不要死呀！奶奶不要死呀！」湘文不迷信，也不忌諱，聽了只是笑笑。一笑百病鬆，就慢慢痊癒了。

湘文燒得一手好菜，但不像敏生夫人，師出名門。她是土法鍊鋼、自己捉摸出來的。她的拿手絕活是「紅燜茄子」。媳婦妙蘭的同事朋友，多半出自餐飲業，一嘗美味，無不稱絕，大讚：

「林媽媽，你可以掛招牌亮字號，包你興動！」

我不夠格做美食家，但很挑嘴，博今也是，兩個小孫女也不後人，時常會提示：「奶奶，好久沒喫炸鷄了！。」

第二天晚餐桌上，準有炸鷄。

博今很體貼母親，偶而也會提一下：

「媽，沙丁魚很貴吧！」

第二天晚餐，準有油煎沙丁魚條。

難得的是，湘文不吃牛肉，但炒牛肉絲、紅燒牛肉一樣燒得出色行當。此刻廚房裡飄出牛肉香味。我問：「晚飯吃的？」

「不，明天帶飯的。」

台灣上班族、學生流行帶飯盒（俗稱便當）。

我家一天四個便當，有時五個，是博今朋友要吃，加一個。博今這個朋友在海關工作，現在已到美國去了。離台前頗為惋惜說：「喫不到林媽媽的便當了！」

做便當看是容易，其實大難，每天菜色翻新，有些菜不能蒸，一蒸就失味、變色。我連續吃了二十幾年便當，樂此不疲。有位共事二十年的女同事笑我說：

「林老師，看你吃飯胃口真好。」

「味道好嘛！」

「你真有福氣。我兒子說：媽媽只會做一道菜——蛋炒飯。我先生說：還會一道菜——飯炒蛋。」

人不愼會失足，馬也會失蹄。湘文做菜偶而也會失手。在飯桌上我有時會開玩笑：

「湘文，最近鹽巴跌價了？」

「沒有啊！」

過了老半天，她會過意來，嘗了一口：

「嘿！好像鹹了一點。」傻傻一笑。

湘文有一缺點，她從不否認，就是不愛看書，一翻開書本，不用三秒鐘，就會睡著。有時斜躺著讀報，雙手持報，十分專注的樣子，仔細一瞧，已經睡著了。只是那姿勢，仍然不變，眞夠難為她（博今亦有乃母之風，一點也不像我）。我近讀「芙蓉鎮」徹夜未眠，一點不減當年神勇。

湘文另有一絕：邊看電視邊打盹。你把電視關上，她又醒了。

「你不是睡著了？」

「我沒睡，聽得清清楚楚。」

打開電視，她又故態復萌。半睜眼半閉眼，在寤寐間，怡然自得，那形狀神似海龜在沙灘半閉眼睛晒太陽。

湘文並非糊塗，卻對數目字沒有觀念。在菜市場從不還價，也不看秤。初時頗吃虧。久了，卻頗有好處。要什麼，老闆就選好包紮好擱著，等她拿。有時忘了拿，也會送家裡來。錢付錯了，老闆會說：「太太，少給四十五元。」或者說「太太，多給三十元啦！」人說生意人奸詐，其實相處久了，誠心相待，自然也就不奸不詐了。如果說人心奸詐，倒不是商人的專利，反而一些食肉者，外表似神而其心則可誅。

湘文沒有心機，凡事自自然然。她的生活也有「三不」：不講究吃、不講究穿、不講究排場。不是孔老夫子門徒，一切來自天性。她對人不苛責，對事不苛求，從不疾言厲色，也不會婆婆媽媽。在有錢太太面前，她從不自卑，有不如己者，也沒有優越之感。我一生受益於朋友者多，而湘文的寬厚圓通，對我影響最大。

我生平有一大憾事二小憾事。

一大憾事是此生未見親娘面。母親生我難產而死。每聞：「人皆有母，而我獨無……」輒酸楚難忍。十幾年前，我曾寫「硬命丁」一文，發表於「新時代」月刊，以誌失母之痛。此次返鄉掃墓祭祖，跪在墓前哭求母親恕罪，未知我娘地下有知否。

至於二小憾事是既無姊妹，又無女兒。

祖權兄常笑我：「學禮就是疼孫女，寵壞了！寵壞了！」前幾封信字跡潦草，有傷你的視力，於心不安。這次發誓字寫端正，寫著寫著，老毛病發作，於是撕了重抄，共三次，仍難滿意，只得算啦！

昨夜睡前，聽調頻電台音樂：

春去秋來
歲月如流
遊子傷飄泊
回憶兒時
家居嬉戲
光景宛如昨

感時傷世，百味雜陳，又念夢蘭早逝，頓感人生無常：

輕塵漫掩坎坷路
昔日少年今白頭
夢中仍知身是客
獨留殘燭待朝陽

有關全斗煥「罪己」，許多秘聞陸續曝光，下次再談。

一九八八、十一、二十八 燈下

與友人書（二）

近日來，台灣有錢人，在國際傳媒上大為露臉。一九八九年美國《財星雙周刊》刊載「億萬富豪」排行榜，台灣商人蔡萬霖名列世界第六大富豪；把原本台灣首富王永慶，遠遠地拋在後頭。據估計，蔡氏財團的資產總值約在九十億美元之譜。

根據行政院主計處統計資料：「台灣地區貧富差距連續八年擴大」。而近年來房地產價格狂飆，股票狂漲，而導致社會財富重新分配而趨向兩極化。

根據「消費者文教基金會」所作統計，此間保險業賠償糾紛案件，國泰人壽獨占鰲頭。保險公司有常年法律顧問，專找法律漏洞，而投保的消費者，十個有五對不懂法律，打起官司來，那有不敗訴的？

此間保險業的保費特級超高，幾乎超過國外的一倍（美國一再給台灣施壓開放保險業，也一再為台灣的保險業死扺）。另一方面，保險公司雇用退休的軍公教人員或家庭主婦做拉保員，通過他們的人際關係向親朋好友、左鄰右舍、同學同事誘導投保。保險業者財富迅速累積，繼而大肆炒作股票、房地產。

與此同時，台灣出現了史無前例的最柔性的「社會運動」。他們高唱：

「我們雖然溫柔，但很有威力！」

他們自稱「無巢氏」，或自諷為「無殼蝸牛」。其正式名稱為「無住屋者團結組織」。

無住屋者組織，今年四月由一群小學老師發起，經過幾個月的不斷努力與成長，近期更注入學術團體、知識分子主導的文宣活動，以柔性的、溫和的、幽默的、反諷的訴求方式，以期引起社會各界以及政府的重視，希望達到住者有其屋。

八月二十六日，無住屋者團結組織發起「萬人露宿街頭」活動，各界響應熱烈，給當局極大的壓力。

他們選擇台北市的黃金地段「忠孝東路」作為八月二十六日露宿之地。晚上九時開始，次晨五時結束。

這個活動是此間中產階級、知識分子、白領階級、藍領階級、上班族對房地產狂飆的一種直接反應。

無殼蝸牛露宿地段，每坪地價近三百萬新台幣（美金兌台幣為1：25）。稍偏地區，一棟小房子也要六七百萬元。上班族不吃不喝二十年，也買不起一個殼。

無殼蝸牛是資本主義惡質化的自然產物。

美國無住屋者都市遊民，約占全國人口百分之十三。美國各大都市經常可以看到無住屋者露宿公園、街頭；甚至有全家露宿的。

日本的無殼蝸牛群更是龐大。一九六六年「東京租屋人協會」成立時，就有一百萬戶租屋無產者。目前日本一億二千萬人口的四分之一皆為無殼蝸牛，他們租屋而居，而租金是收入的二分之一，特色是居無恆所，經常搬家，他們自諷為「無根的浮萍」。

台北有一種「搬家公司」，發展迅速，生意鼎盛。住家的大門、牆壁、信箱、電燈柱，到處有他們的廣告紙、招貼。如果問：「為何如此？」「台北人好搬家嗎？」非也。乃居無恆所所致也。

今年乃台灣選舉年。中山先生的民生主義的精義是：「平均地權、節制資本、耕者有其田，住者有其屋」。國民黨在台執政四十年，卻出現無殼蝸牛族群，恐將無法擺脫「選票流失」的壓力。

「我們雖然溫柔，但很有威力！」聽來有點道理。

五十年代台獨運動領導者廖文毅，在日本卵翼下，於東京遙控，而島內在「動員戡亂時期」、「懲治叛亂條例」的嚴厲壓制下，台獨分子遭到慘重的制裁。初期的台獨分子大多接受日本教育，以唱日本歌、說日本話為榮。文化水平較低、政治理念粗糙。

六十年代廖文毅回台輸誠，這一派於是沒落。

七十年代的台獨運動，理論層次提高，由本省精英學術圈起領導作用，與海外（美國）華裔學者、留學生聲氣相通，並與美國的右翼政治勢力掛鉤。領導人為台大國際法教授彭明敏。彭後因案被捕判重刑，不久，在外人無法探知的情況下，竟然在美國出現。

彭領導台灣獨立運動，是書生造反，五年不成。同時在美國的台獨分子，派系林立、各有山頭，彭終於被「奪權」。

目前海外的台獨運動，以在美國的「世台會」（世界台灣人同鄉聯合會）會長李憲榮為最拉風。

世台會今年八月在島內舉行年會，為民進黨新潮流系年底選舉製造聲勢。

李憲榮是「出入境管理局」黑名單上的異議分子。

去年（一九八八年）世台會在台舉行年會，李憲榮被阻在東京，無法入境，李以錄音帶錄音致詞，在大會上播放，言論激烈，造成旋風。而今年竟然「偷渡入境」，在大會上大肆攻擊蔣政權，引起執政黨黨政當局的震撼。

李憲榮入境成功，為新潮流系台獨活動，製造了選戰極大的聲勢。

民進黨內鬥激烈，被人諷為「比國民黨更國民黨」。其最大派系有二：1、美麗島系，2、新潮流系。

美麗島系的黃信介擔任主席，以台灣自決為政治主要訴求。黃信介批評嘴上滅台獨，是逞口舌之快，「說爽」而已，而暴力台獨只會給島內二千萬居民帶來災難。擔任秘書長的張俊宏表示：反對運動，須以民為師，要了解台灣民眾的想法，過度迷戀台獨將會付出慘痛代價。

台獨運動，目前有由海外而內移趨勢，以島內為主戰場。選戰則採取「以地方包圍中央」。美國眾院外交委員會亞太事務小組負責人索拉茲，最為熱心支援台獨運動。並以基金會名義撥款三十萬美金，作為民進黨派員赴美作「選戰訓練」的經費。

台灣的國民黨政權，可以說是美國最忠實的朋友，在台灣從沒有反美情緒，更無反美活動，一切以美國馬首是瞻。一九八六年四月，雷根派轟炸機炸利比亞首都，打算把格達費炸死，引起全球指責，而台灣的蔣政權一聲也不哼，而老美毫不領情，卻在他背後搞台獨，拆國民黨的台。

上封信提到「美國人一到那裡，那裡就有動亂」。這是結論式的評語，不夠周延。可以換句話說：美國人一到那裡，就快速採取敲骨吸髓的政策，或以巧取、或以豪奪，攫掠當地產業資財，一旦不遂所願，中情局就出動〇〇七，槍殺、毒殺、色殺、財殺，一一出籠，甚至用轟炸機丟炸彈。

中南美洲的動亂，很少沒有美國插一腳的。

一九七九年，中美洲的尼加拉瓜，受美國撐腰的大獨裁者「蘇慕沙」政權被推翻，桑定政權革命成功。一九八一年蘇慕沙的殘餘勢力在宏都拉斯與尼加拉瓜邊界建立武裝力量，並受到美國的軍事援助，而導致近八年的戰禍。後來美國的「軍援」受到國際指責，國會又加以杯葛，雷根就用偷天換日的手法，軍售伊朗，將所得款項暗中轉給尼加拉瓜反抗軍（反抗軍自稱自由鬥士，而人們稱之謂獨裁者的遺孽）。時間一久，終於東窗事發，幾乎引起政治大風暴。後採棄卒保帥法，把經手人「諾斯」繩之以法。

尼加拉瓜經過近八年因美國勢力介入所引起的戰亂，終于在今年八月，由中美洲五國（尼加拉瓜、宏都拉斯、瓜地馬拉、巴拿馬、薩爾瓦多）總統簽署一項文件，將在今年十二月解散由美國支持的尼加拉瓜游擊部隊。

尼加拉瓜總統呼籲華盛頓，尊重中美洲五國對這個問題的處理方案：「這樣，美國就能對這個地區的和平作出貢獻」。

「不踩一腳」就算「對和平有貢獻」。強國的霸道、弱國的無奈，于此可見。

自從不必每日早起趕路上學去誤人子弟，就有較多時間看書報雜誌，於是感觸就多。平常與此間老友一相見就磨牙抬槓，一提筆就又犯「短話長說」之病，真是不可救藥。

兩個月不知忙些什麼，「長稿」未續一字，「血色黃昏」還未翻開，而小孫女又起早背書包上學了。兩個月的炎夏生活，大致如下：

早上九（十）時起床，整理房間，協助湘文（她上菜場買菜），掃地、抹桌椅、擦地、照顧魚、鳥（換水、餵食）、讀早報（兩份）。午飯後小睡，以後陪孫女去游泳（走路來回約五十分鐘），約六時回到家，讀晚報。晚飯後不看電視，稍作休息，正式開始工作：剪報、讀書、看雜誌、寫雜感、作新聞分析或思考問題，至夜二、三時入睡。

有一天，游泳完畢，正待回家，小孫女說：「爺，你聽到沒有？」

原來旁邊有位年輕媽媽，對正在換衣服的小兒子說：

「寶，媽帶麵包來，你吃吧！」

小兒子說：「不要。」

那孩子瘦得像猴子，是屬於「吃飯時到處跑，媽媽在後頭追著餵」的那一型。我的一些年輕同事，餵兒子就是像「蕭何追韓信」式的，邊追邊餵，結果媽媽累倒，兒子卻是皮包骨。甚是煩人。

而我家卻相反，兩個孫女胃口奇佳，也令人煩惱。

「爺，你聽到沒有，人家家長都帶麵包，我餓死了！」說罷淚珠在眼眶中打滾，好委屈的樣子。

我心不忍。回家經過麵包店，買了兩個菠蘿麵包，小孫女倆，一人一個。

大孫女說：「爺爺，你怎麼不吃？」

「爺爺不餓。」

小孫女說：「騙人。爺爺怕胖，要節食。」

大孫女反駁說：「爺爺不胖，爺爺是帥哥。」

剛才讀晚報：「美國宣布與巴拿馬斷絕外交關係。」前些日子報紙報導，美國中情局打算把「諾瑞加」「做掉」。諾瑞加者，巴拿馬「不聽話」之實力人物也。此事正在發展，可耐心等待觀察。

我與湘文定於十月二日由台北飛香港，四日由港飛杭州。到香港後，自會與你通電話。

此信斷斷續續寫了幾天，散漫無章法，字又像蟹爬，愧對故人。

相見日近，真不容易啊！四十多年矣。

一九八九年九月三日夜

《史記》．司馬遷暨法曹典範張釋之

《史記》這部書

《史記》是一部以紀傳體為主的史書。全書一百卅卷；共計五十二萬餘字。作者司馬遷，是繼續他的父親司馬談未完成的作品而作。

這部歷史鉅著，是從公元前二六九八年，黃帝軒轅氏即位開始寫，一直寫到漢武帝劉徹「獲白麟」那一年為止，前後共計二千八百多年間的重大史事。

司馬遷撰寫《史記》，不僅是為了記錄歷史事實，他寫作的主要目標，在「究天人之際，道古今之變，成一家之言」。他希望從上下兩千多年的種種人事演變的軌跡中，探討出歷朝成敗盛衰的定理，作為後世的殷鑒。並藉此建立起自己的歷史哲學體系，顯現出宇宙循環的根本理則。

《史記》內容分五大部分：

一、本紀	十二	以序帝王
二、表	十	以貫歲月
三、書	八	以紀政事
四、世家	三十	以敘公侯
五、列傳	七十	以志士庶

《史記》是中國最偉大的歷史著作。它開創了史書「紀傳體」的體例。後來的「二十四史」，就是依循史記的體例而作，但都沒有超越它的成就。

司馬遷其人其事

司馬遷，字子長，西漢左馮翊①人。生於漢景帝中元五年（公元前一四五年），死於漢昭帝初年（公元前八十六年），享年六十歲。

司馬遷是世家子弟，家學淵源。先祖是典「天官」②的天文學家。他的父親司馬談，在漢朝建元、元封年間擔任太史令，是一位很出色的史官。

司馬遷十歲時，他父親把他從家鄉龍門帶到京師長安，聘請當代有名的知識分子孔安國教他尚書、董仲舒教他春秋。從此司馬遷開始接觸古典書籍，奠立了堅實的學術基礎。

那時候的京師長安，是政治、文化、經濟中心，達官貴族的子弟過的是歌舞樓台、紙醉金迷的豪奢生活。但司馬談管教兒子很嚴格，所以在成長中的青少年司馬遷，並未染上上流社會紈袴子弟的生活習氣。

青年時期的司馬遷，已經具有淵博的學識。在他二十歲那年，在父親司馬談的鼓勵下，在「讀萬卷書」之後，「行萬里路」，離開長安，遍歷天下名山大川。他的行蹤所至：

東到現今的河北、山東、江蘇、浙江沿海。
南到湖南、江西、雲南、貴州。
西到陝西、甘肅、西康。
北到長城。

司馬遷二十二歲，遊歷歸來，不久就選上「博士弟子員」③。第二年，以博士弟子員被朝廷任為「郎中」。漢朝的郎中，是皇帝的侍從，常有機會跟著皇帝出巡。個人旅遊，跟陪同皇帝巡幸，境況全然不同。司馬遷足跡所至，探幽尋勝，博記軼聞，並採擷地方遺老敘述的前塵舊事、廣交燕趙豪俠之士。所以司馬遷下筆為文，自有奇氣。這正如蘇東坡所說：「太史公行天下，周覽四海名山大川，與燕趙豪俊交遊，故其文疏蕩，頗有奇氣。」

漢武帝元封元年（公元前一一〇年）司馬遷三十六歲。

這一年，武帝封禪④於泰山。司馬談身為太史令，本應隨駕，但因為他曾發言批駁「方士」的言論，犯「批逆鱗」之忌，武帝不悅，就叫他留在洛陽：「不用去泰山了！」

司馬談一氣病倒。

這時，司馬遷恰好出使西南回來，立即到洛陽探望父親。司馬談在病榻上對兒子說：「未能隨駕封禪泰山，為終身遺憾。」並叮嚀兒子，「我死後，你有機會做太史令，你切切記住不可忘了我所要完成的著作。」

司馬談去世後二年，司馬遷繼任為太史令。這是漢武帝元封三年，公元一〇八年，司馬遷三十八歲。

漢武帝「太初」元年，公元前一〇四年，司馬遷四十二歲，他決心改變他父親司馬談寫「歷史」的編年體的體例，而改用傳記體裁的寫法，開始全力投入寫作。他的內心，隱然有以「繼春秋絕學，表孔子聖德」為己任。

天漢二年（武帝經常改年號），朝廷派貳師將軍李廣利征討匈奴。另派驍勇善戰的李陵，率五千名精兵由居延[5]向北攻打匈奴的心臟地帶，藉以分散匈奴兵力，以利李廣利的軍事行動，一舉擊潰匈奴主力。李陵採用閃電戰法，直接深入大漠，攻進匈奴險地。匈奴單于以十倍於李陵的兵力迎戰。李陵部隊以眾寡懸殊的劣勢，奮勇殺敵，而終因糧盡援絕被俘投降。

漢武帝聞訊大怒，問群臣：「怎麼辦？」滿朝文武大臣包括李陵的世交友好，無人替李陵緩頰，甚至還有人落井下石，司馬遷心中甚為不平。所以當皇帝問到他時，就說：「李陵孝順父母，平常以信待人。常為國家急難而奮不顧身。他之所以不能以身殉國，定有他的隱情。」

「帝不悅」。就把司馬遷打入「大牢」。

第二年，長安謠諑紛紜，傳說李陵為匈奴練兵[6]，來對付漢朝。武帝震怒，殺李陵全家，並將司馬遷關入蠶室[7]——受腐刑[8]。

受腐刑對任何人來說，都是奇恥大辱，他幾次想自殺，但一想到父親的遺命未完成，終於忍辱苟活於黑暗囚室，埋首於《史記》的寫作：仿春秋絕筆於獲麟的故事，敘軒轅氏、唐堯以來，到漢武帝獲得「白麟」⑨那一年止，上下兩千多年的史事。漢武帝征和二年（西元前九十一年），司馬遷終於把《史記》完成。從擔任太史令那一年開始，到這一年為止，總計費了十八年時間。司馬遷為中國歷史，以自己的血淚為後世寫下了一部不朽的鉅著。

司馬遷生有二男一女，他的兒子懍於父親的遭遇，所以並未繼任史官之職。

注釋

①左馮翊　漢郡名，轄陝西中部及長安以西之地。

②天官　掌星象曆數的官員。

③博士弟子員　漢武帝初年，設五經博士，掌以五經教授子弟。博士弟子員律由望族推薦優秀子弟，初由甄試通過，即為「博士弟子員」。

④封禪　古帝王祭天地的典禮。在泰山上築土為壇祭天，報天之功，稱封。在泰山下之梁父山上闢場祭地，報地之德，稱禪。相傳古時封泰山，禪梁父山者七十二家。自秦漢以後，歷代都把封禪

視為國家大典。

⑤居延　在今寧夏省境內。

⑥為匈奴練兵　實為漢降將李緒，並非李陵。

⑦蠶室　有二解：⑴飼蠶之室⑵受宮刑者畏風，須暖。築窨室（地下地）蓄火，如蠶室，因以名焉。

⑧腐刑　腐刑又稱宮刑，即「男子去勢」，為肉刑之一，僅次於大辟（殺頭）。

⑨獲白麟　武帝元狩元年，冬十月，上幸雍縣祭「五帝」時獲白麟，臣工譜白麟之歌以頌之。元狩元年即公元前一二二年。這一年，朝廷遣張騫使西域。

法曹典範張釋之

張釋之，漢「堵陽」[1]人，字季。漢文帝時，初任「騎郎」（京師騎兵小隊長）。後任「公車令」（京師交通隊長）。有一次，太子與梁王共車入朝，經「司馬門」不下馬。被張釋之發現而「追止」；並上奏章「劾不敬」。文帝大為賞識，拜中大夫，旋擢升為廷尉[2]。釋之「守法嚴」、「持議平」。時人語曰：「張釋之為廷尉，天下無冤民。」

有一次，有妄人盜「高廟」（太廟）玉器，被捕。文帝大怒，下廷尉。張釋之按照法律條文「盜宗廟器服者」，「棄首」（梟首示眾）。文帝慍，命廷尉改判「滅族」。張釋之拿下官帽，前額觸地說：「盜廟器而族」，那麼如果有愚人盜高祖墓者，不知如何加重他的罪？朝臣聞言，人人驚悚。而文帝「屢變色」，久久不語。終曰：「廷尉當是也！」

太史公筆下的張釋之：

有淵博的學識；
有獨立的判斷力；
有剛正不阿的品格；
有嚴守法條的精神。

張釋之為漢朝名臣。有了張釋之這樣的廟堂大臣，更能顯出漢文帝—劉恆的「寬容」。明君賢臣，相得益彰，留名青史，永垂不朽。以昔視今，不禁掩卷三嘆。

注釋

①堵陽　古地名，原為秦時陽城縣。漢改名為堵陽縣，故址在堵水之陽（堵水的

北岸）。故城，在今河南省方城縣東。

②廷尉　秦漢時掌管刑獄的官員，為九卿之一。

二〇〇六年七月二十七日

深夜於台北辛亥蝸居

高山仰止

最近有關孔子的兩則新聞，引人注目，意義深長。

一則是二〇〇六年三月二十日《聯合報》的新聞報導，標題是：「南極島峰命名　孔子、康熙上榜」。

另一則是同年四月四日的新聞報導：「北京大學哲學系，推廣國學教育，創設『國學班』，以手機簡訊方式，每天發一則孔孟等古聖先賢的德行和智慧言論，提供給訂戶閱讀，做為行事處世的參考」。

從五四運動的「打倒孔家店」，到「文革」期間的「破四舊」、「批孔揚秦」，儒家文化歷經時空的淬煉，再度發出光芒。

鑑往知來。目前台灣在教育文化方面所悄悄進行的「去中國化」的舉措，終將因時易勢移而**隨風而去**。此時談談孔子，當不止是「應景」而已。

孔子姓孔名丘，字仲尼。春秋時代魯國人。

其實，孔子的先人是宋國人，家世十分顯赫。先祖孔父嘉，是宋國的執政，位高權重。但卻有個死對頭「華督」。華督官居太宰，手握兵權。

有一次，華督在宋國貴族的盛宴上，發現孔父嘉的「少妻」十分美麗，於是提前發動政變，把孔家「滅門，奪其少妻」。孔氏全家大小三百多口，全被殺光。

上天垂憐，孔家的一個年輕子弟「孔防叔」，游學在外，返國途中，驚聞惡耗，連夜逃往魯國，就在魯國都城曲阜，落地生根，結婚生子。

孔防叔生子伯夏；伯夏生子叔梁紇。叔梁紇就是孔子的父親。

叔梁紇身高十尺，武功絕倫。他是職業軍人，低階軍官。官雖小，名氣卻很大。

有一次，軍中比武，叔梁紇單手舉起五百斤巨石，把參加比賽的同袍全部嚇倒。原先他是「菜鳥」，一下子成了老大，私底下人稱「梁哥」。

另外一次，賊兵攻打「偪陽」（今山東嶧縣），城門已被攻開一半，叔梁紇飛奔而至，大喝一聲，兩臂前推，竟把大木門重新閉上。自此，大力士之名不脛而走。

人一出名，來提親的人就多了。於是娶了顏家三小姐，閨名叫「徵在」的做妻子。

只是大力士不長壽：「丘生，而叔梁紇死。」另有一說，說孔子是「遺腹子」，他還沒生出來，他爸就走了。這個遺腹子不安分，才七個月，就在媽肚子裡拳打腳踢，像要提早出來的樣子。好心的鄰居勸顏小姐說：尼山（又稱尼丘）的山神很靈，你去求神保佑吧！尼山在曲阜東南六十里。顏徵在「不車，不馬，徒步往拜」。禱告說：

「神啊！可憐孔氏一脈，世代忠良，竟遭滅門之禍，請賜我一個麟兒吧！」

禱畢，天變色，地動搖，木葉簌簌落。

周靈王二十一年（公元前五五一年），顏氏終於順利產下一個男嬰，就是孔子。這男嬰不同凡響：啼聲如鐘，長腳長手，頭頂尖凸，故名丘。另說，顏氏禱於尼丘而生孔子，故名丘，字仲尼。史記孔子世家載，孔子身高九尺六寸。不過比他父親叔梁紇，還矮了四寸。

孔子幼年，家境清寒。因為他是個「孤哀子」。古云：幼而無父曰孤子；幼而無母曰哀子；幼時父母俱亡曰孤哀子。既無父母，又無家產，只有做童工養活自己了。

有關孔子的童年生活，史料不多。但有一點可以肯定的，小孩子好玩，出自天性，孔子自然也不例外。

孔子童年玩的遊戲，「異於常兒」。他玩的叫「俎豆」的遊戲。模仿成人社會的「婚禮」、「喪禮」、「冠禮」（男子成人禮）、「笄禮」（女子成年禮）等儀式程序，他自己擔任司儀（賓相），指揮玩伴，依禮進行，學得有模有樣。

到了十歲，他就沒得玩了。因為母親在他九歲時就去世了。

論語子罕九，子曰：「吾少也賤，故多能鄙事。」

孔子世家載，他做過牧場管理，做過人家的帳房。在當時，不算是高尚職業，只是糊口而已。

到了十五歲，孔子明白讀書的重要，有學問才能做大事。

論語為政二，子曰：「吾十有五而志於學，三十而立。」

這是說，孔子十五歲，立志研究學問，到了三十歲，讀通了古籍，能夠依禮立身處世了。

依什麼「禮」呢？就是指「周禮」。

周禮分六篇，內容豐富，古奧難懂。其中一篇光是有關集會儀式程序，巨細靡遺，有幾十種之多；小自民間的婚喪冠笄之禮，大至郊祭、誓師、諸侯相會、聘問之禮，都有一定的規則，不能稍有踰越。

有了這種專門知識，就能勝任各種大小典禮的司儀職掌，甚至可以擔任國際高峰會議的「賓相」。孔子有了這種專門學問，後來在魯齊高峰會議中，大出鋒頭，這是後話。

那麼，孔子是如何自學成功的呢？分兩方面來說。

一、外在環境

魯建國之初，姬旦（周公）及其子姬伯禽，以周王朝為藍本，建立了完善的政制、典章法規，以及豐富的文物圖籍設備。自西周幽王失政，犬戎一把火燒了鎬京（西周國都，今陝西西安西南）的文物典籍，曲阜就成了唯一的國際文化中心。這對求知若渴的孔子來說，自是活水源頭，悠游其中，自然天地無限寬廣了。

二、好學、多問

好學不倦，發憤忘食；有疑必問，務求徹悟；是孔子讀書有成的不二法門。

論語八佾三：「子入大廟，每事問。」

於是引起了旁人的議論：那個叔梁紇的長腳兒子，怎麼什麼都要問啊！孔子不以為忤，說：「是禮也！」（這才真正合乎禮呢！）

論語述而五，子曰：「我非生而知之者，好古，敏以求之者也。」

同一章，孔子對子路自述：「其為人也，發憤忘食，樂以忘憂，不知老之將至云爾！」

這時，孔子已六十多歲了，正在周遊列國到處碰釘子之時。但他仍然好學不倦，達到連吃飯都忘了的地步。

同章，孔子感嘆說：「加我數年，五十以學（易），可以無大過矣！」

這時，孔子年將七十，還希望老天多給他幾年，把易經研究透徹，死了才沒有遺憾。

此外，孔子世家載：

孔子無常師，嘗問禮於老聃（老子），學樂於萇弘，學琴於師襄。

有關「問禮於老聃」，事關至要，要多花些筆墨。

孔子自學有成以後，在魯國貴族巨室之間，知名度頗高。當時魯國有個頗有權勢的貴族「孟釐子」，十分器重孔子。他病危時叮嚀兒子「孟懿子」說，孔丘雖是個窮光蛋，但對周禮很有研究，你應虛心向他學習。孟懿子依照父親遺言，就伴同另一貴族名叫南宮敬叔的，拜在孔子門下。南宮敬叔佩服老師，就向魯昭公推薦孔子，訪問西周國都洛邑（洛陽）。於是孔子才有機會公費出國，一車兩馬，外帶一個「豎子」（小跟班的），千里迢迢來到洛邑，向老子請教周禮上的一個疑難問題。這難題是他自己一直無法解決的。

出國一趟，身價百倍，名門子弟，紛紛來到孔子門下。當時曲阜有一個貴族「少正卯」，也在開館招生授徒，同行是冤家，就施計挖孔子的學生。這個少正卯，後來也做了大官。

孔子辦教育很成功，但他的第一志願是幹政治。直到他五十一歲，才有機會施展他的政治才能。

這時，昭公已去世，魯定公（姬宋）即位，貴族季叔斯執政，權傾朝野。季氏的一個家臣陽虎，發動政變，取季氏而代之（政變在當時是家常便飯）。陽虎開出很優厚的條件，請孔子加入他的集團，被孔子拒絕。不久，季氏反顛覆成功，趕走陽虎。因孔子曾拒絕與陽虎合作，季氏投桃報李，向魯定公推薦孔子，擔任「中都宰」（山東汶上縣長）。

孔子五十一歲做中都縣長，一鳴驚人。不到一年，政績輝煌，成了模範縣，「四方則之」。附近各縣紛紛到中都縣來參觀、訪問、取經。

很快，孔子升為「司空」（管建設），緊接著升為「大司寇」（最高法院院長兼警政署長）。於是孔子採行剛性政策，施展公權力，嚴刑峻法，懲治盜賊，社會治安良好，夜不閉戶，路不拾遺。

積弱的魯國，勵精圖治，驚動了齊國。齊大夫犁鉏對齊景公說：魯強則齊危矣。經廟堂會商，齊國發出專函，邀請魯定公，在「夾谷」（古地名，現在山東的萊蕪縣）舉行兩國高峰友好會議。

孔子建議定公說：「臣聞有文事者必有武備。古者諸侯出疆，必具官以往，請具左右司馬。」（會無好會，孔子建議定公率精銳武士，以策安全）孔子則以專家身分，隨同前往與會。

周敬王二十年，也就是公元前五〇〇年，魯定公（姬宋）跟齊景公（姜杵臼）在夾谷舉行高峰會議。

按周禮，諸侯會面，應奏「四方之樂」。齊國卻推出當地的土風舞。孔子見狀，快步走向臺階，剛登上第一階，就攘臂高聲斥責齊國失禮，貽笑國際。姜杵臼暗想，這個長人果然博學，當即另換節目，用「宮廷舞」的方式表演了輕鬆喜劇。孔子再度登階，斥責齊國違反國際禮儀，有失國體。立即施出霹靂手段，大聲吆喝，命精銳武士把歌舞男女，拉到階下，砍去手足。

孔子這一毒招，把姜杵臼震住，一時之間，竟然發作不出來。

魯齊會議結束，齊國把過去侵佔魯國的汶水以北土地，歸還魯國，以維持兩國的友好關係。

魯定公十四年，孔子「攝行相事」（代理行政院長），以「五醜」（五大罪狀）「誅少正卯」：

1、心逆而險——居心陰險，處處譁眾取寵。

2、行僻而堅——行為邪惡，不接受規勸。

3、言偽而辯——說謊，卻堅持不認錯。

4、記醜而博——記憶力強，學問也廣博，但所記的全是醜事。

5、潤非而澤——犯了錯誤，卻把它潤飾為一件好事。

少正卯事件，是一團迷霧。孔門弟子，好談夾谷盛會，卻少提此事。有關少正卯的姓名也有不同的說法，一說正卯是複姓；另說正卯是官稱，眾說紛紜。

總之，孔子攝行相事，參與國家機密，殺了少正卯，聲威大振。不到三個月，魯國大治。

國大治是好事，卻引起齊國恐慌，皆以為：孔子執魯政，必霸，霸則齊危矣！（現代「中國威脅論」是它的翻版）齊大夫犁鉏向齊景公姜杵臼獻「美人計」。

於是通令全國，徵選美女。最後選出八十名長身玉立、體態輕盈、明眸善睞、顧盼生姿的北地臙脂，高車駟馬，浩浩蕩蕩，送往魯國。因此「魯君怠於政事」（不上朝，不理政事）。

子路向孔子建議：「老師，呆不下去了！」

孔子說：「且慢！」

那時，秋郊（國君秋季在郊外祭天）將至，國之大事，祭後國君將祭肉專遞快送給大臣，以示朝廷不忘其為國辛勞。這年秋祭，孔子沒有收到祭肉（等於吃尾牙，雞頭朝向他）。在嚴格遵行周禮的社會，這是大侮辱。

終於，孔子在魯定公（姬宋）十四年，率眾弟子離開故國。

孔子離國時五十六歲，是政治人物的鼎盛之年。當他六十八歲返國，已是皤皤老翁矣。

孔子離國十三年，到過：衛、陳、宋、蔡、趙、楚等國。陳衛兩國前後進出三次。

世人常說「孔子周遊列國」，總以為風光、舒暢、愉悅。其實，這漫長的十三年，他是無根的浮萍，日子並不好過。他曾遭人圍攻，遭人追殺（師生因之失散），曾經斷糧挨餓（有些弟子餓得病倒），還被人罵為「喪家之犬」。而最令他尷尬的是，在衛國見過

「南子」，引起弟子誤會。

南子，衛靈公夫人，出名的美女，對男性有致命的吸引力，而且是「豪放女」。孔子在不能拒絕的情形下去見南子，卻引起誤會。

論語雍也六：子見南子，子路不說（悅），夫子矢（發誓）之曰：「予所否者，天厭之！天厭之！」

孔子的學生對老師何等崇敬，子路卻為此「不悅」，孔子竟然急得對天發誓，顯得問題極為嚴重。

當然，這十三年裡，也有順境的時候。但亦只是受到很好的禮遇。至於他的「王道之治」、「仁政宏圖」卻「終不能用」。

終不能用，這裡邊包含了多少挫折，多少無奈，多少失望，多少辛酸。六十八的老人了，他興起了「不如歸去」之嘆。

於是，他由衛返魯。

晚年的孔子，是一位智慧老人。他專心於學術：刪詩書、訂禮樂、贊周易、作春秋。他專心於教育：化三千，七十士（學生中，身通六藝者七十餘人）。

做為政治家，他是失敗的悲劇英雄。

做為教育家，他是萬世師表，千古一人。

孔子的深含哲理的為人處世的言論，大多記錄在《論語》一書中，千古不朽，是中華民族最珍貴的文化遺產。

二〇〇六、五、二十五日深夜

于台北辛亥 蝸居

國家圖書館出版品預行編目

隨風而去 / 微知著. -- 一版. -- 臺北市：秀威資訊科技，2006 [民95]
面； 公分 . -- (語言文學類 ；PG0113)
ISBN 978-986-7080-96-7 (平裝)
848.6　　95018360

語言文學類　PG0113

隨風而去

作　　者 / 微　知
發 行 人 / 宋政坤
執行編輯 / 賴敬暉
圖文排版 / 張慧雯
封面設計 / 李孟懂
內容校對 / 林學禮
數位轉譯 / 徐真玉　沈裕閔
圖書銷售 / 林怡君
網路服務 / 徐國晉
出版印製 / 秀威資訊科技股份有限公司
台北市內湖區瑞光路583巷25號1樓
電話：02-2657-9211　傳真：02-2657-9106
E-mail：service@showwe.com.tw
經 銷 商 / 紅螞蟻圖書有限公司
台北市內湖區舊宗路二段121巷28、32號4樓
電話：02-2795-3656　傳真：02-2795-4100
http://www.e-redant.com

2006 年 9 月　BOD 一版
定價：560元

讀　者　回　函　卡

感謝您購買本書，為提升服務品質，煩請填寫以下問卷，收到您的寶貴意見後，我們會仔細收藏記錄並回贈紀念品，謝謝！

1.您購買的書名：______________________________

2.您從何得知本書的消息？

☐網路書店　☐部落格　☐資料庫搜尋　☐書訊　☐電子報　☐書店

☐平面媒體　☐ 朋友推薦　☐網站推薦　☐其他__________

3.您對本書的評價：(請填代號　1.非常滿意 2.滿意 3.尚可 4.再改進)

封面設計____　版面編排____　內容____　文/譯筆____　價格____

4.讀完書後您覺得：

☐很有收獲　☐有收獲　☐收獲不多　☐沒收獲

5.您會推薦本書給朋友嗎？

☐會　☐不會，為什麼？______________________________________

6.其他寶貴的意見：____

____

____

____

讀者基本資料

姓名：____________________ 年齡：______ 性別：☐女 ☐男

聯絡電話：________________ E-mail：____________________

地址：____

學歷：☐高中(含)以下　☐高中　☐專科學校　☐大學

☐研究所(含)以上 ☐其他_______________

職業：☐製造業 ☐金融業 ☐資訊業 ☐軍警 ☐傳播業 ☐自由業

☐服務業 ☐公務員 ☐教職　☐學生 ☐其他__________

請貼
郵票

To：114

台北市內湖區瑞光路583巷25號1樓

秀威資訊科技股份有限公司　　收

寄件人姓名：

寄件人地址：□□□

(請沿線對摺寄回,謝謝!)

秀威與BOD

BOD（Books On Demand）是數位出版的大趨勢，秀威資訊率先運用POD數位印刷設備來生產書籍，並提供作者全程數位出版服務，致使書籍產銷零庫存，知識傳承不絕版，目前已開闢以下書系：

一、BOD 學術著作—專業論述的閱讀延伸
二、BOD 個人著作—分享生命的心路歷程
三、BOD 旅遊著作—個人深度旅遊文學創作
四、BOD 大陸學者—大陸專業學者學術出版
五、POD 獨家經銷—數位產製的代發行書籍

BOD秀威網路書店：www.showwe.com.tw
政府出版品網路書店：www.*gov*books.com.tw

永不絕版的故事・自己寫・永不休止的音符・自己唱